JEAN ANGLADE

Jean Anglade est né en 1915 à Thiers, en Auvergne, d'une mère domestique et d'un père ouvrier maçon. Formé à l'École normale d'instituteurs de Clermont-Ferrand, il enseigne à la ville, puis à la campagne, tout en continuant ses études, pour devenir professeur de lettres, puis agrégé d'italien.

Il a trente-sept ans lorsqu'il publie son premier roman, *Le chien du Seigneur*. À partir de son dixième roman, *La pomme oubliée* (1969), il consacre la plus grande part de son œuvre à son pays natal, ce qui lui vaudra d'être surnommé le "Pagnol auvergnat". Romancier – il a plus de trente-cinq romans à son actif –, mais aussi essayiste, traducteur (de Boccace et de Machiavel), il est l'auteur de plus de quatre-vingts ouvrages, et explore tous les genres : biographies (Pascal, Hervé Bazin), albums, poésie, théâtre, scénarios de films.

Jean Anglade a beaucoup voyagé, et habite aujourd'hui près de Clermont-Ferrand.

UN PARRAIN DE CENDRE

DU MÊME AUTEUR
CHEZ POCKET

UNE POMME OUBLIÉE
LE VOLEUR DE COLOQUINTES
LE TILLEUL DU SOIR
LA BONNE ROSÉE
LES PERMISSIONS DE MAI
LE PARRAIN DE CENDRE
Y'A PAS DE BON DIEU
LA SOUPE À LA FOURCHETTE
UN LIT D'AUBÉPINE
LA MAÎTRESSE AU PIQUET
LE GRILLON VERT
LA FILLE AUX ORAGES
UN SOUPER DE NEIGE
LES PUYSATIERS
DANS LE SECRET DES ROSEAUX
LA ROSE ET LE LILAS
AVEC LE TEMPS...
L'ÉCUREUIL DES VIGNES
UNE ÉTRANGE ENTREPRISE

JEAN ANGLADE

UN PARRAIN DE CENDRE

PRESSES DE LA CITÉ

ISBN : 978-2-266-05233-7

La pena son bona
dembì de pò.
Les peines sont bonnes
avec du pain.

(*proverbe auvergnat*)

1

Dans ce pays du haut Limousin, entre le plateau de Millevaches et les Monédières, ou pour restreindre entre Bugeat au nord et Treignac au midi, il ne fait pas bon s'appeler Léonard : ce nom y est synonyme d'imbécile. On vous y traite volontiers de *Lhonar* comme ailleurs de Jean-Foutre. Allez savoir pourquoi ! Aussi, bien peu se prénomment réellement Léonard : cela fait rire trop de monde. Pourtant, cet homme-là, qui était le berger de Gimel à la Brunerie, ne craignait pas plus de porter son nom de baptême que de porter sa casquette à oreilles, parce qu'il était originaire de la Haute-Vienne où l'on vénère saint Léonard, de Noblat et d'autres lieux. Il suffisait, pour s'éviter de rire, de prononcer son prénom à la française et non pas à la limousine.

C'était un homme qui avait roulé sa bosse. Il aimait à se vanter de ses voyages :

— J'ai pas mangé ma soupe toujours dans la même écuelle !

Enfant de l'Assistance, c'est-à-dire fils de personne, né de la pluie et du soleil, il avait été livré très jeune à un paysan d'Auvergne qui l'emmena sur ses montagnes. Il y gardait les moutons, couchant dans une cabane à roulettes. Il racontait cela aux veillées chez les Peyrissaguet (il était le parrain de leur cinquième) ou chez d'autres, quand la compagnie autour de l'âtre se chauffait du ventre et se gelait du derrière.

— Vous pouvez pas imaginer ce que c'est de coucher dans ce chariot, sous la Grande Ourse, en plein désert, que le Sahara ça peut pas être plus pire. Vous pouvez pas. Tu t'enfonces dedans, tu t'allonges sur ton lit de fougères tout vêtu. Tout humide si, dans la journée, tu as reçu quelque saucée. Tes sabots sous le plancher, tes sabots. Tu tires les glissières de la porte, tu t'emprisonnes. Dehors, tu as la compagnie des brebis, dans leur parc. Mais tu dors jamais que d'un œil, que tu dors, parce que la peur te tient réveillé. Peur de tout : du chat-huant qui te souhaite le malheur. Des mulots qui couinent en se mordant la queue l'un l'autre. Des chauves-souris qui te frôlent les moustaches. Si tu sors un moment pour tomber de l'eau, les genévriers ont l'air de géants partis à l'assaut de la montagne, qu'ils ont l'air. Les brebis sont encore plus froussardes que toi. Tu les crois endormies, tranquilles. Tout par un coup, passe un hérisson. Les voilà dans la terreur, qui se précipitent ensemble à l'autre bord du parc.

— Vous arriva-t-il réellement quelque méchante affaire ?

— Un jour, un qui revenait de la foire de Brezons et qui, dans les auberges, avait chargé à en faire péter l'essieu, profitant de ma cabane ouverte — je me tenais alors un peu loin, occupé à déplacer le parc — s'y est introduit. Quand je suis revenu, j'ai d'abord entendu ce particulier qui ronflait pire qu'une batteuse. Comment le tirer de là ? Comment ? Quand le petit valet de la ferme est venu m'apporter le souper, je lui ai montré ce tableau, j'ai demandé qu'on m'envoie un homme. Personne est monté. J'ai dû passer la nuit au milieu de mes brebis qui, elles, du moins, me tenaient chaud. Qu'elles me tenaient. Mon client est reparti au petit jour, une fois dessoûlé, en s'excusant. Un autre coup, pendant que je dormais — et cette nuit-là moi aussi je devais dormir profond — des farceurs sont passés dans le coin. Ils ont doucement levé le brancard de ma cabane, le pointant vers la lune, et l'ont tenu incliné au moyen d'un bâton fourchu. Moi, j'ai continué de dormir. Tout par un coup, je bouge un peu sur mes fougères, le timon se décroche, tombe par terre, je me réveille en sursaut, avec l'impression que le monde s'écroule. Avec l'impression.

Les enfants admiraient le Léonard qui avait connu ces aventures.

— Encore ! réclamaient-ils.

— C'était à la fin de la belle saison, les brouillards le matin remplissaient les combes. Alors, le loup est venu me rendre visite. Le loup. J'étais en ce temps-là au service d'une paroisse, chaque bête marquée sur l'échine au nom de son propriétaire, excepté les miennes que je reconnaissais sans marque. Je les promenais de pâturage en pâturage, dans les clairières des forêts, sur les communaux. Le soir, toutes rassemblées dans le parc. Chacune a sa façon de dormir. L'une, les pattes tendues, l'autre les pattes repliées ; et toutes, les oreilles et la queue basses. Toutes. Ensuite, je me glissais dans ma cabane. Une nuit, donc, voici que le loup arrive. Le loup. Elles l'ont senti tout de suite, se sont réveillées et mises, non pas à fuir, comme feraient par exemple des enfants, mais à se grouper. Tête contre tête, les queues en dehors, tremblantes, disposées au sacrifice.

Il dit réellement sacrifice. Il employait ainsi des mots presque inconnus, qu'il avait cueillis dans des almanachs. Il en possédait plusieurs, sur un rayon de la pièce où il dormait à la Brunerie, chez Martial Gimel, près de la fenière. Et même quelques livres achetés aux bouquinistes ambulants, les jours de foire. Dont un payé quarante sous, qui racontait le tour de France de deux enfants. Si bien que Léonard connaissait notre pays du nord au sud, comme s'il y avait partout mangé sa soupe.

— Et qu'avez-vous fait contre le loup ?

— J'ai pris mes sabots, je les ai fait claquer l'un contre l'autre. Mes sabots. A ce clac-clac, le loup, qui est le plus grand des poltrons, s'est sauvé la queue entre les jambes. Du coup, j'ai réclamé un chien berger aux gens qui m'employaient. Mais les éleveurs de moutons aiment pas trop l'usage des chiens : quelquefois, ils mordent aux jarrets les bêtes et les estropient. Qu'ils mordent. Ils me l'ont refusé. A fallu qu'un jour vienne une autre espèce de loups : des loups à deux pattes. Bien plus dangereux.

— Des loups à deux pattes?

— Des bohémiens. Sont arrivés un matin de très bonne heure. Sont arrivés. J'avais pas encore ouvert le parc. Ont choisi un agneau, l'ont emporté à mon nez et à ma barbe. Comme je m'avançais vers eux, ont levé un couteau, genre baïonnette. J'ai rien pu, que crier au voleur, pendant qu'ils se sauvaient. Le propriétaire a pris un agneau à moi pour se rembourser du sien. Mais du coup, les patrons m'ont accordé une chienne. Elle et moi sommes devenus de grands amis. Elle dormait sous ma cabane. Qu'elle dormait.

Léonard avait servi plusieurs villages auvergnats. Ensuite, il avait servi la République comme fantassin à la caserne Marbot de Tulle, et fait la guerre de Quatorze. Si bien que les plus jeunes des enfants Peyrissaguet, tout ouïe et tout éberluement, croyaient à l'entendre qu'ils étaient dans cette guerre-là seulement quatorze à combattre. Autour de la cheminée, chacun était assis selon son âge et son mérite, les gamins par terre, les hommes sur les bancs, les femmes sur les chaises, les grands-pères sur la *masille*, c'est-à-dire le coffre à sel, au plus chaud du cantou, avec le vague espoir dans leur esprit que les vapeurs du sel les conserveraient comme elles conservent le lard. Chacun avec son odeur propre, qui de vache, qui de cochon, qui de volaille. Lui sentait les brebis, imprégné de la tête aux pieds de leur suint, de leur douceur, de leur âme.

— Les brebis sont ma vraie famille. Jamais j'en ai connu d'autre.

Il y ajoutait toutefois sa chienne du moment, une certaine Fanfare. Elle et lui formaient deux inséparables. Il avait appris aussi dans ses almanachs le mot *pedigree* qu'on applique aux animaux de race dont on connaît l'ascendance. Les familles nobles possèdent également leur pedigree, de génération en génération, jusqu'aux Croisades. Ainsi le comte et la comtesse de Bouvreuil, qui habitaient le château de Saint-Hilaire-les-Courbes, proche l'église ; leur résidence était tapissée des portraits de leurs ancêtres.

— Pauvres damnés que nous sommes ! s'écriait Léonard en caressant sa chienne. Nous n'avons de pedigree ni l'un ni l'autre !

Il lui parlait comme à une personne, lui racontait le temps qu'il faisait ou celui qu'il allait faire ; ses sentiments sur les prochains cours de la laine à la foire de Treignac ; les gens qu'il voyait passer au loin ; les souvenirs qui lui revenaient de la guerre de Quatorze. Tout cela exprimé, non point en longs discours, mais en morceaux de phrases, en sous-entendus :

— Il nous apportait la soupe. Qu'il nous apportait... Un grand bidon de fer. Voilà qu'une marmite — c'est un obus — tombe à côté de lui... La soupe par terre, dans la boue. Il la ramasse avec ses deux mains. Et on l'a mangée quand même. Qu'on l'a mangée...

Fanfare devait imaginer les détails qui manquaient. Devant eux, les brebis tondaient l'herbe courte du plateau. Le bélier branlait doucement sa sonnette et les gringuenaudes qui lui pendaient sous le ventre. Quand Léonard avait assez parlé, il se taisait. Ruminait longuement d'autres pensées, comme ses moutons leur herbe. Lorsqu'il se fatiguait du silence, il se tournait vers Fanfare :

— Et toi, tu me dis rien ?... Dis-moi quelque chose !

Elle dressait la tête, le regardait de ses bons yeux à travers les poils de ses sourcils, et faisait hou... hou... hou... Elle ne savait pas en dire davantage. C'était à lui de l'entendre.

— Parle-moi encore !

— Hou... hou... hou...

Quand il s'asseyait sur une pierre, elle venait poser son museau sur ses genoux, écartait les mâchoires, lui souriait de toutes ses dents. Il aimait examiner l'intérieur de cette gueule si bien armée, la langue rose, interminable, palpitante, élastique ; la voûte du palais, creusée de plis et de replis, peinte d'une vaste tache brune qui avait à peu près la figure de l'Europe, avec ses montagnes et ses vallées.

En Corrèze, il ne pratiquait plus le coucher en roulotte et rentrait chaque soir à la Brunerie, où il dormait à côté du fenil. Les Gimel le tenaient en grande estime, car les meneurs de troupeaux ont réputation de sagesse. Ils savent lire l'heure au soleil et aux étoiles ; devinent le temps à venir ; comprennent les frémissements de la terre et les confidences des vents ; possèdent des remèdes qui guérissent les animaux et les hommes ; sont quelquefois sourciers. Abel, Abraham, saint Jean-Baptiste furent de bons bergers. On aimait inviter Léonard aux veillées pour qu'il racontât ses aventures et la guerre de Quatorze. Il n'acceptait d'y paraître que si l'on acceptait sa chienne aussi, ce qui n'était pas sans produire des complications avec les autres chiens de la famille : il y avait à leur arrivée de beaux concerts ! Il fallait enfermer ceux-ci dans le fournil ou la souillarde. Fanfare, apeurée, se réfugiait entre les sabots de son maître. Elle et lui avaient quand même le dernier mot.

La chose se produisit au mois de juillet 1923. Depuis le matin, Léonard gardait ses ouailles sur le plat des Raux. Il les avait poussées vers le soleil montant afin qu'au retour, au moment le plus chaud, elles eussent la tête à l'ombre. Aidé dans ces manœuvres par Fanfare à qui il transmettait ses ordres en un langage convenu, une série de cris, d'exclamations, de *trrr, bra-bra-bra-bra, aco, eytchi, dassaï, dalaï*, une sorte d'espéranto qui s'établit entre les chiens et les pâtres. Ils étaient ainsi partis pour la journée, lui emportant dans sa musette son dîner de pain, d'omelette froide, de fromage, et des croûtons pour sa chienne. Il se tenait attentif au milieu du troupeau, surveillant toutes ces vies qui lui étaient confiées.

Vers midi, selon l'indication du soleil, il s'assit sous un arbre, mangea son pain et son fromage, but à la chopine d'eau et de vin mêlés. Il faisait une chaleur d'enfer. Les mouches surexcitées harcelaient les naseaux des brebis qui s'étaient rassemblées, têtes pendantes, essayant de s'ombrager l'une l'autre. Sauf une, appelée Soumise, qui restait couchée à l'écart, oppressée, grelottante sur ses pattes. Léonard l'examina bien, comprit qu'elle souffrait de la gonfle. Sans doute avait-elle brouté du trèfle bâtard ou quelque autre plante vénéneuse. Il connaissait le remède, qui consistait à la faire saliver, et roter le gaz de fermentation. Au plus vite, s'il voulait la conserver. Il coupa d'abord une branche fourchue de genêt vert, qu'il fallut disposer autour de son cou, le bois sur la nuque, derrière les oreilles, les feuilles nouées ensemble par-devant, formant une sorte de bâillon à lui glisser entre les mâchoires pour lui garder la bouche ouverte. Afin de donner un goût salé à ce lien, il ne fit ni une ni deux : déboutonnant sa braguette (il l'appelait dans son langage excessif sa « canonnière » !), il l'arrosa d'urine. Puis il mit en place le bâillon, attendit les effets qui ne pouvaient manquer.

Or pendant ces soins vétérinaires, le ciel s'était couvert de nuées venues du mont Niolou. Il dit à sa chienne Fanfare :

— Les demoiselles du Niolou ont le cul noir, qu'elles ont !

Léonard se rendit bien compte qu'un orage se préparait ; mais il ne pouvait abandonner la pauvre Soumise pour ramener son troupeau à la ferme. Certes, les moutons n'aimaient guère la pluie, qui imbibe leur laine comme une éponge ; mais une fois chez eux, dans la bergerie douillette, ils sèchent en quelques heures. La brebis gonflée salivait bien ; seul le rot tardait à sortir. Alors il la prit dans ses bras et, donnant à sa chienne les ordres nécessaires, commença de pousser les ouailles vers la Brunerie. Sans lâcher le bâton qui lui servait de houlette, coincé entre l'agnelle et son épaule, tel un fusil au présentez-arme. Soumise était lourde et c'est lui qui, maintenant, respirait mal ; elle semblait lui avoir communiqué sa gonfle. Les premières gouttes commencèrent de tomber. Pour se donner du courage, il se mit à chanter comme il put :

Il pleut, il pleut, bergère
Rentre tes blancs moutons...

En fait, il n'y eut pas beaucoup d'eau. Pas de quoi, comme on dit, chauffer un four. Seulement quelques tonnerres, mais très fracassants. Martial Gimel, le vieux maître de la Brunerie, s'inquiéta un peu pour ses moutons. Mais il s'inquiéta bien davantage quand il les vit rentrer avant la nuit, alors que l'orage sec s'éloignait vers les bois de la Virole. Les brebis vinrent en désordre, sans chienne ni berger derrière elles. Il les compta, trouva qu'il en manquait huit. Puis seulement six. Puis seulement quatre. Il n'en manqua plus qu'une. Mais où était donc passé Léonard ? Ce n'était pas son habitude de se laisser distancer par le troupeau. Puis vint la chienne tout éperdue, se frottant, se tortillant, incompréhensible.

— Qu'as-tu fait de ton maître ?

Elle redoubla de gémissements. Martial se couvrit d'une limousine, car les demoiselles du Niolou se montraient toujours menaçantes, promettant la pluie sans en donner, et il partit, appuyé sur sa canne, à la recherche de l'homme et de la bête perdus. Fanfare le suivit. Il marcha en direction des Raux.

Or, de très loin, Martial reconnut son berger, debout au milieu du pâturau. Que diable faisait-il dans cette immobilité ? Fanfare prit les devants, puis s'arrêta net, comme pétrifiée, à quelque distance de Léonard. Martial avançait toujours, traînant la patte. Soumise serrée contre sa poitrine, le berger n'eut pas un mouvement.

— Ho ! Léonard !

Pas de réponse non plus. Quand il fut très près, Gimel sentit tout son poil se hérisser : bien droits, bien campés au milieu du plateau, l'homme et la brebis malade avaient été changés en statues. La foudre les avait frappés sans déranger un pli du vêtement, un flocon de la laine. Lui tenait toujours son bâton au présentez-arme, sa casquette sur la tête, sa musette vide dans le dos, sa veste et ses culottes de coutil aux rayures bien apparentes, ses sabots raccommodés par un fil d'archal. Soumise semblait dormir entre ses bras, la tête posée sur son épaule. Fanfare, aplatie dans l'herbe, suffoquait de douleur et d'indignation. Martial peinait à croire en ce qu'il voyait.

— Ho ! Léonard ! répéta-t-il d'une voix tremblante.

Le visage du foudroyé avait une couleur de poivre ; ses joues hirsutes lui remontaient dans les yeux, serrés par un ultime éblouissement. Martial Gimel avança la main pour le secouer, espérant encore qu'il dormait debout, comme font les ânes. A ce simple contact, la statue tomba en poudre. Léonard et Soumise ne furent plus par terre qu'un tas de cendres grisâtres. Le maître en reçut une telle secousse qu'il tomba lui aussi. Sur le cul.

Lorsqu'il se releva, il ramassa son chapeau et sa canne, s'enfuit vers la Brunerie aussi vite que le lui permettait sa patte folle. Il raconta la chose à sa femme qui n'en crut pas non plus ses oreilles :

— Sainte Vierge ! Est-ce possible !

— Celui qui n'a pas vu cet homme de cendre n'a jamais rien vu !

— Et maintenant, qu'allons-nous faire ? Il faudrait aller ramasser ce qui reste de lui. Il n'est pas chrétien de...

Et les gendarmes à prévenir ! Et le curé ! Et le cercueil ! Le cas était unique.

Comme ils débattaient entre eux de ces détails, l'orage qui rôdait depuis le matin éclata avec une fureur soudaine.

Les grêlons crépitaient et rebondissaient sur les ardoises des toitures ; l'eau qui en ruisselait formait une cataracte pareille à celle de la Vézère, au saut de la Virole. Après une demi-heure, l'averse s'arrêta cependant, presque aussi soudain que si une vanne, là-haut, s'était fermée. Gimel eut une pensée pour ses vaches qui l'avaient essuyée au Prat-Long, cerclé de fil de fer barbelé ; chaque corne pointée vers le ciel pouvait attirer la foudre aussi bien que la houlette de Léonard. « Pourvu que le tonnerre ne m'en ait pas tué quelqu'une ! C'est bien assez de notre berger ! » Il était temps de clore, de les ramener à l'étable : il y envoya Piérou, le jeune valet. Ensuite, ce fut l'heure de la traite. Puis du souper. Puis du coucher. Il remit au lendemain la seconde visite aux restes de Léonard.

Quand il y fut, vers les huit heures du matin, le soleil déjà haut au-dessus du puy Pendu, il eut beaucoup de peine à retrouver les traces des deux foudroyés. La pluie les avait lessivées, dissoutes, emportées, ne laissant qu'une petite relique informe de métal, reste sans doute d'une clé, d'une lame de couteau fondues. Tout cercueil, tout enterrement étaient inutiles.

Vinrent d'autres saisons. L'herbe poussa plus verte et plus drue sur les lieux de l'holocauste. On prit l'habitude d'appeler cet endroit « le champ de Léonard ». Ainsi ne se perdit point le souvenir du pauvre berger de l'Assistance, mort en chantant *Il pleut bergère*.

2

La Manigne confinait au midi avec la Brunerie. Elle comptait seulement deux domaines : celui d'en bas, la borde des Paupard, et celui d'en haut, la borde des Peyrissaguet. Le second appartenait à Maître Eyrolles, un notaire d'Eymoutiers, qu'on ne voyait guère ; les fermages lui étaient versés deux fois l'an par l'entremise de son confrère treignacois. En 1923, la famille Peyrissaguet comprenait à la Manigne déjà quatorze personnes : les grands-parents, au nom desquels le bail était signé, leur fils aîné Clément, sa femme Thérèse et leurs dix enfants échelonnés en âge de quinze ans à quelques jours. Deux frères de Clément étaient morts à la guerre ; deux autres avaient quitté la Manigne pour aller gagner leur pain ailleurs : primo, parce qu'il est normal que les cadets cèdent la place à leur aîné ; secundo, parce que les carrières qu'ils avaient choisies étaient moins fatigantes que l'agriculture. L'un, dans les chemins de fer, qui n'étaient pas encore la S.N.C.F., mais en avaient déjà les vertus : *Sur Neuf Cinq Feignants* ; l'autre dans les P.T.T. : *Petit Travail Tranquille*. Une sœur avait épousé un menuisier de Chamboulive.

La borde comprenait trois maisons, deux grandes et une petite. Tout en haut, le long du chemin qui descendait vers la Vézère, l'énorme bâtiment des animaux à quatre pattes, avec cinq portes en façade et deux sur le derrière : devant, la grange, les étables des vaches, des bœufs, des brebis, du cheval et de la chèvre, la loge des habillés de soie ; sur le chemin, la fenière, où l'on accédait par deux courtes montées. La seconde demeure était celle des gens : la salle-cuisine avec sa souillarde et la pierre d'évier, le *bachiò* ; trois chambres en enfilade au rez-de-chaussée et quatre autres à l'étage, meublées de lits de coin à deux places. Les vieux dormaient en haut, dans celle du bout, côté pluie, avec leur chien Carlo ; les parents occupaient celle du bas qui jouxtait la salle, en compagnie des derniers-nés. Entre ces deux bâtisses couvertes d'ardoises, construites en beau granit, avec des entourages de porte finement taillés, le logis des animaux à deux pattes, poules, oies, pintades, touchait le fournil où l'on cuisait le pain, où séchaient les châtaignes, où les enfants aimaient se réunir les jours pluvieux et pratiquer les amusements d'intérieur . osselets, cartes, jeu de l'oie, lunette magique.

Pour construire cette lunette, il fallait deux feuilles arrachées à un cahier de rebut. Avec la première, on agençait par pliage un bonnet d'évêque, c'est-à-dire un petit sac pentagonal dans lequel on enfermait des éléments colorés, papier d'aluminium, petits cailloux, pétales, brins d'herbe, confettis. Avec la seconde feuille, on formait un tube dont on glissait l'embout dans l'ouverture de la mitre. On braquait alors cet instrument vers la porte ouverte, l'œil collé à la lorgnette ; l'imagination aidant, on pouvait voir dans le sac des montagnes, des palais, des paysages terrestres ou sous-marins, des animaux fabuleux, hippopotames ou diplodocus. S'il avait connu cet objet, l'instituteur l'aurait peut-être appelé kaléidoscope. On renouvelait le spectacle en faisant tourner le bonnet d'évêque en tous sens.

Par temps sec, les enfants Peyrissaguet jouaient dehors. Ils employaient spécialement les services d'un chêne aux bras immenses qui, entre le bâtiment des bovins et celui des humains, répandait ses glands et son ombrage. Eux se balançaient à ses branches ou grimpaient dedans en se faisant la courte-échelle, aussi bien garçons que filles. Ils n'hésitaient pas à se hisser jusqu'au sommet que secouaient les vents ; mais jamais une seule ne se brisa, jamais personne ne se rompit le cou. Certains jours, ils étaient, avec les petits Paupard, dix ou douze sur leur arbre perchés. A tel point qu'une fois Maître Eyrolles, de passage, s'écria, montrant le chêne à son épouse :

— Voyez, ma chère, quel arbre merveilleux ! En guise de fruits, il produit des enfants !

Et elle, qui n'avait pas fructifié :

— J'en cueillerais bien quelques-uns !

En théorie, le grand-père était donc le maître de la borde. Lui-même et sa famille, comme toutes dans la région, portaient un sobriquet, les Grillons. Certes, il avait été noir de poil autrefois ; mais l'âge l'avait blanchi, il ne gardait de bruns que les yeux. Pour tout le voisinage, il était donc *lou Gril* et sa femme, née Beaudhuin, la Grilette. Ces deux-là passaient une grande partie de leur temps à se quereller : pour un outil mal rangé, une soupe trop salée, une parole prononcée plus fort qu'il n'eût fallu, une paille tournée de travers, la dispute éclatait, chacun voulant avoir le dernier mot :

— Ah ! gredine ! Ah ! malvivante ! Tu veux me commander, à mon âge ? Commande à ta soupe, commande à tes poules, ne commande pas à ton homme !

Parfois, il faisait mine de déboucler sa ceinture, de baisser son pantalon :

— Enfile-le, pendant que tu y es ! Comme ça, l'on saura que chez nous c'est toi qui portes la culotte !

Et elle de répliquer :

— Grimpe donc sur le tas de fumier ! On t'entendra de plus loin ! On dira : Ecoutez comme le coq de la Manigne chante fort !

A moins qu'elle ne se mît à geindre :

— Si mon ange gardien ne me retenait pas, je me laisserais périr !

— Tu veux dire ton diable gardien !

— Hélas, hélas ! Je gagne sur terre mon Paradis !
— Tant mieux ! Ça m'épargnera de te payer des messes !
— Parce que tu comptes sans doute mourir après moi ?
— Pardi !
— Tu te trompes, mon ami : c'est moi qui t'enterrerai ! Et bien profond encore, de peur que tu ressortes !

En dehors de ces colères de théâtre, les deux vieux s'entendaient à merveille, de même qu'au printemps il fait beau entre les giboulées. Le grand-père appelait sa femme « ma Grilette » ; elle, son homme « mon Grilou ». Il lui préparait lui-même son café d'orge moulue — car elle était une grande cafetière —, le noircissait en y laissant flotter un tison éteint, le lui apportait au lit. Il la pinçait dans les coins, comme on chante dans la Madelon. Il la caressait même en public, usant de deux services : le *plaisir*, qui consistait à lui frotter le visage de haut en bas avec ses doigts écartés, et le *déplaisir*, qui le frottait de bas en haut.

Mais le plaisir préféré de la Grilette lui venait du tabac à priser. A des moments choisis, elle tirait de sa poche une tabatière en écorce de cerisier dans laquelle le pétun était gardé frais par une tranche de carotte, y prenait entre pouce et index une minuscule pincée, se la tenait sous les narines, la humait longtemps, longtemps, parce que l'odeur ne coûtait rien, l'aspirait enfin avec un reniflement de gourmandise, jusqu'à ce que plus rien ne restât attaché à ses doigts. Le Gril, lui, était plutôt porté vers le liquide.

Leur fils aîné, Clément, s'était marié en 1907 avec Thérèse Pourchet, de la Vinadière. Et sans délai ils avaient entrepris leur œuvre de fécondité. Dès l'année suivante, était né Benoît. Dix-huit mois plus tard, Fernand. Un an après, Simone. En 1913, Marie-Louise. Si bien qu'à la veille de Quatorze leur ménage comptait quatre enfants, deux filles et deux garçons. Ils ne retinrent pas leur père d'être mobilisé avec les autres pour aller en pantalons rouges combattre la Prusse. Or à peine avait-il obtempéré aux affiches blanches qu'un cinquième enfant lui naquit au mois de décembre 1914, prénommé Léon. Ses copains s'étonnaient qu'à peine âgé de trente ans Peyrissaguet fût déjà cinq fois père de famille :

— Mais comment fais-tu ? Faut croire que t'as un don particulier !

— C'est ma femme qu'a le don. Suffit que je pose mes culottes sur son lit, paf ! la voilà enceinte !

A cause de cette nombreuse descendance, le règlement militaire le ménageait un peu. Lorsqu'on avait besoin d'une patrouille pour une affaire dangereuse, l'officier demandait d'abord des volontaires. Comme il ne s'en présentait point, il recourait aux hommes non mariés. Ensuite, aux mariés sans enfant. Ensuite, aux pères d'un seul. Puis aux pères de deux. Clément coupait à ces missions désespérées, ce qui lui valait la rancœur des célibataires et des maris peu fertiles.

En 1917, il vint en permission, retrouva sa femme restée en friche depuis trois ans. Sans doute abandonna-t-il sans précaution ses culottes bleu horizon sur sa couche : elle mit au monde au début de 1918 le petit Victor. Pendant ce temps, le caporal Peyrissaguet combattait à Salonique sous les ordres du général Guillaumat. Il en revint en 1919 avec une décoration serbe et les fièvres paludéennes. Elles l'obligeaient à rester au lit hors le temps normal du sommeil. D'où la naissance d'Etienne et de Vincent en 1920. Vrais jumeaux s'il en fut, si pareils de la tête aux pieds que chacun, regardant l'autre, avait l'impression de se voir dans une glace.

Ce doublé n'empêcha pas la venue de Bernard en 1921. Ni de Gilbert, dit Gilou, en 1923. Thérèse Peyrissaguet semblait se consacrer à la repopulation de la France, après les massacres de Quatorze, en ne produisant que des enfants mâles. Elle interrogea le curé de Saint-Hilaire sur les raisons de sa fécondité excessive. Il s'en montra offusqué :

— Chaque enfant est un cadeau que le bon Dieu vous envoie. Allez-vous gémir sur tant de bonheur ?

Sa belle-mère Grilette lui fournit d'autres raisons :

— Ah ! vous êtes une bonne lapine ! Un peu trop bonne. Mais c'est votre faute : vous manquez de lait.

— Qu'y puis-je ?

Elle n'avait jamais nourri, en effet, ses enfants autrement qu'au biberon. Sans doute existait-il une liaison entre cette incapacité et la répétition des grossesses. Bonne lapine, mais pas bonne chèvre.

Au commencement, le père donnait la main à Thérèse pour le soin des nourrissons. Mais lorsqu'il y eut cinq, puis six, puis sept derrières à torcher en même temps, la tâche lui parut surhumaine ; il renonça. Après tout, c'était là une affaire de femme. La grand-mère prêtait son aide entre deux prises. Puis les enfants aînés vinrent à la rescousse. Les membres de la lapinée s'élevèrent un peu les uns les autres.

C'était un homme aux yeux clairs, à la belle moustache blonde, tombante, bien touffue sous le nez, effilée et relevée par les bouts. Sa fille aînée, Simone, dite Monette, était dans son jeune âge folle de cette moustache. Lorsqu'il la prenait sur ses genoux, elle la saisissait à deux mains, la tirait vers le haut, ce qui découvrait ses dents supérieures, qu'il avait blanches et belles, car il ne fumait ni ne chiquait, contrairement à beaucoup d'anciens poilus qui avaient contracté sur le front ces mauvaises habitudes. Mais il n'avait guère le loisir d'asseoir sa descendance sur ses genoux, à cause des innombrables besognes qui l'appelaient aux champs, aux prés, aux bois, aux étables. L'hiver, il partait aussi dans les Landes pratiquer le travail de scieur de long ou de travers. De ces campagnes, il revenait avec des culottes poisseuses de résine ; si bien que ses enfants y restaient collés comme des timbres-poste.

Dans ces moments privilégiés, il racontait lui aussi sa guerre de Quatorze. Les horreurs indescriptibles auxquelles il avait assisté, les bravoures, les lâchetés, les désespoirs, les joyeusetés. Par exemple, l'entrain de cet officier qui, au moment où la canonnade devenait la plus forte, s'écriait :

— Ça commence, mes petits, à devenir intéressant !

La marmaille écoutait bouche bée le récit de ces héroïsmes.

Sa journée débutait aux premières lueurs de l'aube. Il allumait le feu dans la cheminée, suspendait à la crémaillère le chaudron de la soupe, puis allait s'occuper des animaux à quatre pattes. Thérèse le suivait de peu, déjà peignée, son gros chignon bien noué sur sa tête. Elle découpait le pain dans les bols, vidait dessus le bouillon fumant, ajoutait à chacun une parcelle de beurre, une demi-louchée de lait. Puis elle criait vers les chambres :

— *Lo choupo vous épeyro.* La soupe vous attend.

C'était le plus doux des réveille-matin. Très vite ils arrivaient, se bousculant, qui pieds nus, qui en sabots. Chacun trouvait sa place réservée et s'apprêtait à engloutir, avec des lapements, des reniflements de chien. Carlo allait de l'un à l'autre, réclamant sa part avec des gémissements d'impatience ; il était enfin servi, dans une auge de bois, dont il vidait le contenu en remuant la queue.

Après un moment, le père reparaissait et distribuait les besognes :

— Toi, tu seras, avec l'aiguillade, devant les bœufs... Toi, tu iras garder les moutons au champ de Léonard... Toi et toi, vous irez couper de la fougère pour la litière des vaches... Toi, tu resteras à la maison pour aider la maman...

Personne ne discutait ces ordres, pas plus qu'on ne discute les Commandements de Dieu. En cas de négligence, de polissonnerie, de maladresse, il n'avait pas besoin de lever la main sur le coupable : un regard suffisait à le faire entrer sous terre. A moins — cela se produisait seulement au repas du soir — qu'un mouvement de l'index ne lui désignât l'escalier de la chambre. Le condamné quittait la table et montait se coucher. Cela se terminait par des larmes dans le traversin, puis par un sommeil mêlé de hoquets.

Toute partie a sa contre-partie. Léon, le troisième garçon, le contestataire, qui finit plus tard par s'engager dans la Coloniale, se revanchait de cette punition en faisant un détour par le charnier où séchait le lard blanc serré en rouleau : il en découpait une tranchette qu'il rongeait ensuite dans son lit jusqu'à la couenne.

Bref, Clément gouvernait son monde par la crainte, non par les gifles. Une seule fois, selon les mémoires de famille, il dérogea à la règle en faveur des deux jumeaux. Un matin, il les surprit, alors qu'ils ne le voyaient guère, pariant l'un contre l'autre à celui qui pisserait le plus loin. Le double emplastre, pif! paf! leur en coupa soudain l'envie. Ou plutôt, que Dieu leur pardonne, ils mouillèrent leurs culottes sans victoire pour aucun.

La crainte n'empêchait pas l'amour. Ni l'admiration, née principalement de ses moustaches blondes, de ses membres puissants ; les voisins disaient de lui :

— Il est fort comme un char.

Au temps des fenaisons, quand il chargeait le sien, on le voyait brandir avec aisance d'énormes fourchées sous lesquelles il disparaissait. En août, les châtaigniers perdent leurs minous, leurs chatons mâles, si bien que les sentiers des châtaigneraies sont tapissés de jaune. De cela, on peut faire des tisanes contre la colique. Les garçons Peyrissaguet, eux, en ramassaient deux ou trois collés ensemble qu'ils se fixaient sous le nez, retenus par un froncement de la lèvre, de sorte qu'ils semblaient emmoustachés de blond comme leur père, et se saluaient l'un l'autre par :

— Bonjour, Monsieur Peyrissaguet!... Vous êtes donc par ici, Monsieur Peyrissaguet?...

Même les filles voulaient des moustaches.

Lorsque leur père faisait grande toilette, il se montrait parfois torse nu devant sa famille émerveillée. Sa poitrine montrait un tatouage bleu, souvenir de Salonique, représentant en grandeur naturelle le visage d'une femme de là-bas, crépue, le nez droit, la lèvre épaisse. Son nom, *Dorothée*, était écrit dessous en lettres grecques.

Thérèse, sa femme, montrait moins d'équanimité. Ses colères s'accompagnaient de cris, de mains en l'air qui retombaient quelquefois, de menaces dont une revenait souvent :

— Si tu ne m'obéis pas, je te mettrai à l'Assistance !

Les petits se demandaient à quoi pouvait bien ressembler cette Sistance redoutable qui ne se montrait jamais. Mais les aînés, en se liguant contre les fureurs maternelles, les transformaient en jeu ; ils s'accrochaient aux bras, aux jupes, au tablier de leur mère, l'obligeaient à tourner comme une toupie en chantant « *dansons la capucine, y a plus de pain chez nous* ». Bientôt, désarmée, elle capitulait, renonçait à sa colère, éclatait même de rire. Cela finissait par des embrassades générales.

Tout ce petit monde, quand il était en âge et que la saison le permettait, c'est-à-dire de la Toussaint jusqu'à Pâques, allait aux écoles de Saint-Hilaire-les-Courbes. Village de maisons éparses, ainsi nommé, sans doute, à cause des tournants successifs qu'y décrivait la Nationale 940 de Treignac à Lacelle. Belle route bordée de hêtres dont les cîmes opposées s'embrassaient pour former une voûte ogivale, sous laquelle, aux temps chauds, il faisait bon marcher. En automne, elle était tapissée de faines qu'on pouvait ramasser à pleins sacs ; on en tirait une huile exquise.

La demeure la plus haute de l'endroit était l'*Hôtel Saint-Hilaire* tenu par M. et Mme Arvis. Il avait d'ailleurs d'autres spécialités, peintes sur la façade : *Epicerie, Mercerie, Papeterie, Chaussures*. Il se prolongeait de plus sur la droite par une étable et un atelier de menuiserie. De l'autre côté, en contrebas de la route, se dressaient les deux écoles parallèles où fréquentaient une soixantaine d'élèves, dont un bon nombre d'enfants de l'Assistance. De là, partait une allée qui passait devant le château du comte et de la comtesse de Bouvreuil. Elle tournait à gauche, longeait le presbytère, saluait la stèle du monument aux morts de Quatorze, où les jeunes Peyrissaguet pouvaient lire les noms de deux oncles glorieux. Elle aboutissait à l'église minuscule, presque église-jouet, proportionnée à la population de la paroisse. Gracieuse avec son clocher à peigne, ses deux cloches suspendues. Le jeudi matin, les catéchumènes y rencontraient l'abbé Juillac qui leur enseignait les saintes vérités. Il les accueillait devant la porte, leur frottait le crâne d'une main amicale. Ils devaient marcher sur le seuil formé d'une ancienne pierre tombale sur laquelle était gravée une énorme clé. Leur entrée dans la maison de Dieu dérangeait une famille de martinets qui y avait ses aises et qui se sauvait en claquant du bec par les trous d'où descendaient les cordes des cloches.

A l'école, une institutrice enseignait les filles, son mari les garçons. Celui-ci s'appelait Forot, mais portait secrètement le sobriquet de Branlette, à cause d'un frétillement nerveux du bras, d'un tic qu'il avait pris au jeu du violon. Il apportait en classe son instrument, l'accordait sous les yeux ébahis de ses élèves, exécutait la chansonnette dont il avait écrit au tableau les paroles :

J'ai un long voyage à faire,
Je ne sais qui le fera.
Si je l'dis à l'alouette,
Tout le monde le saura.
La violette double, double
La violette doublera...

Eux se grisaient de ces paroles intéressantes. Mais ensuite, même lorsqu'il faisait réciter la table de multiplication, M. Forot ne pouvait se retenir de répéter des deux bras ses gestes de violoniste. Comme s'il les accompagnait encore dans leur mélopée :

Sa femme, au contraire, était respectée de la tête aux pieds, ses élèves ne l'appelaient jamais autrement que la Dame, avec un D très majuscule. La langue française régnait dans les classes ; mais la limousine reprenait ses droits dans les cours de récréation. A la différence de leurs prédécesseurs d'avant Quatorze, maintenant que l'Alsace-Lorraine était reconquise et la République bien établie sur ses fondements, M. et Mme Forot ne s'effarouchaient point de ce bilinguisme. Branlette lui-même ne craignait pas de pratiquer le parler limousin, les jours de foire à Treignac ou à Lacelle, même si on ne le comprenait qu'à demi car il était originaire de Bort où le chien s'appelle, non pas *lou sè*, mais *lou co*. Un jour qu'il y avait, dans son jargon, commandé au bistrot un verre de vin blanc, il fut reconnu par un buveur de Saint-Hilaire, qui lui en fit compliment :

— Vous connaissez donc le patois, Monsieur Forot !

— Oui bien. Et même l'anglais ! répondit Branlette dans un mouvement d'orgueil linguistique.

Il se fit autour de lui un silence respectueux, tous les regards convergèrent vers son nez et son lorgnon. Mais quand quelqu'un eut chuchoté que c'était un maître d'école, plus personne ne s'étonna ; d'un instituteur comme d'un curé, faut s'attendre à tout.

Mme Forot, elle, n'employait jamais que la langue officielle, même si elle entendait le parler local.

Au contraire, chez les Peyrissaguet seul le patois avait cours. Avec une exception cependant : si Clément parlait patois à ses vaches, il employa toujours le français avec le cheval qu'il acheta en 1926. C'était en fait une jument, baptisée Etoilette à cause d'une tache blanche qu'elle portait sur le chanfrein. Pourquoi ce traitement spécial? Peut-être soupçonnait-il, sans l'avoir jamais appris, que le cheval est la plus noble conquête de l'homme. Il avait eu l'occasion, à l'armée, de s'adresser à des chevaux d'intendance, ce qui ne pouvait se faire que dans la langue de la République. D'ailleurs, Etoilette n'était pas du pays ; selon le maquignon qui l'avait vendue, c'était une Tarbaise, donc originaire d'une région où le limousin n'a pas cours. Elle entra chez eux comme une servante étrangère. Ils durent apprendre le vocabulaire de son harnais et de ses usages : croupière, dossière, sous-ventrière, trousse-queue, bouchonner, étriller, aiguayer.

Si Thérèse et Clément, qui avaient un peu fréquenté l'école, étaient en mesure de s'exprimer proprement en français, il n'en était pas de même des grands-parents, qui faisaient éclater de rire les instruits chaque fois qu'ils ouvraient la bouche avec l'intention d'employer la langue parisienne. Mélangeant le masculin et le féminin, le singulier et le pluriel, les noms propres et les noms sales. Ainsi le jour où le Gril, en compagnie de son plus grand petit-fils, Benoît, à la fête de Lacelle, voulut faire montre de son vocabulaire et lui dit, désignant du menton une élégante vêtue de blanc, mais qui avait dû s'asseoir sur un siège terreux :

— Regarde la dame, comme il est belle ! Il est blanche, il a le cul noir !

Mot qui fit rire la famille pendant trois générations.

De la vie rustique, en revanche, le Gril savait tout. Capable de nommer en patois soixante-trois parties qui composent une charrue, dix sortes de blé, douze espèces de clous, vingt-cinq catégories de remèdes. Mais en dehors de ses spécialités, il était d'une ignorance sans défaut. Ses petits-enfants s'amusaient à lui tendre des pièges :

— Grand, dis-nous le nom du nouveau Président de la République.

— Pouf ! Moi, je ne m'occupe pas de ces léonards.

Pourtant, il ne demandait qu'à s'instruire, et lui aussi posait des questions, auxquelles ils ou elles ne savaient pas toujours répondre. Par exemple, à Marie-Louise, qui n'avait encore que six ans et pas beaucoup de mots français dans la tête :

— Dis-moi un peu comment on appelle à Paris l'*ambounì*. Les Parisiens doivent bien avoir un *ambounì* comme nous autres. (Il parlait du nombril.)

Et elle :

— Je ne sais pas bien. Mais *lou medetchì* se dit en français le médecin. Donc, l'*ambounì* doit se dire l'ambounin.

De tous les environs, les enfants se rendaient pédestrement à l'école de Saint-Hilaire. Les petits Peyrissaguet marchaient une bonne heure. En 1923, ils étaient six d'âge scolaire, quatre garçons et deux filles. Chacun emportait dans sa musette-cartable, à côté de l'arithmétique et du livre de lecture, un quignon de pain. A onze heures, après la classe du matin, ceux qui habitaient à peu de distance rentraient dans leurs familles ; mais les oiseaux de passage, les plus nombreux, se retrouvaient au café-restaurant-épicerie, où les accueillait, derrière la vitre, un vieil écriteau, jauni par le soleil : *Les parans qui veule faire manger leurs enfans son prié de se faire inscrire ici.* Une partie de la cuisine leur était réservée : quarante bols, quarante cuillères, quarante couteaux les y attendaient, filles d'un côté, garçons de l'autre. Chacun découpait ou déchiquetait son quignon dans son bol ; puis Mme Arvis venait avec un grand faitout et versait sur ces taillons des louchées de bouillon aux légumes.

— Laissez tremper ! commandait-elle aux goulus.

Ils regardaient donc la soupe fumer dans le bol, les trempes gonfler et se ramollir. Si c'était du bouillon gras, les yeux n'y manquaient point. Sinon, Mme Arvis y ajoutait une demi-cuillerée de saindoux. Pas de lait, pas de fromage. L'appétit était le meilleur assaisonnement.

Elle frappait tout à coup dans ses mains, tel le curé qui à la messe ferme son claquoir. Aussitôt, comme un seul homme, garçons et filles se courbaient sur leurs écuelles. Il arrivait qu'un des plus jeunes, d'appétit délicat, n'achevât point sa panade ; il trouvait toujours quelqu'un pour la finir à sa place. Au terme de ce dîner, les quarante rejoignaient leur cour de récréation et leur préau respectifs, où ils pouvaient s'ébattre jusqu'à treize heures, tandis que de leur fenêtre M. et Mme Forot les surveillaient d'un œil.

Ces deux écoles étaient une merveille d'organisation. Les instituteurs n'y enseignaient pas seulement la lecture, l'écriture, le calcul et les chansons ; mais aussi, aux filles les travaux d'aiguille, aux garçons les principes fondamentaux de l'agriculture et du jardinage. Branlette profitait de cette main-d'œuvre gratuite pour cultiver un vaste terrain : les aînés bêchaient et semaient ; les moyens binaient et récoltaient ; les petits désherbaient. Les cabinets scolaires, deux d'un côté, deux de l'autre, bordaient les cours juste au-dessus ; chaque trou d'évacuation aboutissait à une sentine commune, sombre, invisible, où les matières fermentaient, avec l'aide des mouches et des chaleurs. De là, une canalisation recueillait le trop-plein et le transportait dans le potager afin d'y fumer les légumes. M. Forot expliquait à ses élèves qu'il pratiquait ainsi la méthode chinoise :

— Ces Asiatiques considèrent l'engrais humain comme le meilleur de tous et n'en laissent rien perdre. Lorsqu'ils reçoivent à leur table un invité, celui-ci ne manque pas, avant de repartir, de leur rendre en engrais ce qu'il a consommé en aliments. Cela représente chez eux une politesse obligatoire.

En fournissant ces détails, il faisait ses gestes de violoniste et justifiait son surnom. Effectivement, ses carottes, ses choux, ses salades étaient d'une énormité confondante.

Les oiseaux de passage, avec dans l'estomac la seule trempée de Mme Arvis, trouvaient l'après-midi longue. Il s'ensuivait dans la classe des somnolences, non de digestion, mais de famine. Aussi, M. Forot consacrait-il la dernière heure aux disciplines qui tiennent réveillé. Jardinage, comme il a été dit. Ou gymnastique : on imitait dans la cour les mouvements du rameur, du pompier, du scieur de long, ce qui autorisait le recours au langage interdit :

Tchinngrinn ! Tchinngrinn !
Tiro lo rechèse,
Tu moun petchì Pière,
Tiro-lo tu Zan
Que ché lou pu gran.
Tire la scie de long
Toi, mon petit Pierre.
Et tire-la, Jean,
Toi qu'es le plus grand.

Benoît n'aimait pas les leçons de chant, parce qu'il « chantait jaune », c'est-à-dire faux. Il tenait cela de sa grand-mère Grilette :

— Ne me demandez pas de chanter, suppliait-elle, je chante trop jaune !

En ces dernières heures de classe, Branlette pratiquait aussi la lecture à haute voix. Il prenait dans le placard *La mare au diable* ou *Sans famille* et en débitait les premiers chapitres, afin d'appâter les élèves, leur laissant ensuite le soin d'en achever eux-mêmes la consommation. Ces volumes étaient des « livres de bibliothèque », une soixantaine, enveloppés de papier bleu, étiquetés de blanc. Les enfants savaient qu'on peut acheter toutes sortes de livres, chez les libraires, chez les épiciers, aux colporteurs ; mais qu'une seule espèce est respectable, celle des « livres de bibliothèque ».

Quatre heures arrivaient enfin, que M. Forot lisait sur

sa montre de gousset, avec un hochement de tête. Un frisson de plaisir faisait ondoyer les têtes. Il était toutefois interdit de bouger avant qu'il n'en donnât le signal. Il prolongeait encore de cinq à dix minutes, pour faire bonne mesure, comme les épiciers avisés font bon poids de leur vermicelle. Il ouvrait enfin la porte, ne gardant que les punis de retenue. Quand ils n'en étaient point, les quatre garçons Peyrissaguet retrouvaient dehors leurs deux sœurs échappées à Mme Forot. Ils reprenaient ensemble le chemin de la Manigne. Parfois, ils trouvaient en route un peu de supplément : selon la saison, noisettes, mûres, cerises sauvages, pommes ou noix tombées, prunelles qui ne sont consommables qu'après les premières gelées. Mais ils avaient l'esprit déjà occupé par les châtaignes qui les attendaient à la maison, entre deux assiettes creuses, bien au chaud sous les édredons.

La châtaigne représentait chez eux la principale nourriture à la saison froide. Fraîche, on la dépouillait de son premier vêtement au moyen d'un couteau à lame courbe, le *peladou*. Le père était si habile à ce travail que, fendue par le milieu, l'enveloppe s'ôtait en deux mouvements. On la jetait ensuite dans une marmite de fonte au col évasé, ayant la forme d'une capsule de pavot. Celle-ci restait pendue à la crémaillère jusqu'à l'ébullition, qui durait une dizaine de minutes. On torturait alors les châtaignes demi-cuites avec la *birguèlhe* : pinces de bois aux très longs manches et aux dents de crocodile. Encore fermes, brassées, frottées les unes contre les autres par cet instrument, elles abandonnaient leur seconde peau et paraissaient toutes nues, toutes blanches. On les vidait dans un tamis d'osier ; puis elles faisaient retour à la marmite où elles achevaient de cuire sans eau, dans leur seule vapeur, protégées de la chaleur du fond par un lit de pommes de terre non pelées. Elles étaient consommées à la cuillère, dans un bol, avec du lait.

Au temps des veillées, on les faisait simplement bouillir, dans leurs deux chemises. La façon la plus simple de les manger consistait à les presser entre les dents : leur pâte molle giclait par un petit trou de la pointe, comme le contenu d'un tube de dentifrice. Cela s'appelait « pélisser la châtaigne ». Mais les personnes plus délicates la décortiquaient avec la pointe du laguiole, longuement, minutieusement, dans toutes ses circonvolutions, en se brûlant les doigts. On la faisait descendre en buvant du cidre. Du doux pour les femmes et les enfants, du fermenté pour les hommes.

Les châtaignes grillées exigeaient moins de patience ; il suffisait de les fendre un peu, en tirelire, pour éviter leur explosion, et de les mettre en couche dans une poêle à trous, au manche interminable. On secouait fréquemment. Leur fumée était si expansive que tout le voisinage s'en régalait.

La fraîcheur des châtaignes est aussi courte que celle des enfants. Toutes proportions gardées. Mais une fois sèches, elles se conservent aussi longtemps que les momies. On obtenait cela dans le *sechadou*, prolongement du fournil, qui comportait un sol de terre battue et un étage dont le plancher était une simple claie, qu'on atteignait par une échelle extérieure et sur quoi l'on étendait une belle épaisseur de châtaignes. Un feu de souches allumé en bas les enfumait et les séchait, souvent remuées au râteau. Elles se ratatinaient dans leur enveloppe, dont on les débarrassait en les piétinant dans un bac de pierre avec des sabots armés de crampons. Cela les réduisait en un écrabouillis : on séparait la balle du comestible au vent du tarare. Ainsi obtenait-on les *jacques*, c'est-à-dire les châtaignes dures, qui recouvraient leur tendreté dans l'eau bouillante.

Thérèse introduisait les châtaignes dans maintes préparations : la soupe, le boudin, le chou farci, la purée, le ragoût et même les gâteaux. Mais ceux-ci ne paraissaient que les jours de grande fête : il y fallait trop de beurre, trop de sucre, trop de vanille. Personne sous son toit ne souffrait de la faim ; mais ce n'était pas la maison des friandises. Comme la famille était nombreuse, composée de trois générations, la mère usait pour la rassembler d'un instrument acheté à la foire : un de ces petits cors dont se servent les chasseurs qui appellent leurs chiens. Quand la soupe était prête, Thérèse se plaçait sur le pas de la porte et soufflait dans son cor. Aussitôt elle voyait accourir ses hommes et ses marmots, car les ventres affamés ont, dans ces circonstances, de bonnes oreilles.

3

Entre la Manigne et la Brunerie, au milieu d'un parc entouré de murs, se dressait une maison bourgeoise qu'on appelait pompeusement le « château ». Propriété de M. et Mme Gilbert Rebuissou, vinatiers, c'est-à-dire marchands de vins à Meymac, qui venaient y passer leurs jours sans commerce. Meymac, nette comme un sou neuf, est toute faite de castelets, de pignons, de beffrois, de poivrières, autour de l'église Saint-André et de son hospice. *Hospitium Hic Alibi Patria*, dit le linteau de ses pensionnaires. Ce qui peut se traduire de deux façons : « Je reçois ici ceux qui ont perdu leur vraie maison. » Ou bien : « Ceci n'est qu'un hospice ; notre vraie patrie (celle du ciel) est ailleurs. » De toute façon, aucun de ces vieux ne sait le latin. Saint-André est de même remplie de messages équivoques : dans ses chapiteaux, dans son bénitier, dans sa Vierge noire. Mère de Dieu ou simple paysanne limousine, chaussée de sabots ? Mais après tout, Marie de Nazareth a aussi cette région pour patrie terrestre ; elle lava ses petits pieds dans les eaux de la Vézère ; elle reçut l'annonciation de l'ange à Saint-Angel ; elle accomplit son Assomption au-dessus du mont Bessou, point culminant. Mais tout le reste de la ville appartient aux vinatiers. Elle s'est fait une réputation et une fortune avec le vin qu'elle ne produit pas.

Son histoire est une épopée burlesque dont le premier héros, un certain Jean Gaye-Bordas, au milieu du siècle dernier, eut l'idée de se faire commis-livreur en vins bordelais chez les Nordiques. Il arrivait dans leurs agglomérations avec un haquet chargé de barils et de bouteilles, roulait du tambour pour attirer la foule, faisait goûter sa marchandise, procédait immédiatement aux livraisons. Après quoi, il retournait en Gironde faire le plein. Il développa son entreprise. La cinquantaine passée, il se fit bâtir à Meymac une demeure crénelée du haut de laquelle, le dimanche, il lançait des pièces de deux sous aux enfants qui revenaient de la messe. Son exemple fut imité. On raconte même qu'un astucieux nommé Rebuissou eut l'idée de coller sur ses flacons, à l'usage des Lillois et Roubaisiens mal informés, des étiquettes avec cette légende : *Vin de Meymac-près-Bordeaux*.

Or il eut l'imprudence d'inviter chez lui un Bruxellois. Celui-ci débarque un jour de novembre, quand les corbeaux et les perdrix grises volent seuls parmi les brumes sur les marécages du plateau. L'homme du Nord regarde autour de lui et interroge :

— Mais où sont donc vos vignes, Monsieur Rebuissou ?

— En cette saison, voyez-vous, nous ne les laissons pas dehors, exposées au froid. Elles sont toutes rentrées dans nos caves.

Gilbert Rebuissou était le descendant de ce génial imposteur. Dans sa cave meymacoise, les culs de bouteille formaient de véritables murailles. Il en passait la revue chaque lundi. Tout lui avait réussi. Il pouvait braver ses illustres concurrents, les Bordas, les Roudeix, les Prévot, les Masdesclaire, et garder devant eux son chapeau sur sa tête. Il voyageait dans une automobile de marque Brasier, dont la capote se repliait en accordéon. Il la conduisait et l'entretenait lui-même, farfouillant dans le moteur, ajoutant de l'essence, de l'huile et même une goutte de gnôle dans les gicleurs. Sous les yeux émerveillés des Paupard, des Gimel, des Peyrissaguet.

— Le point faible dans cette mécanique, expliquait-il, c'est la magnéto. Neuf fois sur dix, les pannes proviennent de la magnéto. Putain de magnéto !

Malgré tous ces biens, une infortune affligeait les Rebuissou : ils étaient sans descendance. Aussi s'intéressaient-ils spécialement aux petits Peyrissaguet, tous plus jolis les uns que les autres. Ils les recevaient à tour de rôle dans leur « château », parmi des meubles sculptés, des miroirs biseautés, des tableaux peints à l'huile. Les parquets cirés luisaient et glissaient comme verglas. Victor, âgé de quatre ans, partit un jour dessus plus vite qu'il n'eût voulu, se trouva le cul par terre, acheva sa marche à quatre pattes. A l'autre extrémité de la pièce, Mme Rebuissou se tordait de rire. Elle recommanda :

— Tiens tes sabots à la main, tu ne glisseras plus.

Chaque fois, on servait au petit invité des plats inconnus à la Manigne : tomates farcies, artichauts en vinaigrette, tarte à la crème, salade de fruits. Il rapportait le soir le salaire de sa prestation, une pièce de quarante sous bien serrée dans sa main.

Lorsque s'annonça le dixième enfant Peyrissaguet, en 1923, les Rebuissou demandèrent l'honneur de le parrainer ou marrainer, selon son sexe. Ce fut un garçon. Il reçut donc de son parrain le prénom de Gilbert. Avec deux cuillères d'argent à son chiffre, propres à manger de la bouillie. Naturellement, les deux vinatiers furent invités au modeste repas de baptême qui suivit, où l'on eut au dessert des *tourtous*, c'est-à-dire des crêpes de sarrasin, cuites dans la poêle quasi sans rebords qu'on nomme *pelou*. Ensuite, M. Rebuissou se leva, on crut qu'il allait chanter :

— Non, non, dit-il, rassurez-vous. Je chantais jadis, mais je ne chante plus. Mes champs se sont tournés en friches. Je désire simplement remercier Monsieur et Madame Peyrissaguet de nous avoir reçus. De nous avoir donné une part de leur bonheur.

— C'est vous qui... c'est vous que..., voulut dire Clément.

— Non, non, cela n'est rien. Car je veux faire davantage. Il faut que vos mérites, chère Thérèse, cher Clément, soient hautement reconnus. Je dirai même, nationalement.

Dès demain, j'entreprendrai des démarches pour cela. Je ne vous en dis pas plus pour le moment. Nous en reparlerons bientôt.

Il se rassit, les laissant suspendus. Pendant ce temps, le héros de la fête, étroitement ficelé dans ses langes qui lui donnaient un air de chrysalide, tétait son biberon sur les genoux de la vinatière, tout émue de ce rôle insolite.

— Qu'il me pardonne ! s'excusa Thérèse, les larmes aux yeux. Je n'ai pas de lait.

Ensuite, chacun retourna à ses occupations, les commerçants à leur commerce, les culs-terreux à leurs terres, les polissons à leurs polissonneries.

La truie, qui était en situation intéressante, choisit également cette période pour accoucher. Grosse et lourde comme elle était, elle risquait d'étouffer ses petits, à peine défournés. Clément veilla à l'en empêcher grâce à un râteau de fer aux dents enveloppées de chiffons avec lequel il cueillait chaque nouveau-né à mesure qu'il tombait du moule et l'éloignait de la mère. Derrière lui, se pressait sa propre progéniture, les yeux écarquillés. Celui qui n'a pas vu la ribambelle de porcelets alignés et pendus aux tétins de leur mère, couchée sur le flanc, toute grognonnante de bonheur, n'a rien vu.

Or il y eut un accident. On s'aperçut que dix-sept *techous* étaient nés, et qu'ils ne disposaient que de seize tétins. Le surnuméraire essaya bien de téter n'importe quoi, un bubon, une touffe de poil, ou le tétin d'un autre. Il se fit repousser, comprit qu'il était de trop. Il fut recueilli par la famille humaine qui l'allaita, lui aussi, au biberon. Il profita aussi bien que ses frères qui, une fois sevrés, furent tous vendus aux foires de Treignac. Lui, au contraire, resta dans la maison jusqu'à son âge adulte.

En somme, la Manigne comptait plus d'animaux que de personnes. Six vaches, une paire de bœufs, vingt moutons, dix-sept gorets et leur mère. La jument Etoilette avait son écurie particulière, qu'elle occupait avec la chèvre Sinoé, abrégé probable d'Arsinoé. Le paysan de Saint-Merd-les-

Oussines qui les vendit expliqua qu'elles s'étaient élevées ensemble, qu'elles étaient inséparables, qu'il ne céderait pas l'une sans l'autre. Une différence entre elles cependant : la jument tarbaise ne comprenait que le français, la bique était bilingue.

— C'est bon, dit Clément, je les prends toutes deux. Le lait de chèvre est le meilleur pour les nourrissons.

Il n'eut pas à le regretter. La famille entière fit bon accueil aux nouvelles venues. Or, quelques jours plus tard, Etoilette qui était à la pâture, mal habituée à ces lieux, prit soudain la poudre d'escampette. On l'entendit hennir dans les bois. Lorsque Clément s'approchait d'elle, l'appelant dans la langue officielle — « Viens, ma belle ! Viens ici, mon Etoilette ! » —, elle refusait de se laisser reprendre et filait plus loin. Il eut l'idée d'aller quérir Sinoé, de la tirer vers le bois.

— Il faudrait, lui dit-il, que tu te mettes à bêler.

Mais cette garce-là, contrariante comme toutes les chèvres, demeurait obstinément muette. Il eut beau la pincer, lui tordre la queue, lui tirer l'oreille, impossible d'en obtenir un son. Il essaya de chevroter lui-même : sa voix était trop grosse. Alors, il alla chercher sa fille Marie-Louise :

— Essaye à ton tour.

— Mêêêêê ! Mêêêêê !...

La jument fuyait toujours à leur approche. A la fin des fins, irritée par ces pâles imitations, Sinoé se décida à prendre la parole et chevrota pour de bon :

— MÊÊÊÊÊ ! MÊÊÊÊÊ !...

Etoilette reconnut cette voix et arrêta ce jour-là son escapade.

Une autre fois, tandis qu'elle était attelée à la charrette en plein Bugeat où Clément allait livrer un cochon dans sa cage, le même caprice la reprit de vouloir retourner chez son ancien maître ; elle s'emballa en direction de Saint-Merd, malgré les rênes qui lui tiraient la tête et le mors qui lui sciait les joues. Peyrissaguet serra à fond la mécanique, bloqua les roues, la laissa s'épuiser. Un long moment, la voiture changée en traîneau schlitta sur la route caillouteuse ; après quoi la bête se calma peu à peu et resta immobile, toute palpitante, fumant des naseaux. Clément mit pied à terre, caressa son étoile blanche, lui parla doucement à l'oreille. On ne sait ce qu'ils se dirent ; mais depuis, conquise par ces bonnes manières, elle se montra toujours sage et obéissante.

La grand-mère Grilette s'occupait spécialement des poules. Chaque matin, elle examinait le contenu des pondoirs. Si certains restaient vides trop longtemps, elle enfonçait l'index dans le trou de la poule pour savoir si, oui ou non, l'œuf allait en sortir. Deux vieilles pintades boitillaient autour d'elles, arthritiques au dernier degré et criant :

— Tout craque ! Tout craque !

A chaque visite du facteur Sauvézie, les oies — dont l'instinct est de donner l'alerte à l'approche de l'ennemi — poussaient des clameurs épouvantables. Qui a dit que l'oie domestique, contrairement à sa sœur sauvage, est incapable de voler, à cause de sa lourdeur ? Une des polissonneries des garçons consistait à les mener sur un talus, à les exciter, les harceler, les affoler de la voix et de la baguette, si bien qu'elles finissaient par prendre leur essor. Cacardant d'indignation, elles volaient en rase-mottes par-dessus les toits, finissaient par se poser rudement en s'estropiant un peu le train d'atterrissage. Il fallait aller les ramasser, envelopper leurs pattes démises.

Naturellement, les chiens étaient les vrais gardiens de la ferme. Tous les mâles s'appelaient Carlo, donnés, achetés, échangés, nés sur place, se succédant les uns aux autres ; si bien qu'on eût pu les baptiser Carlo Ier, Carlo II, Carlo III, Carlo IV, comme les rois de France. Les chiennes étaient des Finette, des Pompette, des Perlette, des Fanfare. Le grand-père Grillon eut le sien, Carlo Ier, complice de ses anciens braconnages ; il en aurait raconté de belles aux gendarmes, s'il avait voulu parler ! Atteint par la vieillesse, cet aventurier à quatre pattes devint d'une extrême gaucherie. Il cessa de courir et presque de marcher, passant ses journées à manger et à dormir. Il ne fut bientôt plus qu'un tas de graisse. Descendu de son étage le matin par un effet de sa propre pesanteur, il ne pouvait plus, le soir, remonter les quinze marches de l'escalier. Son vieux maître, qui peinait lui-même à les gravir, devait chaque soir le pousser au cul. Comme la truie et ses gorets, ce tableau était une jolie chose à voir. A la Manigne, il n'était pas nécessaire d'aller au cinéma : la ferme était remplie de spectacles.

De tous ces chiens et chiennes, Finette 1re fut la plus remarquable. En 1924, la jument Etoilette pas encore achetée, Clément décida de se rendre pédestrement jusqu'à Eymoutiers, en Haute-Vienne, rendre visite à un ancien frère d'armes, gazé pendant la guerre, qui le réclamait. Une quarantaine de kilomètres aller et retour, cela use les souliers. Mais il avait dans son existence accompli des marches plus longues :

— J'étais à Charleroi, pendant la retraite, expliquait-il aux veillées. En quinze jours, nous avons reculé de deux cent vingt bornes, jusqu'à un patelin appelé Sézanne, tandis que les Allemands nous poursuivaient...

Pleins d'une horreur admirative, ses enfants se demandaient comment il avait pu faire un si long chemin sans s'user les jambes. Et *à reculons*, encore!

Quand il partit pour Eymoutiers, Finette voulut absolument le suivre, quoiqu'elle fût en situation intéressante. L'aller se déroula normalement; l'homme et la chienne furent bien reçus, bien nourris. Puis ils revinrent. Or Clément arriva seul à la Manigne, au milieu de la nuit :

— Je l'ai perdue en route. Tout par un coup, je me suis rendu compte qu'elle ne me suivait plus. Je l'ai cherchée, je l'ai appelée, sans résultat.

Toute la famille fut plongée dans l'inquiétude. Le lendemain matin, voici notre Finette de retour! Et pas seule: avec un petit chiot dans la gueule! Mais à peine s'est-elle un peu restaurée et désaltérée qu'elle repart. Elle rentre deux heures après avec un second chiot. Il faut donner le biberon à ces deux-là, comme au dix-septième *techou*. Sans prendre un instant de repos, elle repart encore. Et rapporte dans les mêmes délais un troisième petit. Puis un quatrième. Puis un cinquième. Ayant alors mis en lieu sûr toute sa portée, elle se couche et meurt d'épuisement au milieu de la nuit suivante. Ses obsèques eurent lieu dans la douleur générale. Elle fut enterrée au fond du champ Bonnaud, derrière les topinambours.

A la rentrée d'octobre 1923, les efforts de M. Gilbert Rebuissou portèrent leurs fruits. Il écrivit de Meymac que Mme Peyrissaguet Thérèse, demeurant à Saint-Hilaire-les-Courbes (Corrèze), allait recevoir la médaille de la Famille française. *Il y aura certainement*, ajoutait-il, *une cérémonie de remise à la mairie de la commune à laquelle je ne manquerai pas d'assister. Veuillez m'informer de la date dès que vous la saurez.*

On attendit deux semaines encore. Le grand-père Grillon prétendait deviner chaque matin s'il se produirait au cours de la journée quelque événement heureux ou malheureux :

— Aujourd'hui, je sens dans mes culottes que je casserai une assiette.

Et l'assiette se cassait. Même si c'était très tard et s'il y mettait un peu de faire-exprès pour ne pas démentir ses prédictions. D'autres fois :

— Aujourd'hui, je sens dans mes culottes que la Grilette sera de bonne humeur.

Et il se gardait bien de la contrarier, l'appelait m'amie, la caressait dans le sens du « plaisir ». On espéra quinze jours la bonne annonce. Elle vint enfin :

— Aujourd'hui, je sens qu'il y aura une nouvelle agréable.

Elle n'y faillit point. Bardèche, le garde champêtre de Saint-Hilaire, surnommé Gros-Cochon à cause de son tour de taille et des initiales *G.C.* qui argentaient son képi, vint frapper à la porte de la classe de garçons, remit à M. Forot deux petits paquets, un long et un carré, destinés aux enfants Peyrissaguet.

— De la part du secrétaire, dit-il. Ça vient de Paris.

Chuchotement général :

— Qu'est-ce que c'est ? Qu'est-ce que ça peut bien être ? On dirait une lunette magique !

A quatre heures, sitôt ouvertes les deux cages, les six frères et sœurs Peyrissaguet (Benoît et Fernand en étaient encore, quoiqu'ils eussent dépassé l'âge de la scolarité obligatoire : les instituteurs les acceptaient et s'en servaient comme moniteurs pédagogiques) s'élancèrent en direction de la Manigne. Chacun voulut porter à son tour les mystérieux paquets, même Victor, le plus jeune, qui avait pourtant bien assez de sa musette ; mais il poussa des cris si aigus et fit un tel patatrac qu'il fallut bien lui céder. Ils passèrent aux Raux, prirent la route ferrée qui conduit à Viam, tournèrent à droite, atteignirent la Manigne à la brunante. Carlo vint les attendre, jappant et essayant de bondir malgré sa graisse.

— Voilà, dit Fernand, en posant les objets sur la table. Ça vient de Paris.

— C'est Gros-Cochon qui les a apportés de la part du secrétaire, précisa Victor.

— Veux-tu te taire ! gronda la mère. Personne ne s'appelle comme ça !

— C'est marqué sur son képi : *G.C.* !

Thérèse examina les paquets sur lesquels figurait, de la main du secrétaire de mairie, un simple mot : *Peyrissaguet*. Les tournant et les retournant sans oser les ouvrir hors la présence de son mari. On alla le chercher dans la fenière, où il préparait la pâture des vaches : sur le plancher, il étalait une brassée de foin ; disposait par-dessus une couche de paille finement hachée avec une lame de faux ;

enroulait le tout de manière à bien enfermer le rude dans le mou ; laissait ensuite tomber par une trappe ces rations dans la crèche des destinataires. Les vaches les atteignaient en passant la tête à travers une sorte de guichet, le *cornadì*, qui les empêchait de se battre et de s'encorner. C'est que le fourrage n'abondait pas au point qu'on pût employer la paille pour la litière. Les bêtes se couchaient sur la bruyère ou la fougère coupées dans les broussiers, au bord des bois. Dans l'étable, l'odeur du fumier frais et celle du foin sec se mêlaient agréablement, donnaient chaud et donnaient sommeil. On comprenait que l'enfant Jésus eût choisi pour berceau la crèche d'un bœuf.

Quand il eut fini sa besogne, Clément se lava les mains dans un bac et descendit à la maison. Lui aussi tourna et retourna les deux paquets, les approcha même de son nez pour sentir s'ils avaient une odeur. Enfin, il se décida à les ouvrir, employant les ciseaux de sa femme, avec d'infinies précautions. Le plus léger se révéla être une feuille enroulée et imprimée. Elle représentait une jeune femme qui élevait à deux mains son enfant, comme pour l'offrir à une Dame couronnée d'un bonnet à oreilles. Sous ces deux figures, des lignes disaient :

Le Ministre de la Famille et de la Santé confère à Madame Thérèse Peyrissaguet, demeurant à Saint-Hilaire-les-Courbes (Corrèze), mère de dix enfants, la MÉDAILLE DE LA FAMILLE *FRANÇAISE.*

Paris, le 7 octobre 1923

Le second paquet était un écrin contenant une médaillette d'or suspendue à un ruban rouge-blanc-rouge, propre à être épinglée ; et une rosette aux mêmes couleurs, portable à la boutonnière d'une veste ou d'un manteau.

— Elle ressemble, dit Clément, à ma médaille militaire.

Sans grande émotion, Thérèse examina ces objets bizarres, se demandant ce qu'il convenait d'en faire.

— Tu te la mettras sur la poitrine, dit-il, quand tu descendras à Treignac.

— Est-ce que tu te moques de moi ?

Elle ne se voyait pas affublée de ces ornements pour aller vendre ses poules et ses lapins. Une femme décorée, ça n'existe pas. Depuis des siècles, les hommes se décorent entre eux. Si Thérèse s'était parée de décorations, les gens se seraient moqué d'elle. Ou bien l'auraient crue folle. Ou bien auraient crevé de dépit et l'auraient prise en haine.

Il n'y eut aucune cérémonie de remise, ni à la mairie, ni ailleurs ; M. Rebuissou, responsable de cette récompense, n'eut donc point à y paraître. On décida de faire encadrer le diplôme. Le menuisier Arvis fournit le cadre. La médaillette d'or fut aussi enclose sous le verre ; on suspendit le tout dans la chambre des parents, en face du crucifix. En revanche, on laissa la rosette dans son écrin ; elle conserva longtemps ses belles couleurs car elle n'eut pas souvent l'occasion de voir le soleil.

4

Gilou, le petit dernier, avait comme on dit une bonne tète : il vous sifflait un biberon le temps de réciter un *Je vous salue*.

— C'est pas un drôle, disait le Grand. C'est un veau.

Lui aurait plutôt tété le vin si la Grande l'y eût autorisé. La cave ne contenait que du cidre en fût qui passait par trois saveurs, d'abord doux, c'était son meilleur temps, puis fade, puis acide.

— De toute façon, il me fait mal à l'estomac.

— Tu n'as qu'à boire de l'eau, comme nous.

Il y en avait toujours une provision dans la souillarde, frais tirée du puits. Pour la prendre, on se servait d'une louche appelée *cohade*, munie d'une queue creuse ; on buvait en appliquant la bouche à son extrémité, sans polluer le contenu de la seille. Quant au vin, le Gril en trouvait à Saint-Hilaire, à Lacelle, à Treignac, à condition d'avoir en poche le suffisant ; mais le quelque argent que les grands-parents possédaient en propre se trouvait prisonnier à la caisse d'épargne où, disait la Grilette, il faisait des petits sans qu'on eût besoin de s'occuper de sa santé. Pas question, donc, de le déranger. Le grand-père ne voyait jamais passer entre ses mains une pièce de quarante sous, ni de face ni de profil. Quoique le bail de la borde fût à son nom, c'est Clément qui payait le fermage.

Tout son nécessaire lui était fourni sans qu'il eût besoin

d'argent : manger, coucher, vêtement, chauffage. Sa vue ayant avec l'âge considérablement baissé, son fils consentit même à lui acheter une paire de lunettes, à une foire de Bugeat où un opticien ambulant avait étalé son éventaire. Il en essaya soixante-douze paires avant de trouver la bonne. Il s'en servait uniquement pour regarder de près les besognes minutieuses, les réparations aux sabots, le rempaillage des chaises. Pour voir loin, elles ne lui étaient pas utiles. Il les posait chaque fois dans un endroit nouveau, les perdait et demandait alors :

— Où sont passées mes allunettes ?... Personne n'a vu mes allunettes ?

Cependant, Gilou grandissait et forcissait. Il fut cependant paresseux pour marcher, peut-être à cause de son gros derrière. A quinze mois, il battait encore le sol de ses mains et de ses pieds, en produisant un clapotis.

— Saint Gilbert, suppliait la Grilette dans ses oraisons, prenez-le par la main ! Faites qu'il se tienne sur ses deux pattes !

Mais saint Gilbert devait avoir l'esprit ailleurs, Gilou ne se décidait pas. On serait bien allé le montrer au médecin de Chamberet ; mais qu'aurait-il pu y faire ? La consultation coûtait le prix de trois poulets, sans compter le temps perdu pour y aller et en revenir. Tous les enfants marchent, tôt ou tard.

Un jour, le curé Juillac vint à passer par la Manigne, rendant visite à ses paroissiens. Il but un verre de cidre fade, mangea un peu de ce fromage rond que fabriquait Thérèse, en faisant sécher le caillé dans un linge suspendu, si bien qu'ils l'appelaient entre eux « tête-de-mort ». Il prit bonne note des prochains Peyrissaguet qui devraient fréquenter son catéchisme. On lui présenta le petit Gilou qui refusait de se tenir sur ses jambes.

— Même saint Gilbert n'y a rien fait, dit la Grilette.

Et lui :

— Donnez-moi quelque chose qui brille.

On chercha dans la maison, on lui apporta les lunettes du

Grand. Il se plaça dans un rayon de soleil, fit scintiller les verres, les présentant aux regards du petit paralytique.

— Lève-toi et marche ! ordonna-t-il d'une voix forte en faisant un signe de croix.

A ces paroles évangéliques, fasciné par le scintillement, l'enfant se dressa sur ses jambes molles, tendit ses petites mains et fit quatre pas en avant.

— Miracle ! s'écria l'abbé en éclatant de rire.

Au printemps de 1924 vint au monde le onzième Peyrissaguet : Jean-Marie. Septième d'une longue série de garçons, que précédaient seulement deux filles, Simone et Marie-Louise.

Sitôt qu'il fut informé de cette naissance, M. Rebuissou, qui les avait décidément pris sous sa tutelle, revint apporter ses félicitations à la Manigne et annonça :

— Vous avez droit au prix Cognacq.

Entendant parler de cognac, le Gril, qui connaissait ce mot, s'approcha et demanda s'il s'agissait bien de quelque chose à boire.

— Non. C'est une récompense inventée par une riche dame de Paris, Mme Marie-Louise Jay, et son époux Ernest Cognacq, propriétaires du grand magasin *la Samaritaine*. Chaque année, ils distribuent quatre-vingt-dix prix de vingt-cinq mille francs, un par département, à des familles qui comptent au moins neuf enfants vivants, sans que le père ni la mère aient plus de quarante-cinq ans d'âge.

Thérèse et Clément se regardèrent et firent le compte de leurs années, respectivement nés en 1887 et 1883.

— J'ai trente-sept ans, dit l'une.

— Et moi quarante-trois, dit l'autre.

— Fichtre ! dit Rebuissou. Vous avez commencé à vous multiplier de bonne heure !

— J'avais vingt et un ans à la naissance de Benoît, dit Thérèse.

— Onze enfants en seize années ! Ça c'est du rendement !

— Une fois, nous avons mis les bouchées doubles, avec nos jumeaux Etienne et Vincent.

— Quelle belle famille !

— Encore, intervint le Gril, ils n'ont gardé que les plus réussis. Ils en ont jeté deux ou trois qui étaient vilains sur le *foumarié*.

Cette idée des enfants jetés sur le tas de fumier fit rire tout le monde. On vida la bouteille que le vinatier avait apportée. Il promit de se déranger une seconde fois pour que le prix leur fût attribué.

— Répétez-nous la somme ? demanda Thérèse.

— Vingt-cinq mille.

— Est-ce que c'est certain ?

— Non. Il peut y avoir dans le département une autre famille encore mieux pourvue d'enfants. Ce qui m'étonnerait.

— Dites bien à Mme Cognacq, ajouta le Grand, que Clément et Thérèse n'ont pas dit leur dernier mot. Ils ne vont pas s'arrêter à onze. Ils finiront bien la douzaine !

M. Rebuissou s'en alla et l'on n'y pensa plus. Ou plutôt, l'on fit semblant de n'y plus penser. De même qu'on évite de parler d'un enfant à venir pour ne pas compromettre sa naissance.

A partir de Pâques, les écoles de Saint-Hilaire se trouvaient à demi vides, malgré la seconde rentrée qui amenait quelques marmots débutants. Ce qui était mauvais pour le jardin de M. Forot, à une période où la main-d'œuvre lui était le plus nécessaire. Seuls les pupilles de l'Assistance, dans leur grand sarrau noir boutonné par derrière, continuaient leur fréquentation, contrôlée par les inspecteurs. Chez les Peyrissaguet, les aînés gardaient les vaches et les brebis à la pâture, surveillaient les errances des oies et des cochons, chassaient du jardin les étourneaux pillards de petits pois. Les plus jeunes, armés de lames encore coupantes, se faufilaient entre les seigles et orges déjà grandets pour trancher les chardons, les ivraies et autres plantes parasites.

Vinrent les fenaisons. Elles employèrent tous les disponibles qui pour faucher, qui pour faner, qui pour former les *rouelles*, qu'ailleurs on nomme andains, qui pour hisser le foin sur le char au bout de la fourche, qui pour construire la charretée, qui pour la peigner, qui pour râteler, qui pour retenir l'attelage, qui pour lui chasser les mouches, qui pour le faire avancer, qui pour tasser le foin dans la fenière, qui pour se réjouir à voix haute, modestement, de son abondance, qui pour en gémir : année de foin, année de rien.

Cette année-là, les chars furent si lourds qu'il faillit se produire un drame. En gravissant le chemin plutôt roide qui conduisait à la fenière, un des bœufs s'arrêta un moment pour reprendre haleine, tout frémissant de son effort. Or voici que l'énorme chargement commença d'entraîner l'attelage en arrière, malgré les cris de Clément et ses coups d'aiguillade dans les côtes. Vainement, le grand-père, Benoît et Fernand tentaient d'arrêter de la fourche cette reculade. On ne sait comment elle aurait pu finir. Qui sauva la situation ? La vaillante chienne Finette qui se lança furieusement aux jarrets des bœufs, contint leur retraite, les força de reprendre leur avance. Par la suite, Clément raconta la chose maintes fois :

— Ce fut comme nous, en Quatorze, à Charleroi...

Aussi manifesta-t-il toujours à Finette son estime et son affection. Ce qui, quelques mois après, la conduisit à sa perte, comme il a été dit, le jour où il accepta de l'emmener jusqu'à Eymoutiers.

Quand le seigle fut mûr, quand chaque épi baissa la tête pour dire sa prière, commencèrent les moissons. Elles exigeaient moins de monde, mais plus de compétences. Il fallut d'abord, autour du champ, ouvrir les passages à la faucille, poignée par poignée, javelle par javelle. Après quoi, entraient en action les faux coucheuses, armées d'une sorte de râteau aux longues dents fixé sur le manche, perpendiculairement à la lame, de sorte que les tiges fauchées tombaient franchement à la renverse. Après une heure de séchage, venaient les lieurs et les lieuses. Ils formaient les gerbes et serraient leurs liens au moyen du *javeladou*, bâton pointu cousin du plantoir, mais qui s'élargit en son milieu pour former un disque ; il sert à égaliser le pied des gerbes. Sous les sabots, les campagnols dérangés fuyaient en couinant, assommés et insultés par le grand-père spécialement préposé à cet emploi :

— Saloperies ! Charognes !

Un jour, débarqua un citoyen à bicyclette, coiffé d'un de ces chapeaux de paille plats, penchés sur l'oreille, que les gens des villes nomment canotiers.

— J'arrive de Tulle, je suis journaliste. Je voudrais parler de vous dans *La Dépêche du Midi*, avec votre permission. Le bruit court que vous allez recevoir le prix Cognacq-Jay.

— Le bruit court? dit le père. Qui le fait courir?

— On ne sait pas. Ce sont des choses qui se racontent dans les foires, dans les marchés, dans les bistrots. Nous, journalistes, avons toujours une oreille qui traîne par là. C'est tout ce que j'en peux dire.

— Comme il vous plaira.

Il posa une multitude de questions, sur leurs origines, leurs dates de naissance à tous. Le Gril ne se rappelait plus la sienne ; il fallut l'aller chercher dans le livret de famille. Le passé militaire de Clément, les décorations obtenues. On lui montra le diplôme encadré de la FAMILLE FRANÇAISE. Il nota ces détails dans son calepin avec un porte-plume stylographe pareil à celui de M. Forot. Il voulut aussi examiner les bâtiments. Combien de vaches ? Combien de bœufs ? Combien de moutons ? Une fois dans la salle, il regarda autour de lui, enregistra le buffet, l'horloge qui balançait son soleil, la lampe à pétrole suspendue, l'écrémeuse à manivelle.

— Oh ! Vous avez même une écrémeuse !

Clément descendit à la cave remplir de cidre doux le pichet représentant la tête de Poincaré, ancien Président de la République : la boisson coulait par sa barbiche. L'homme nota sur son calepin le pichet Poincaré. Au terme de son inventaire, il demanda à photographier toute la famille. Comme elle n'avait pas été prévenue, elle vint dans les habits, dans les sabots qu'elle portait. Seule la grand-mère eut le réflexe de poser sur ses cheveux son chapeau orné de cerises artificielles. Thérèse tint sur ses genoux son dernier-né, le petit Jean-Marie. Tout cela groupé devant le bâtiment des animaux à quatre pattes. Même Carlo voulut en être et s'assit au premier rang. Le journaliste agença sa boîte photographique, son trépied, sa couverture noire, sa plaque de verre.

— Avancez... Reculez... Serrez-vous... Souriez, si vous pouvez... Pensez aux vingt-cinq mille francs... Quand je lèverai le doigt, je compterai jusqu'à cinq. Pendant ces cinq secondes, défense de bouger même un poil de moustache !

Chaque chose, chaque personne fut enfin au bon endroit. Le journaliste émergea de sa couverture, tenant à la main une petite poire à lavement, leva l'index. Quelques-uns essayèrent de sourire. Tous serrèrent les fesses.

— Un, deux, trois, quatre, cinq. Merci.

Il s'en alla, promettant d'envoyer l'article quand il paraîtrait.

— C'est fini, soupira la mère. Nous n'aurons pas le prix : nous sommes trop riches. Maudite écrémeuse ! J'aurais bien dû la cacher !

Et elle se mordit la lèvre du dessous, comme elle avait coutume de faire quand elle s'excusait.

La fin de l'été fut torride. La terre, les plantes, les oiseaux mouraient de soif. N'ayant pas assez de sa nichée, Thérèse s'occupait de celles des autres. Elle dispersa de petits abreuvoirs à l'intention des merles, des moineaux, des hirondelles, des bergeronnettes. Encore fallait-il, quand ils venaient s'y désaltérer et se trouvaient en position de faiblesse, les protéger des chats. Un couple de queues-rouges exténué tomba un jour devant la porte de la remise. Elle les ramassa tout palpitants, les trempa dans l'eau jusqu'au bec, les baigna, les fit boire, les porta enfin dans les branches du poirier d'espalier qui recouvrait la façade, où ils séchèrent et reprirent vigueur.

Un des plaisirs, du moins, de la saison chaude : les grands bols ou saladiers de *caillade* qu'à l'heure du goûter elle disposait sur la longue table. Elle les préparait avec le lait encore tiède de la première traite, y ajoutait quelques gouttes de présure. On obtenait celle-ci en faisant mariner dans du petit-lait un estomac de veau acheté au boucher, en compagnie de plantes sauvages, gaillet jaune ou chardon-soleil. Pendant la journée, bien au frais dans la cave, la coagulation s'opérait lentement; la crème montait à la surface; chaque goutte songeait au bonheur qu'elle allait procurer. On pouvait transporter les bols aux champs, dans des paniers, pour la réjouissance des moissonneurs. Mais la caillade était plus exquise consommée à l'ombre, tout le monde eucharistiquement réuni dans la salle autour d'elle. Il y avait pour la consommer un art et une discipline : chacun devait puiser devant soi, avec sa cuillère, en profondeur plus qu'en surface; car, une fois son creux commencé, il ne devait l'élargir qu'après avoir atteint le fond, le domaine du petit-lait, encore rafraîchissant, mais pauvre de consistance. Une manière surtout était interdite : l'élargissement abusif. Cela s'appelait « trier la crème » et provoquait des dénonciations indignées :

— *Maï*! (Maman!) Tiennou trie la crème!

— Défense de trier la crème! rappelait Thérèse, à cheval sur le règlement.

La Grande préparait la caillade d'une autre façon, à l'usage de son mari qui préférait les saveurs râpeuses. Elle la faisait écouler dans une faisselle, la réduisait à l'état de fromage blanc, y ajoutait de l'oignon haché, du sel et du poivre.

On ne peut avoir toutes les délices de la terre ; chez les Peyrissaguet, le sucre était rare. Denrée coûteuse et qui fait tomber les dents. Les tisanes sans sucre produisent plus d'effet qu'avec. Si on prend le soir un aliment sucré, il trouble le sommeil. Dans un placard, il attire les mouches et les fourmis. Pour toutes ces raisons et quelques autres encore, les petits Peyrissaguet vécurent une enfance sans sucre. Il n'en fut pas de même des petits Forot, des petits Arvis et autres gamins fortunés, comblés de bonbons, de bâtons de réglisse, de caramels mous et même de sin-sin-gomme, sorte de chique américaine qui s'étirait des doigts aux dents et dont ils distribuaient libéralement les résidus à leurs copains après l'avoir longuement mastiquée.

En revanche, lorsqu'il allait vendre un veau ou un cochon à Treignac, Clément n'oubliait pas d'y acquérir un sachet de tabac à priser, importé de Tunisie, pour sa mère, et une friandise pour ses enfants. Celle-ci était le plus souvent un simple pain de deux livres, fendu dans sa longueur comme un grain de blé, doré de croûte, blanc de chair ; on salivait rien qu'à le voir. Débité en tranches, on le savourait religieusement, les yeux fermés, comme si c'eût été de la brioche. D'autres fois, le père rapportait des *carcaris*. Le terme aurait dû, dans sa prononciation locale, désigner des craquelins, spécialité de la basse Corrèze ; en fait, il s'appliquait à n'importe quelle espèce de gâteau sec qui craquait sous la dent, petit beurre, échaudé, allumette, gaufrette, macaron. Ils contenaient juste assez de sucré pour qu'on n'en perdît point le goût. En concurrence avec la mélasse que Thérèse achetait au café-épicerie, puisée à la louchée dans un tonneau. Elle étendait cette purée jaunâtre sur des tartines. Ou bien en faisait des marmelades de pommes.

Plusieurs semaines s'écoulèrent sans que le prix Cognacq-Jay donnât de ses nouvelles. Plus le temps passait, plus on rêvait là-dessus. A haute voix et en comité :

— Si nous l'avions, j'achèterais un cheval et une charrette pour nous transporter, au lieu de toujours faire la route à pied. Mieux encore : un tracteur ; il remplacerait les bœufs à la charrue et le cheval, en lui attelant un tombereau au derrière. J'ai aussi l'idée d'un petit moulin à farine que je logerais dans la remise, comme j'en ai vu en Picardie. Ainsi, nous pourrions moudre pour nous-mêmes, pour nos bêtes, pour les voisins.

— J'aimerais bien une cuisinière, qui fumerait moins et chaufferait mieux que notre vieille cheminée. Et un manteau pour l'hiver.

— Et moi, une autre paire de souliers ; les miens n'ont plus de semelle.

— Et moi, une tabatière neuve.

Chacun y allait de son vœu, intelligent ou imbécile, comme dans une fable de La Fontaine. Qui voulait ceci, qui cela. Qui la lune, qui les étoiles. Même les jumeaux, Tiennou et Vincent, émirent le leur : un harmonica Hohner pareil à celui de Lucien Forot pour le premier ; un pistolet à capsules pour le second afin de tuer le facteur Sauvézie, qui était un grand malhonnête, on tolérait ses gros mots à cause des services qu'il rendait ; un jour, tenant Vincent par les cheveux, il lui avait frotté le museau avec une poignée de neige :

— C'est pour te débarbouiller, petit *techou*. On dirait que t'as tété toutes les truies du canton.

Ce sont là des propos qui méritent la mort. Histoire de rire, Monette, qui de tous avait la meilleure plume, coucha sur un papier la liste de toutes ces revendications. La principale, cependant, restait celle que Clément exprimait ainsi :

— Nous achèterons le domaine. Ainsi, au lieu de dépendre d'un notaire et de lui verser huit cents francs de fermage, nous serons nos propres maîtres. Espérons seulement que les vingt-cinq billets suffiront pour payer nos vingt hectares et les trois bâtiments.

L'article du journaliste parut en novembre dans *la Dépêche du Midi* sous le titre : *Une famille treignacoise en lice pour le prix Cognacq-Jay 1924*. Sauvézie en déploya sous leurs yeux un exemplaire. Il expliqua qu'en lice voulait dire en compétition. Que la victoire n'était pas encore certaine.

Elle le fut en décembre lorsque, enfin, arriva par la poste un avis officiel de sept lignes :

ACADÉMIE FRANÇAISE

Paris, le 4 décembre 1924

Le Secrétaire perpétuel de l'Académie française est heureux d'annoncer à M. Clément Peyrissaguet qu'elle lui a décerné un prix de la valeur de 20 000 francs sur la fondation Cognacq-Jay.

Un mandat ultérieur lui sera adressé par la Comptabilité.

Suivait la signature illisible du Secrétaire perpétuel. Une semaine plus tard vint en effet un mandat à percevoir dans n'importe quel bureau des finances publiques. La joie que tous les Peyrissaguet en éprouvèrent ne fut pas cependant sans mélange : on leur avait promis vingt-cinq billets, pour employer le langage dégourdi du père, et il n'en venait que vingt. A qui demander raison de ce raccourcissement ?

Clément choisit d'aller les toucher à Lacelle où, tous les 27 du mois, le percepteur de Chamberet s'installait pour la journée, de neuf heures à seize heures. Craignant une insuffisance de liquide, Peyrissaguet prit la précaution de lui écrire d'abord, l'avisant qu'il se présenterait à son bureau tel jour à telle heure, avec un mandat de tant émis par l'Académie française. Il se fit accompagner par Benoît, son fils aîné, âgé de seize ans, et François Paupard, son voisin de la Manigne. Tous trois armés contre les malandrins éventuels d'une trique noueuse en guise de canne. Un bon casse-croûte dans une musette militaire à trois boutons.

Ils partirent à pied avant l'aube, au milieu d'un froid brouillard. Leurs brodequins s'enfonçaient dans une neige demi-fondue. Ils firent allègrement les six kilomètres qui les séparaient de Lacelle, parce que vingt billets de mille les attendaient au bout. Ils passèrent sous le pont métallique du chemin de fer, descendirent vers la mairie, entrèrent dans le bureau de la perception. Six autres personnes y attendaient déjà, avec des mines de carême : elles venaient payer leur taille. Clément rit dans son cœur, parce que lui venait pour le contraire. A mesure que celles-ci s'en allaient, d'autres arrivaient.

Quand il présenta son mandat académique, le percepteur le fit entrer dans une pièce contiguë, cependant que ses gardes du corps demeuraient assis dans la salle d'attente, le casse-croûte sur leurs genoux afin de libérer la musette.

— Vous comprenez, expliqua le fonctionnaire des finances, il n'est pas prudent que je paye au guichet, sous les yeux du public, une somme aussi considérable. La plus grosse que j'aie jamais versée ici de ma vie.

C'était un homme ventru, asthmatique. Il sortit d'un coffre-fort vingt liasses en billets de cent : chacun figurait l'Agriculture, l'Industrie, le Commerce, et le profil de la République en transparence dans une lucarne ronde. Il se mit à les compter avec le doigt du milieu, d'un mouvement si leste que Clément ne put le suivre. Le papier monnaie produisait un friselis d'ailes, comme une volée de chauves-souris.

— Recomptez, fit-il quand il eut terminé.

— Pas la peine. Je vous fais confiance.

— Mais si, mais si. Je puis me tromper. Et vérifiez, si vous voulez, que la République est bien dans chaque filigrane.

Il la montra, en l'exposant au jour de la fenêtre. Peyrissaguet recompta donc, avec bien moins d'aisance, mouillant souvent son index, s'y reprenant, remuant les lèvres, regardant à travers les lucarnes. Enfin, il fut au bout. Il enfouit les vingt paquets dans sa musette et resta immobile, muet, comme s'il en espérait d'autres.

— N'avez-vous pas votre compte ?

— Si, mais tout juste.

— Comment tout juste ! Vingt mille francs : c'est bien le montant de votre mandat ?

— Les autres années, le prix était de vingt-cinq mille. Comment ça se fait qu'il en manque ?

— Est-ce que je sais ? Ecrivez à l'Académie ! Sans doute a-t-elle des frais imprévus... Signez ici.

Clément donna sa signature, et il lui fallut un moment pour aligner les dix-neuf lettres de ses nom et prénom. Il remercia, enfila soigneusement les trois boutons de sa musette, puis s'en alla en secouant le front, avec le sentiment que l'Académie française l'avait empaumé de cinq billets de mille. Il retrouva ses gardes du corps. Tous trois entrèrent à l'Hôtel Moderne où ils mangèrent leur casse-croûte arrosé d'une bouteille de vin bouché.

Quand il eut regagné la Manigne, Peyrissaguet vida la musette sur la table et toute la famille éberluée accourut contempler les vingt liasses. Chacun les effleura d'un doigt craintif, craignant de les voir tomber en cendres comme les résidus du pauvre Léonard et de sa brebis. Mais non, ils résistèrent bien à ces attouchements. Thérèse seule joignit les mains :

— Sainte Vierge, dit-elle, ne nous abandonnez pas !

Comme si cette fortune était une calamité.

5

Une lettre partit pour Eymoutiers, informant Maître Eyrolles qu'on était disposé à acheter son domaine de la Manigne, comprenant trois bâtiments et vingt hectares de bois, champs, prés et pâturages ; qu'on serait heureux de connaître là-dessus ses dispositions. Il vint en personne toucher le fermage de printemps. Il pilotait une voiture torpédo décapotable, montée sur quatre roues aux rayons de bois, avec un capot fermé par une sangle et une batterie sur le marchepied. Modèle 1910. Lui-même était d'un modèle encore plus ancien, muni de moustaches grises tombantes et d'une barbichette empruntées à Mac-Mahon. Il serra les mains du grand-père et du père, ignora superbement les autres personnes, se dit heureux de rencontrer un ancien poilu comme lui.

Et Clément :

— Où avez-vous servi ?

— Dans les territoriaux, vu mon âge. Mais j'y étais tout de même.

On lui montra le diplôme de la FAMILLE FRANÇAISE et la lettre de l'Académie. Il félicita Thérèse de sa fécondité :

— Si toutes les femmes de France avaient autant d'enfants que vous, nous ne craindrions plus rien de l'Allemagne formidablement prolifique. Car elle relève la tête. Je crains bien qu'un jour prochain elle ne veuille aussi sa revanche. Ce siècle ne se terminera pas sans qu'éclate une autre guerre.

Le Gril confirma, disant que lui aussi la sentait venir dans ses culottes. Après divers bavardages, on parla des choses sérieuses :

— Ainsi, vous désirez acheter ?

— Si c'est dans nos moyens. Grâce au prix Cognacq.

— Cela tombe bien, je suis plutôt décidé à vendre. Vous prendriez tout ?

— Comment vivre avec moins ? D'autre part, nos onze enfants sont nés ici ; il leur ferait beaucoup de peine d'aller ailleurs, si vous et moi ne pouvions nous accorder.

— Vous avez touché, je crois, vingt-cinq mille ?

— Non, vingt seulement, vu que l'Académie française a réduit le montant. Mais je ne veux pas mettre plus de quinze mille sur le domaine. Le reste sera consacré à des achats : un cheval, une charrette, un petit moulin à farine comme j'en ai vu en Picardie.

— Fort bien. Mais avec quinze mille, vous êtes loin du compte. Vous savez ce que valent par ici vingt hectares de bonnes terres ?

Il se lança dans des additions, des soustractions, des multiplications, à vous donner le tournis.

— Quant aux bâtiments, en bon granit blond du puy de Lauve, couverts d'ardoises de Travassac...

Et hardi les additions ! Clément attendit, le cœur serré, le résultat final de cette arithmétique. Avant de l'énoncer, Maître Eyrolles observa un moment de silence, tiraillant sa barbiche, afin de leur laisser à tous le temps de bien s'asseoir pour ne pas tomber ensuite à la renverse.

— Compte tenu, lâcha-t-il enfin, de tout cela, votre domaine ne peut valoir moins de trente-cinq mille.

— *Miladiòu* ! fit le grand-père, exprimant l'opinion générale.

— Cependant !... Cependant, vu les bonnes relations que j'ai toujours eues avec votre famille et une certaine amitié que je vous porte, je le sacrifierai à vingt-cinq mille. Ne me demandez pas un autre centime de rabais.

Clément se dit que si l'Académie française ne l'avait pas empaumé, il aurait eu exactement la somme nécessaire.

— Il me manque dix mille.

— Dix mille francs, ce n'est pas introuvable. Empruntez-les.

— A qui ?

— A qui vous voudrez : à une banque, à la caisse d'épargne, à un particulier. Ils feront une hypothèque.

— Une hypothèque ?

— Un papier comme quoi vous tenez le domaine à leur disposition, en garantie du prêt. Ce qui vous interdira de le revendre avant d'avoir purgé l'hypothèque.

— Ça... se purge donc ?

— Purger veut dire régler votre dû. Naturellement, tous ces papiers, les timbres, l'enregistrement et caetera, se payent aussi. Plutôt cher. Moi, je sais une personne qui vous prêterait sans hypothèque, parce qu'elle connaît votre honnêteté.

— Vraiment ? Qui donc ? Où est-elle ?

— Elle est en ce moment devant vous.

— Vous, Maître Eyrolles ? Vous me prêteriez ces dix billets ?

— Il suffit que vous me les demandiez.

— Je vous les demande !

— N'oubliez pas, tout de même, le juste intérêt. Six du cent.

— J'aurais donc combien à vous verser en revenu ?

— Dix mille à six du cent : six cents francs. Payables chaque année en deux fois.

Thérèse, qui avait jusque-là assisté à ces négociations sans rien dire, se tenant assise et muette à quelque distance, osa ouvrir la bouche :

— Ce serait quasiment le montant de notre fermage actuel ! Rien donc ne serait changé dans notre état. Il vaudrait mieux, si je puis dire la mienne, que nous restions vos fermiers et que nous dépensions nos vingt mille francs à autre chose...

Maître Eyrolles l'interrompit sèchement, en citant un proverbe limousin :

— *Can lon presta, tsa la cresta.* Quand on prête, il faut la crête. C'est au coq que je m'adresse, pas à la poule.

— *Fenno*, ajouta doucement le père dans leur patois, laisse-moi régler seul cette affaire pour le bien de nous tous.

Elle se leva et s'en alla, toute confuse, en se mordant la lèvre inférieure. Quand ils furent entre hommes :

— Au fond, elle a raison, reprit Clément. Nous continuerons de vivre comme auparavant. Comme si nous n'avions pas reçu ce prix.

— Sauf que vous serez propriétaires ! Que vous laisserez cet héritage à vos enfants ! Cela fait deux belles différences !

— Quand ils l'auront partagé entre eux, la part de chacun ne sera pas grosse.

— Mieux vaut petite part que rien du tout.

Ils échangèrent encore de longs propos, interrompus de temps à autre par une lampée de cidre. Au bout desquels, le notaire tira des feuilles blanches de sa serviette, un stylographe de sa poche et rédigea, d'une part l'acte de vente, d'autre part la reconnaissance de dette, le tout sur papiers timbrés. Clément signa tout ce qu'il voulut et lui remit quinze liasses de billets.

— Maintenant, conclut-il, la Manigne vous appartient. Que le Ciel vous bénisse.

Il remit en route le moteur de sa torpédo avec la manivelle et s'en fut dans un grand vacarme et une grande puanteur, poursuivi par les chiens du hameau.

Le reste de la famille rejoignit Clément. Il répéta les propos du notaire, moins les paroles sur le Ciel auquel il ne croyait pas trop :

— Maintenant, la Manigne nous appartient. J'ai gardé cinq mille francs. Mais nous lui en devons dix.

— Es-tu certain, demanda le Gril, d'avoir fait une bonne affaire ?

— Je le crois. Je rembourserai en dix ans, s'il ne

m'arrive pas malheur. Grâce à ce prêt, nous aurons évité l'hypothèque, la purge, les timbres, l'enregistrement, cetera.

— Qu'est-ce que ça veut dire, cetera? demanda Vincent.

— Ça veut dire qu'il faut payer, expliqua le Gril.

Il y eut tout de même des changements dans leur vie. D'abord, ils achetèrent Etoilette à la foire d'avril et la chèvre Sinoé qui était pour ainsi dire son alter ego. Ce fut une double joie dans la famille des Peyrissaguet, soudain augmentée de ces deux éléments. Dès lors, les voyages jusqu'à Treignac ou Bugeat ne furent plus des corvées, mais des parties de plaisir. La charrette emportait quatre, cinq, six personnes à la fois, outre le veau, le porcelet, la volaille, le beurre, les œufs, les lapins, tout ce que Thérèse appelait « notre pitance ». Même les plus jeunes purent tenir les guides de la jument. Et crier, en mêlant tout, « Hue! Hooo! Rrrr! », que la pauvre Etoilette ne savait plus où donner des oreilles.

A Treignac, les voitures se rangeaient place de la République, derrière la bascule banale. Sous le chêne de la Liberté planté en 1848 pour leur faire de l'ombre quatre-vingts ans plus tard. Proche la statue de l'avocat Charles Lachaud, défenseur de Mme Lafarge, de Bazaine et autres illustres canailles dont le souvenir s'évoquait encore aux veillées. Toute la place, autour de la fontaine circulaire, était un grouillement de paysans et d'attelages. Mais la « pitance » se vendait plutôt sous la halle, devant la mairie. Quand Thérèse s'était défaite de la sienne dans de bonnes conditions, on revenait avec des délicatesses précédemment peu connues à la Manigne : une bonbonne de vin, du chocolat noir, un kilo de sucre, un pot de marmelade.

C'est alors qu'éclata l'affaire Léon. Né juste au commencement de Quatorze, cinquième enfant et troisième garçon, il portait un prénom peu répandu. Le père racontait de quelle façon il lui avait été donné :

— On ne s'était pas encore mis d'accord, la mère et moi. Son parrain — qui fut plus tard réduit en cendres par la foudre — portait un prénom impraticable : Léonard. Thérèse proposait Philippe, parce qu'il était né un premier mai. Moi, Mathieu, ou bien André. Bref, en arrivant proche l'église où nous allions le baptiser, je tournais encore dans ma tête trois ou quatre prénoms sans pouvoir me décider. Presque arrivés au bout de l'allée, nous passons devant le château des Bouvreuil. Ils avaient une volière d'oiseaux rares, perroquets, colibris et je sais pas quoi. Eh bien, à travers la grille, qu'est-ce qu'on voit ? Un paon. Cet oiseau qui sait faire la roue avec sa queue ornée de cocardes. Mais ce jour-là, il ne faisait pas sa roue, il traînait ses plumes derrière lui, et il criait. Et qu'est-ce qu'il criait ? *Lé-on ! Lé-on !* Aussitôt j'ai choisi d'appeler mon fils Léon. Son parrain, le berger, n'a pas été mécontent, vu que de Léon à Léonard il n'y a pas loin.

C'est ainsi qu'il eut deux parrains au lieu d'un seul. Il fut toujours un garçon mal gouvernable, qu'il fallait prendre par le bon biais, sinon l'on n'en obtenait rien. Toujours en train de se chamailler avec ses frères et sœurs, de leur jeter à la figure de l'eau, de la terre, des bouses de vache. La grand-mère le corrigeait en lui tirant les cheveux ; et lui se revanchait en allant tirer ceux des plus petits que lui : Victor, Vincent ou Tiennou.

— Tu m'en fais voir de toutes les couleurs ! criait la Grilette. Tu n'en laisses pas une sans faire !

Et lui de répondre dans sa tête : « Ah ! je t'en fais voir ? Eh bien ! je t'en ferai une de plus ! »

Il n'y manquait point. Quelquefois, il s'en prenait au voisinage. Ainsi, à la mère Paupard, qui ne sortait guère de chez elle parce qu'elle souffrait de varices. La descente de son évier donnait dans la cour. Léon y vint au bord de nuit, quand les hommes étaient occupés à l'étable par la traite. Il s'agenouilla au débouché du tuyau et se mit, prenant le creux de son sabot pour caisse de résonance, à imiter ce qu'il pensait être la voix du taureau :

« Meueueuh ! »

Transmis par cette sorte de téléphone, le beuglement produisit son effet : Léon perçut des cris d'effroi et une agitation, comme si la Paupard se lançait dans on ne sait quelle fuite. Il répéta son brame deux fois encore :

« Meueueuh ! Meueueuh ! »

Comprenant toutefois qu'il ne devait pas s'attarder sur les lieux, il s'éloigna sur ses pieds nus. Le lendemain, voulant faire partager son jeu, il convainquit Vincent — celui qui rêvait de pistoletter le facteur Sauvézie — de le suivre. Chacun, à tour de rôle, fit « Meueueuh ! » à la sortie de la vidange. Mais au troisième essai, il leur vint dans la figure une décharge d'eau très sale qui leur coupa l'envie de beugler. Ils s'enfuirent tout dégueulasses, tandis que la mère Paupard vociférait par la fenêtre :

— Bougres de deux léonards que vous êtes !

Tel était Léon, filleul d'un berger et d'un oiseau décoratif, mais qui, lui, ne l'était guère, à cause de ses genoux, de ses coudes, de son front toujours saigneux : il ne faisait qu'une sottise par jour, mais elle durait la journée entière.

Une autre fois, ce même sabot qui lui avait servi à terroriser la Paupard, il eut l'idée de le faire flotter sur la Vézère, pensant le récupérer un peu en aval. Mais qu'arriva-t-il ? Un accès de courant l'emporta loin du bord. Adieu, sabot ! Il ne lui restait plus qu'à rentrer au bercail à cloche-pied. C'est ce qu'eût fait toute personne raisonnable. Lui, au contraire, se dit que s'il se présentait devant le père dans cet équipage, Clément comprendrait que, par jeu, il avait perdu le sabot manquant ; qu'en conséquence il lui tannerait les épaules à grands coups d'aiguillon. Si au contraire il revenait les deux pieds nus, le père croirait plus aisément à une chute supposée dans la rivière, serait assez content de retrouver son fils vivant et accepterait la perte des sabots. Aussitôt, il quitta le second, le posa sur le flot, le regarda s'éloigner et se perdre. Ensuite, il entra dans la

Vézère jusqu'au ventre, et s'en revint vers la Manigne ruisselant et éploré.

Il fut moins heureux en revanche dans l'affaire du sucre, conséquence directe du prix Cognacq-Jay. Celui-ci avait fait entrer dans la famille un certain nombre de gourmandises et de nouveautés. Ainsi le dimanche, après le repas de midi, les adultes avaient droit désormais au café-chicorée, servi dans le verre à vin, adouci d'un sucre qu'ils remuaient avec la queue de la fourchette. La cafetière parut donc sur la table aux côtés du pichet Poincaré. En compensation, chaque enfant recevait aussi un morceau de sucre. Léon, toutefois, n'y trouvait pas son compte ; c'était trop ou trop peu. Il rêvait la nuit qu'il travaillait dans une mine de sucre : les mineurs étaient tout blancs et se léchaient les uns les autres. Ou qu'il voyageait au pays du sucre : les montagnes en étaient faites. Envahi par ces pensées, il se dit que s'il pouvait en manger une bonne fois son content, l'envie lui en passerait ensuite, il pourrait songer à autre chose, il n'y a pas que le sucre dans la vie.

Il savait dans quel placard, sur quel rayon se trouvait l'objet de ses convoitises. Il prémédita son coup, attendit l'instant favorable. Un dimanche matin, alors qu'Etoilette se préparait à transporter son monde à Saint-Hilaire pour entendre la messe obligatoire pour ceux qui fréquentaient le catéchisme, il profita d'un moment de solitude, monta sur une chaise, s'empara de la boîte pleine aux trois quarts, la dissimula derrière les bûches du fournil. Ce n'était pas la cachette rêvée à cause des souris qui y fréquentaient ; elle lui parut la moins mauvaise. Puis il rejoignit dans la charrette les autres paroissiens.Il écouta les exhortations du prêtre avec une attention exemplaire, se signa, s'agenouilla, baissa le front, se frappa la poitrine. Tandis que son corps exprimait ainsi la plus grande piété, son esprit était ailleurs, dans le fournil plein de souris gourmandes ; il entendait leurs dents grignoter les morceaux de sucre.

A peine rentré à la Manigne, pendant que les autres

changeaient de tenue et vaquaient à leurs besognes, il courut au tas de bûches, récupéra la boîte réellement entamée et monta se cacher dans la sapinière qui bordait, en haut, l'accès au fenil. Sans souci de ses habits du dimanche, il s'enfonça dans un fourré, le demi-kilo pressé contre son cœur. La terre humide sentait la mousse et les champignons. Un vent assez fort jouait avec la cime des arbres. Il puisa quatre morceaux, les enfourna d'un coup. D'abord dures entre sa langue et son palais, leurs arêtes s'amollirent très vite, puis fondirent en une bouillie comparable à la mélasse de Mme Arvis, mais très pure, sans goût d'aigre ni de vert. O douceur ! O délice ! Après ces quatre, sans respirer, il s'en mit quatre autres. Puis encore quatre. Puis seulement trois. Puis seulement deux. « J'aurais dû apporter à boire. » Il se sentait le gosier en feu et l'estomac plein de dégoût.

Il sortit du fourré, chercha de l'eau, en trouva dans une ornière du chemin forestier où elle croupissait depuis une semaine. Il en but un peu dans le creux de sa main ; elle avait un goût de terre qu'il effaça avec un autre morceau de sucre. Puis il retourna dans sa cachette. Il avait obtenu ce qu'il cherchait, s'était comblé et rassasié. Cela mettait un point final à son enfance sans sucre. A présent pouvaient venir les grandes amertumes. Toujours enfoncé sous les ronces, il perçut au loin l'agitation qui troublait la borde. Des appels lui étaient lancés :

— Léon ! Léon ! Où es-tu ? Où te caches-tu ? Ho ! Léon, miladiòu !

Il reconnut la voix grondeuse de son père. La suppliante de sa mère. Les impatientes de ses frères et sœurs. C'était une galopade d'un bâtiment à l'autre et dans le voisinage. Il entendait des portes claquer, des sabots sonner, des injures voler :

— Montre-toi, *teto d'ase ! Teto de gognou !* Tête d'âne ! Tête de cochon !

On court aussi dans le chemin du haut. On pénètre dans le bois. Il voudrait s'enfoncer sous terre comme une taupe.

Et c'est Finette II qui le découvre et le dénonce, en venant à lui, en gémissant, en frétillant. Il se laisse capturer sans réagir. De ses bras en bouclier devant la figure, il se pare seulement des emplastres immanquables et mille fois mérités. Mais voici qu'ils ne pleuvent pas ! Le père ne revient pas du spectacle qu'offre son fils prodigue, de ses habits déchirés, de ses mains, de ses genoux, de son visage boueux. Et par terre, la boîte de sucre inachevée et qui explique tout ! Lui ne revient pas du silence qui s'est fait : pourquoi ne le bat-on pas ? Finette II se frotte à ses mollets ; mais bientôt, flairant le sucre, elle l'abandonne et se jette sur le fond de boîte. Elle aussi mène une vie sans sucre. A la voir qui s'en rattrape, Léon se sent un peu moins coupable.

— Baisse les bras ! commande le père.

Il n'en fait rien. Pourquoi verrait-on sa figure humiliée ? Lui ne veut voir personne.

— Tu nous as fait une belle peur ! dit seulement sa sœur Marie-Louise avec des larmes dans la voix.

Un comble ! Ce sont les victimes qui pleurent ! Celles dont il a dérobé le sucre légitime ! Pour finir, le père comprend qu'il n'y a rien d'autre à dire : il le prend par les genoux, le jette sur son épaule, l'emporte tout plié, comme un sac d'avoine.

Ainsi, à sa grande honte, se termina l'affaire du sucre.

Un événement attendu la fit oublier. Le grand-père Grillon avait pronostiqué que son fils et sa bru accompliraient la douzaine. A l'enflure de leur mère, les enfants comprirent qu'elle s'y employait. Comme elle était spécialiste du genre masculin, tous les Peyrissaguet attendirent l'arrivée du dixième garçon. Ce fut une fille qui naquit le 13 juin 1925, fête de sainte Clotilde. L'éclosion fut un peu laborieuse, on dut appeler le docteur Juge qui vint de Chambouret dans sa petite Citroën.

— Maintenant que vous avez réussi la douzaine,

conseilla-t-il après l'affaire, n'en commencez pas une seconde. Cela vaut mieux pour la santé de tous.

Le père se montra un peu vexé et dit :

— Croyez-vous que nous le fassions exprès?

— Il y a des moyens pour éviter.

— C'est interdit! cria la Grilette. Nous devons accepter tout ce que le bon Dieu nous envoie!

— Nous en reparlerons, dit encore le médecin en haussant les épaules. Dans mon cabinet, quand vous voudrez.

Puis l'accouchée se plaignit :

— Nous ne savons plus qui prendre comme parrain et marraine. Docteur, voulez-vous la parrainer?

Il regarda, tenté, cette petite créature qui dormait sur le flanc dans son *brey* d'osier, étroitement ficelée, dont il avait peu de temps auparavant modelé entre ses mains comme une boule de neige le crâne déformé par le forceps. Mais il secoua la tête :

— Non, merci de l'honneur. Un médecin, c'est un peu comme un curé : il appartient à tous ses clients. Si je devais parrainer tous les enfants que je mets au monde!....

Il réfléchit encore, tirant sur sa moustache. Soudain :

— Aimeriez-vous qu'elle ait pour parrain le Président de la République?

— Le Président...

— ... de la République!

Même les mouches de juin faisaient silence.

— Qui c'est, le Président de la République? osa demander le Gril, qui ne s'occupait guère de ces léonards.

— Il s'appelle Gaston Doumergue. Il est né, je crois, dans le Gard, du côté de Nîmes. Il a une bonne bouille, un peu de bedaine, est radical-socialiste, a l'accent du Midi. On dit qu'il n'a pas son pareil pour saluer les foules de son chapeau gibus, en souriant à tous. Tout cela le rend bien sympathique. Ceux qui l'ont approché l'appellent Gastounet. Il a été élu l'année dernière. Si vous en êtes d'accord, je lui écris dès ce soir. J'ai à Paris une connaissance bien placée qui lui apportera ma lettre et accélérera les choses.

Je ne manquerai pas de rappeler votre médaille de la FAMILLE FRANÇAISE et votre prix Cognacq-Jay. Je serais bien surpris qu'il refuse.

Habitués depuis deux ans aux honneurs, les Peyrissaguet considérèrent cette proposition :

— Mon Dieu ! dit Thérèse en joignant les mains. Cette enfant filleule du Président de la République !

— Sa fortune est faite ! dit résolument le grand-père Grillon. Son parrain lui fera tant de cadeaux qu'elle saura plus où les mettre ! Il la poussera, pour qu'elle aille dans les écoles. Elle deviendra institutrice ou professeuse !

— Mais alors, demanda la Grilette, si le parrain s'appelle Gaston, comment allons-nous la baptiser ? Pas Gastonne, tout de même !

— Eh bien ! fit le médecin, les mains ouvertes par l'évidence : Gastounette !

— Gastounette ? Est-ce qu'y a une sainte Gastounette ? fit encore la Grande, coutumière de chercher des poux dans la paille. Il lui faut bien une sainte patronne, pour la protéger !

— Elle aura un patron radical-socialiste qui la protégera aussi bien ! dit le Dr Juge.

On finit par se rendre à ses raisons. Il écrivit à sa connaissance. En attendant la réponse, il fallut retarder la cérémonie du baptême. Informé de toutes ces choses, l'abbé Juillac commença par sourire du prénom choisi, *Gastounette*.

— Mais après tout, pourquoi pas ? Saint Gaston, j'en suis sûr, ne demandera pas mieux que de prendre votre fille sous sa sauvegarde.

Il objecta cependant qu'on ne pouvait renvoyer trop longtemps le baptême :

— Ces petites créatures sont si fragiles ! Supposez qu'elle meure non baptisée ? Ce serait lui fermer la porte du Paradis. En attendant la réponse de M. Doumergue, je vous conseille de l'ondoyer.

Il vint lui-même à bicyclette chez les Peyrissaguet procéder à la cérémonie, en présence de toute la famille réunie autour du berceau. Thérèse en sortit la nouveau-née, la confia à sa belle-mère qui la tint dans ses bras tandis que le prêtre lui posait une main sur le front. Après quoi, il repartit avec une douzaine d'œufs frais dans ses sacoches.

Quatre jours plus tard, le facteur Sauvézie, que Vincent n'avait pas encore eu l'occasion de tuer, apporta une grande enveloppe à l'en-tête : *Présidence de la République.*

— Ben mes fumiers ! dit Sauvézie, toujours complimenteur. Vous en connaissez, du joli monde !

Il avait cette sorte de langage, par habitude, sans y mettre de malice, de même que certaines personnes sentent mauvais de la bouche. Il eût bien aimé savoir le contenu de la lettre ; mais on ne lui offrit pas ce plaisir. Il repartit bredouille. Sur un épais papier imitant le parchemin, elle disait :

Paris, le 28 juin 1925

Madame, Monsieur,

Le Président de la République accepte d'être le parrain de votre petite fille née le 13 juin dernier et joint à la présente un mandat de cent francs. Il vous prie de placer cette somme sur un livret de caisse d'épargne ouvert à son nom.

Lors de toute cérémonie éventuelle concernant le baptême de cette enfant, le parrain vous prie de le faire représenter par une personne de votre choix.

Pour le Président de la République
Le Chef de Cabinet
P.O. Le Premier Secrétaire
J. Lemercier

Ainsi, M. Gaston Doumergue allait pour ainsi dire entrer dans la famille des Peyrissaguet. Au-delà des cent francs impartis, Clément imagina les avantages considérables que cela pouvait signifier, non seulement pour Gastounette, mais pour ses frères et sœurs. Car un parrain digne de ce nom ne limite pas son intérêt à sa filleule, mais étend la protection de sa main généreuse sur ses proches parents, son bonheur à elle ne pouvant s'accomplir hors du bonheur des siens. Il rêva donc pour ses douze enfants d'un avenir, sinon complètement assuré, du moins exempt de certains sévices qu'exercent l'Etat ou ses représentants : expropriations, saisies pour dettes, poursuites fiscales, contraventions. Il imagina ce dialogue entre les gendarmes de Treignac et lui-même, un soir qu'il rentrerait, la nuit tombée, sans éclairage à sa voiture :

— Vous n'avez pas de lanterne, Monsieur, ni devant ni derrière. Je vous dresse procès-verbal.

— Dressez-moi ce que vous voudrez, brigadier. Mais je vous avertis que le parrain de ma fille vous fera danser.

— Danser ?

— Danser ! Et sans musique, encore !

— Qui est donc le parrain de votre fille ?

— M. Gaston Doumergue, Président de la République ! Radical-socialiste !

— Pardon ! Excuses ! Circulez ! Je n'ai rien vu.

Grâce à Gastounet, les Peyrissaguet deviendraient des intouchables. Sans parler des petites faveurs : une invitation à l'Elysée par-ci, une décoration par-là, une exemption des « prestations », ce résidu de l'ancienne corvée qui leur était imposé une fois l'an pour réparer les chemins.

Le Dr Juge, à l'origine de ce privilège, fut invité au baptême pour représenter le parrain officiel, aux côtés de Mme Peyrissaguet Emilienne, autrement dite la Grilette, choisie pour marraine. Il tint son rôle avec beaucoup de sérieux, mais ne put s'empêcher de sourire quand le prêtre fit une croix sur le front de la nouveau-née en prononçant :

— *Ego baptizo te Gastounettam, in nomine Patris et Filii et Spiritus Sancti.*

Vint ensuite la sainte boustifaille qui se fit, comme les précédentes, dans la plus grande chambre de la Manigne. Il y eut de la morue aux pommes de terre, du bœuf en daube, de la salade, du fromage tête-de-mort, du clafoutis aux cerises noires. Les hommes burent du vin bouché. Le Gril s'en suça longuement les moustaches. Comme son fils, en le lui versant, paraissait vouloir le modérer, disant :

— Tu me diras quand tu en auras assez.

Il répondit :

— Marche, marche. Mon verre le dira !

Après le café, le docteur se leva pour prononcer un petit discours :

— Je parle donc ici au nom de M. Doumergue, parrain de la baptisée. Il vous dirait, s'il était présent, le plaisir qu'il a d'entrer dans votre honorable et admirable famille. Il quittera ses fonctions dans six ans. Néanmoins, ne croyez pas qu'après son départ, chers amis, son parrainage cessera ; son successeur l'assumera à sa place, comme il se chargera de toutes ses autres fonctions. Gastounette ne perdra pas son parrain quand Gastounet rentrera dans le rang ; elle sera toute sa vie filleule du Président de la République en exercice. Elle aura en quelque sorte un parrain éternel...

Clément fit encadrer la lettre en faux parchemin et la suspendit au mur, à côté du diplôme de la FAMILLE FRANÇAISE.

6

Il réalisa un de ses rêves : dans la remise, il installa un moulin familial, marque Faucheux, pareil à ceux qu'il avait vus en Picardie, afin de s'épargner les voyages jusqu'au moulin de Bonnefond. Economie de temps, de fatigue, d'argent. Assurance qu'il ne serait plus grugé ni sur la farine, ni sur le son. Un mécanicien d'Eymoutiers apporta les deux meules en pierre de Beauce, taillées à bâtons rompus et jantées de fer. Celle du bas, la dormante ; celle du haut, la courante, mue par une roue dentée, percée en son milieu d'une bouche ronde. Le tout contenu dans une cage en forme de pressoir. Le grain pleuvait d'une trappe pratiquée dans le plancher de la fenière ; tombait dans un entonnoir carré qui l'amenait jusqu'à la bouche de la courante. Il était, entre les deux meules comme entre deux mâchoires, réduit en une poudre jaunâtre ; elle s'échappait de flanc, parvenait au bluteur qui séparait le son de la farine. La machine était mise en mouvement par un moteur Bernard à essence. Dès le premier essai, le résultat fut admirable, tant sur le blé, le seigle, l'orge que sur le sarrasin. En réglant l'écartement des meules, on pouvait broyer pour les hommes ou pour les animaux. Selon l'étamine employée, le bluteau produisait de la farine blanche ou de la grise. Le tap-tap-tap du moulin au milieu de la campagne silencieuse suscita des curiosités : on vint le voir des quatre horizons. Clément accepta de moudre aussi pour ses voisins.

Autre changement d'importance : il capta une source qui chuchotait derrière le bâtiment des animaux à quatre pattes et se perdait dans les orties ; la canalisa dans des tuyaux de plomb ; lui fournit un réservoir ; la fit déboucher sur la façade au moyen d'un robinet ; dessous, un abreuvoir de ciment la recueillit. Ainsi, l'on n'eut plus besoin de monter du puits les seilles d'eau.

De son côté, Thérèse remplaça la vieille lampe à pétrole qui trônait depuis quinze ans au milieu de la table par une suspendue qu'on pouvait monter et descendre. Ainsi le domaine de la Manigne se perfectionna et se modernisa.

Le Gril avait des ennuis de santé peu connus dans les campagnes limousines :

— *Lo této me viro !* se plaignait-il à sa femme. La tête me tourne.

On le voyait en effet tout à coup tituber au milieu de sa besogne et partir de travers. Elle soupçonna d'abord qu'il avait donné l'accolade à la bonbonne de vin en réserve dans la cave. Elle exigea qu'il lui soufflât dans le nez : son haleine ne sentait point la vinasse. Alors, elle prit la chose à la plaisanterie, c'est ainsi qu'on doit faire : neuf fois sur dix, les petites misères du corps, se sentant méprisées, finissent par s'en aller d'elles-mêmes. Lorsqu'il se plaignait de ses tournements de tête, elle répliquait de sa voix de pintade :

— Tant mieux ! Profites-en pour regarder ton derrière. Tu verras comme il est joli !

Cela fut sans grand effet. Il n'aurait pas eu, tout de même, la pensée de consulter le médecin si, un jour, le Dr Juge n'était venu chez leurs voisins examiner les jambes de plus en plus variqueuses de la Paupard. On envoya un enfant le prier de faire un détour par chez les

Peyrissaguet. Il vint, caressa Gastounette, sa quasi-filleule, tapota des joues roses et rebondies. Puis il passa au malade de la maison. L'ayant ausculté, tâté dans tous les sens, il le déclara atteint d'hypertension artérielle.

— Qu'est-ce que c'est faire ?

— C'est votre sang qui est trop fort. Trop épais. Il cogne contre les parois des artères, au risque de les rompre. Telle est la raison de vos vertiges. Il vous faudra supprimer le sel, les cochonnailles, le vin, réduire le beurre et le fromage. Le soir et le matin, ne prenez rien d'autre qu'une soupe à l'ail. A midi, nourrissez-vous normalement.

Puis il fouilla dans sa serviette — car il apportait généralement les remèdes à domicile —, en sortit un tube et ordonna un comprimé par jour avant le dîner.

— Vous le placez sur la langue, vous buvez un peu d'eau derrière et vous l'avalez. Défense de le croquer.

Tout cela fut griffonné de cette écriture de chat qu'ont les médecins, sur l'ordonnance qu'on appelait la « consulte ». Cette indisposition, qui était selon le Gril la première de son existence, le plongea dans la tristesse. Depuis son enfance, il avait vu beaucoup de malades autour de lui, avait traversé sans dommage les épidémies d'*estranglou* (de croup), de typhoïde, de grippe espagnole. Or voici que le mal l'atteignait à son tour. Il prit cela pour une trahison de son corps et ne mâcha pas ses mots pour lui dire son fait ; le traitant de vieille casquette, de planche pourrie, de bel épouvantail. N'empêche qu'il suivit à la lettre les ordres du Dr Juge et se priva des nourritures interdites. Celles qu'il aimait le plus. Tout au moins en public. Car lorsqu'il se trouvait seul, il lui arrivait de bien lorgner autour de lui et de s'attribuer une tranche de fromage, d'andouille, de saucisse salée. Il la mâchonnait à la va-vite, l'avalait précipitamment en se frottant la gorge dans le sens descendant, comme on fait aux oies qu'on gave.

De toute la consulte, les comprimés étaient la prescription la moins applicable, car il n'arrivait pas à les avaler. Il avait beau s'y prendre par ruse, se les placer sur la langue et, d'un seul coup, sans avertissement, hop ! s'envoyer une grande goulée d'eau, celle-ci dévalait bien, mais le médicament restait coincé dans quelque repli. Trois ou quatre fois, il recommençait la manœuvre. Rien à faire, le comprimé refusait de descendre.

— Essayez dans la soupe, conseilla Thérèse.

Il le dissimula dans son écuelle, engloutit chaque cuillerée en fermant les yeux : tout à coup il le sentait au milieu de sa bouche. La soupe l'inondait en vain : le putain de comprimé allait se blottir dans un creux de la joue. Si bien que le Gril finissait par le cracher avec fureur :

— Oh ! saloperie ! Oh ! charogne !

S'il avait pu l'écraser entre ses dents ! Mais non, le médecin l'avait défendu. Chaussant ses allunettes pour mieux voir, il l'enfonçait dans une bouchée de pain. Par ce moyen, il réussissait de temps en temps à l'avaler, avec de grands efforts de déglutition qui laissaient craindre une catastrophe. De ces épreuves, il ressortait en nage. Epuisé. Cependant que ses petits-enfants s'éparpillaient en diverses retraites de la maison pour rire leur saoul et leur aise. Impitoyables.

Gastounette (mais on l'appelait seulement Tounette ou bien Toune en famille) eut un an le 13 juin 1926. Elle écrivit à son parrain, le Président Doumergue, pour se rappeler à son souvenir. Ou plutôt, elle fit écrire à sa place. Ou plutôt, quelqu'un (qui donc ? le père ? la mère ? la grand-mère-marraine ?) eut cette idée d'envoyer une carte postale illustrée. Elle représentait Treignac découpé en plusieurs rectangles, son église, ses toits ardoisés, la statue de l'avocat Charles Lachaud. Simone, la sœur aînée, qui de toute la famille faisait le moins de fautes d'orthographe, écrivit le compliment : *Votre petite filleule limousine, Gastounette Peyrissaguet, à l'occasion de son premier anniversaire,*

Vous souhaite, Monsieur le Président, de grands succès dans vos Fonctions Présidentielles, et Vous envoie ses pensées affectueuses. Avec beaucoup de majuscules. Sur l'enveloppe jaune, elle traça des lignes à la règle et au crayon pour aller bien droit. Ecrivit : *Monsieur le Président de la République, Palais de l'Elysée, Paris.* Ne manqua pas de rappeler au verso l'adresse de l'expéditrice. Confia le pli, avec l'argent du timbre, au facteur Sauvézie qui grommela sympathiquement :

— Ben ma fumière!

— Est-ce que l'adresse est bonne?

— Très bonne. La lettre arrivera dans deux jours au plus tard.

On attendit, le cœur battant, une réponse. On suivit en pensée le voyage de la carte postale : elle prend le train à Lacelle. Passe par Eymoutiers, Saint-Léonard. Change à Limoges, d'où elle descend directement vers Paris par Vierzon et Orléans. Un facteur spécial la porte aussitôt à l'Elysée. On calcula le temps nécessaire pour répondre. M. Doumergue était un homme fort occupé qui pouvait avoir des soucis plus urgents. On laissa passer une semaine sans inquiétude. Puis deux. Puis trois. Puis l'inquiétude vint. On interrogea Sauvézie :

— Vous avez bien collé le timbre?

— Mes salopiaux, pour qui donc que vous me prenez?

— C'est drôle que le Président ne réponde pas. Est-ce qu'il arrive que des lettres se perdent?

— De temps en temps. Ce qu'il faudrait, c'est la recommander. Ça coûte un peu plus cher, mais on est sûr qu'elle sera délivrée.

Au bout d'un mois, on abandonna l'espérance.

— L'an prochain, conseilla Clément, on payera la recommandation.

Se souciant peu de Gastounet, Toune tétait ses biberons. Elle sut marcher à treize mois et s'en allait le cul nu sous ses jupes, répandant ses fientes dans la cour, à l'exemple des chiens, des poules, des oies, sans qu'il fût nécessaire de lessiver ses dessous. Ainsi avaient fait avant elle ses aînés, garçons et filles. Grâce aux chants que lui fredonnait sa grand-mère Grilette (même si elle prétendait chanter jaune), la tenant sur ses genoux, elle sut chanter avant que de parler. Ainsi la vieille légende *Derrière le château de Montvielh* :

Derrière le château de Montvielh
Chantait une bergère :
La la la la, la la la la.

Le fils du roi qui l'écoutait
Là-haut, à sa fenêtre :
La la la la, la la la la.

Ce qui devenait, dans la bouche de Gastounette :

Pia pia pia pia, pia pia pia pia...
La la la la, la la la la...

L'air y était exactement, à défaut des paroles.

Elle apprit ses premiers mots en langue limousine. Quelques autres aussi empruntés à la langue française. Dans une foire, Benoît, l'aîné des douze, lui acheta une balle en caoutchouc vert portant la marque Michelin ; mais toute sa surface était illustrée de petites figures représentant un ours, un singe, un perroquet, un éléphant, un crocodile. Tous animaux fort rares en Limousin. Elle tournait et retournait la balle verte, cependant que Benoît lui enseignait les appellations de ces bestiaux, qu'il fallait bien désigner par leur nom français. Après quelques jours de ces exercices, lorsqu'il lui disait : « Montre-moi, Tounette, le crocodile », elle fut capable de poser dessus son petit doigt en poussant un *ah!* qui voulait dire *voilà*. Toute la tribu participait au jeu :

— Montre-nous l'éléphant, Tounette.
— Ah!
— Montre-nous le singe.
— Ah!
Excepté la Grande qui désapprouvait ces exercices :
— Vous faites trop travailler l'intelligence de cette drôlette. Vous la rendrez léonarde.
Benoît n'en croyait rien, et poursuivait ses leçons :
— Montre-moi Michelin.
— Ah!

Le 13 juin 1927, elle accomplit sa seconde année. On décida d'envoyer en son nom une autre carte de vœux au parrain Gastounet. Cette fois, quelques jours à l'avance, elle fut expédiée en recommandé du bureau de poste de Lacelle.

Comme la précédente, elle resta sans réponse et Clément regretta toute sa vie les trente sous qu'elle lui avait coûtés.

— J'aurais mieux fait d'acheter pour trente sous de moutarde.

— Ou bien des carcaris.

Toune grandissait dans la sympathie des gens, des animaux et des choses. Elle aimait le soleil, la lune, les étoiles. Elle se plaisait à recevoir, les jours chauds, la pluie rafraîchissante sur son visage et ses mains. En hiver, la neige, dont elle gobait les flocons, bouche bée, comme du sucre. Ses frères et elle jouaient à se laisser tomber, le matin, sur une couche blanche, afin de s'y imprimer; ils appelaient ce jeu « se tirer le portrait ». Elle riait quand le chien Carlo mordait ses puces, gémissait et se désespérait de ses propres coups de dents. Elle suivait des yeux le lézard gris qui se chauffe sur la muraille, accroché à elle, et ne tombe pas; et le vert qui, changeant de cachette, traverse comme un éclair le chemin. Et les vipères d'eau, pas méchantes, à la différence des aspics rouges, qui franchissaient la Vézère d'une rive à l'autre, la tête émergée, en ondulant du corps. Elle regardait les branches des arbres remuer quand le vent soufflait, de sorte qu'elle ne savait pas si c'était le vent qui les faisait bouger, ou elles qui, en bougeant, produisaient le vent. Elle écoutait dans le feu de la cheminée un tison qui sifflait et pleurait par une extrémité, se consumant par l'autre. Elle écoutait dans son coffre battre le cœur de l'horloge et posait la main sur sa propre poitrine pour sentir le sien, tout palpitant quand elle avait peur.

A cause du dicton « jamais deux sans trois », le 13 juin 1928 on répéta l'expérience de la carte de vœux, se promettant bien qu'en cas d'échec ce serait la der des ders. On prit même la précaution, lui tenant la main, de faire signer Gastounette au bas du texte.

Qu'espérait-on au juste ? Un nouveau mandat ? S'il était venu, naturellement, on ne l'eût pas jeté au chien. Mais, plus que tout, un signe d'amitié prouvant que M. Doumergue était un vrai parrain. Que sa filleule pourrait, en cas de nécessité, compter sur lui. Or cette troisième carte resta sans réponse, comme les autres. On commenta ce silence autour de la grande table. Le grand-père Grillon fit cette comparaison :

— Ce parrain me rappelle le pauvre berger Léonard, au service des Gimel, qui reçut la foudre sur la tête, il y a quelques années, au milieu d'un pâturau. On l'appelle depuis le « champ de Léonard ». Vous vous souvenez ? Il était resté debout, tenant une brebis dans ses bras. Quand Martial Gimel l'a touché sur l'épaule, il est tombé en cendre d'un seul coup. M'est avis que votre Gastounet, c'est aussi un homme de cendre.

Le Ciel, en revanche, les comblait de ses générosités.

Après quatre années improductives, l'on pensait bien que Thérèse, n'ayant plus rien à espérer ni de Mme Cognacq-Jay, ni de la République, avait renoncé à son œuvre de repopulation. En quoi l'on se trompait. A la fin de ce mois de juin, elle donna naissance à son treizième enfant, un garçon, qui fut prénommé Emile, auquel on ne chercha ni parrain ni marraine éloignés : le curé Juillac et sa servante, Mlle Joséphine, firent l'affaire. On l'enveloppa des mêmes drapeaux que ses prédécesseurs ; il dormit dans le même *brey* ; on lui fit sucer les mêmes tétines ; on lui susurra les mêmes berceuses. Le système d'élevage était parfaitement au point.

En juillet, les fenaisons prirent, comme à l'accoutumée, toute la main-d'œuvre familiale, y compris celle des grands-parents. Toune, âgée de quatre ans et demi, fut promue nourrice sèche. A la maison, elle donnait à son petit frère le biberon tenu au tiède sous l'édredon. Ayant appris à parler le langage des adultes, elle le couchait dans son berceau, lui chassait les mouches, lui fredonnait à son tour *Derrière le château de Montvielh*. Réveillé, elle le promenait dans ses bras le long des chemins. Les grandes personnes qui les rencontraient n'en croyaient ni leurs yeux, ni leurs oreilles devant une bonne d'enfant de cet âge. Leurs deux anges gardiens, saint Emile et saint Gaston, se liguaient pour les protéger. Par sa grand-mère, Toune connaissait l'existence de ces créatures divines qui nous gardent des accidents :

— Chacun, chacune a le sien, qui reste jeune et leste, même quand nous vieillissons.

— Je ne vois pas le mien. Où est-il ?

— Il est en nous. Il habite sous nos jupes.

Un jour qu'elle avait commis une sottise, Thérèse lui retroussa la sienne et lui flanqua une fessée.

— Aïe ! Aïe ! Et mon ange gardien ? s'indigna Tounette.

Elle pleura moins sur elle, la fautive, que sur lui, l'innocent humilié.

Une après-dînée de grande chaleur, l'ange de Toune et celui de Milou durent s'assoupir en même temps, pendant qu'elle emportait son petit frère jusqu'au *Pra do Riou*. Elle eut justement à traverser un bras du ruisseau qui donnait son nom à ce pré. Sautant de pierre en pierre, elle dérapa sur un gros galet, ne tomba point, mais laissa choir son frère dans le *Riou*. Et voici notre Emile, la tête encore au soleil, mais le reste de sa personne noyé jusqu'au ventre. Glapissements du petit, frayeur de la grande. Elle essaya de le repêcher, mais il lui glissa des doigts comme un gardon. Alors, elle courut droit devant elle, tête baissée, eut la chance de tamponner Antonin, le bordier des Raux.

— Où vas-tu comme ça si pressée, drôlette ?

— Mon petit frère... Milou... là-bas... dans le ruisseau !

Il comprit au vol, courut à son tour. Voilà comment Emile fut sauvé des eaux. On le tordit un peu ; on le fit sécher sur l'herbe ; le soleil était si chaud que le soir, lorsque les faneurs rentrèrent, il n'y paraissait plus.

Tounette devait remplir bien d'autres tâches. Sa grand-mère lui apprit à tricoter les bas. Du moins la partie où il n'est besoin ni d'augmenter, ni de diminuer. Il y avait dans la maison tant de jambes à chausser qu'il n'était pas important de respecter les pointures : ce qui n'allait pas à Léon convenait à Bernard. « De plus, disait la Grilette, ça occupe les mains et retient de commettre des sottises. » Le merveilleux de cet emploi est qu'on peut tricoter en faisant autre chose : en berçant Milou du pied ; en éloignant, épouvantail vivant, les pigeons qui viennent picorer au jardin les haricots à mesure qu'ils sortent de terre ; en gardant les oies ou les moutons.

C'est ainsi qu'un jour elle eut à mener un troupeau de quarante têtes en remuant ses cinq aiguilles, la pelote coincée sous l'aisselle gauche. Elle les poussait vers le champ de Léonard. En atteignant la route de Viam qu'elles devaient traverser, elles se trouvèrent prises au milieu d'une grande turbulence, car des ouvriers étaient en train d'empierrer la départementale, avec l'aide d'un rouleau compresseur. L'arrivée de ce troupeau interrompit le chantier. Tous ces hommes armés de pelles et de pioches, ayant bien considéré les brebis menées par une bergère tricoteuse dont la tête ne dépassait pas leur échine, éclatèrent de rire, et s'avancèrent vers elle avec l'intention bien évidente de tirer les deux tresses blondes qui lui pendaient dans le dos. Elle fut épouvantée par cette énorme machine, par ces mains noires, par ces rires blancs, par ces figures hirsutes, fit faire demi-tour à ses ouailles et les ramena toutes penaudes vers la Manigne.

— Eh bien ! s'étonna le père. Pourquoi reviens-tu si tôt ?

— Parce que j'ai trouvé... on a trouvé...

— Qu'est-ce que vous avez trouvé ?

— Des diables. Sur la route de Viam. On a pris peur. J'ai rentré les moutons.

Renseignements pris, il sut que les diables étaient les hommes de la route. Il faut dire que la grand-mère Grilette étourdissait ses petits-enfants de diableries, d'enfers, des supplices éternels qui les tourmenteraient un jour s'ils ne se comportaient pas honnêtement, vaillamment, charitablement ; s'ils désobéissaient, s'ils cassaient leurs sabots ; s'ils s'endormaient pendant la messe.

— C'est comment, l'enfer ?

— Y a d'abord un trou noir, profond, et qui sent mauvais-mauvais. Dessous, c'est plein de feu, de marmites en train de bouillir. Dans les marmites, l'âme des vauriens et vauriennes de votre espèce. Ça fait une bonne soupe pour les diablotins !

Aux veillées, elle racontait aussi les tours pendables que font les diables parmi les hommes. Car ils se mêlent à eux, prennent l'apparence d'un cantonnier, d'un gendarme, d'un facteur. D'où la terreur bien légitime de Tounette sur la route de Viam.

Quelques mois plus tard, nul n'en douta, le diable prit la

forme d'une épidémie de rougeole. A la Manigne, elle entra pour commencer chez les Paupard. Qui en firent profiter leurs voisins. Les jumeaux, Tiennou et Vincent, la reçurent d'abord. Vint ensuite le tour de Gilou. Puis de Bernard. Bref, au bout d'une semaine, sept enfants Peyrissaguet se trouvèrent sur le flanc, rouges comme des carottes, fiévreux, tousseux, coulant des yeux et du nez. Le Dr Juge vint les voir :

— Mais c'est un hôpital, ici !

Pas question d'isoler qui que ce fût.

— Tenez-les bien au chaud, recommanda-t-il à leur mère. Et donnez-leur souvent de la tisane.

— Quelle tisane ?

— N'importe : feuilles de bouleau, feuilles de frêne, fumeterre.

L'odeur des plantes remplissait la maison. L'évolution du mal fut favorable pour six. Mais le septième, Gilou, menaça de mourir de suffocation. Pour respirer, il ouvrait la bouche comme un poisson à peine sorti de l'eau. Son petit cœur, complètement détraqué, courait à cent cinquante à la minute. A longueur de jour, on l'entendait gémir :

— *Maï, ey da chë!* Maman, j'ai soif !

La rougeole s'était installée dans sa poitrine ; mais, par une malignité supplémentaire du démon, elle refusait de paraître sur sa peau, comme elle aurait dû. Pendant une semaine, le médecin vint chaque soir lui faire des piqûres camphrées. La grand-mère Grilette réunit tout son monde, hommes, femmes, enfants, à genoux sur le plancher, pour prier la Sainte Vierge, seule capable d'entraver les malices du démon. Celle-ci était sans doute tellement sollicitée par des milliers d'enfants qui mouraient de faim en Chine, en Russie, en Afrique, au Brésil, qu'elle semblait ne guère prendre garde au petit Gilou, perdu dans un hameau corrézien où l'on n'avait pas l'habitude de mourir si jeune. Tous ces *Je vous salue* qui montaient vers elle finirent cependant par attirer son attention : elle fit le nécessaire, compléta l'œuvre du camphre, les taches rouges apparurent sur toute sa surface, les étouffements diminuèrent, Gilou respira mieux. Cinq jours plus tard, il put se lever. Une fois encore, la Mère de Dieu avait eu raison du diable limousin.

7

L'automne qui suivit, Benoît, le fils aîné, partit faire dix-huit mois de service militaire au 92e régiment d'infanterie à Clermont-Ferrand. La famille se sentit comme décapitée. Thérèse avait tout loisir de prendre des colères qu'il n'était plus là pour retenir, en la chatouillant, en l'entraînant dans une ronde ; mais le cœur n'y était plus ; tout juste si elle réussissait à distribuer quelques tapes sans conviction. Par son sérieux, sa vaillance, sa gentillesse, il avait acquis de l'autorité sur l'esprit de ses parents, qui le consultaient avant les décisions importantes. En outre, il montrait un grand attachement au travail de la terre, aux soins des animaux, à l'entretien des bâtiments, ce qui remplissait son père de joie : il voyait en lui son successeur à la tête du domaine, moins par droit d'aînesse que par supériorité de compétence. C'est Benoît qui suggéra un jour d'acheter une faucheuse-moissonneuse.

— Quand tu seras revenu du service, promit le père.

A la Manigne, Benoît regardait vers l'avenir. A Clermont, au quartier Desaix, en capote bleu horizon aux basques relevées, en godillots et bandes molletières, on lui apprit à l'inverse à recommencer la guerre de Quatorze. Il faut dire que cette guerre avait été si parfaite, gagnée avec le divin canon 75, le délicieux fusil Lebel, la charmante baïonnette Rosalie que notre état-major ne voyait pas la nécessité d'y changer un bouton de guêtre.

En 1930, Fernand partit à son tour pour Montluçon où il pratiqua les mêmes exercices au 121, caserne Richemont. Benoît revint de la sienne six mois plus tard, retrouva avec plaisir ses sabots et ses anciennes besognes. Chose promise, chose due : la faucheuse fut achetée. Une bonne occasion : 200 francs à la foire de Bugeat. Elle comportait une barre de coupe dite danoise, formée de lames triangulaires qui allaient et venaient avec un mouvement de scie : trente-deux pour le seigle, soixante-quatre pour l'herbe. Ainsi armée, elle en menait trois fois plus large que la faux ancienne. A son extrémité, une planche en forme de versoir couchait le fourrage coupé et formait les andains. Assis sur un siège élastique, un peu en arrière des roues crantées, le faucheur n'avait presque rien à faire : il regardait le vol des papillons, relevait de temps en temps ou rabaissait la barre avec un levier, cependant que son bouvier menait de son aiguillon l'attelage. Chaque membre de la tribu réclama l'honneur de prendre place sur ce trône, ce qui fut accordé. Les plus petits s'y installèrent quand la faucheuse se trouvait à l'arrêt.

Le 1er octobre, Gastounette prit pour la première fois le chemin de l'école. La nuit précédente, elle n'avait pour ainsi dire pas fermé l'œil, affolée par toutes les annonces, toutes les recommandations qui lui avaient plu sur la tête. Là-bas, il lui faudrait, à elle qui ne s'exprimait bien qu'en patois, employer uniquement cette langue étrangère : le français, dont elle ne savait quasi rien même si elle l'entendait un peu : deux ou trois chansons, le *Notre Père* et le *Je vous salue* enseignés par sa Grande.

— Madame Forot, dit le Gril qui n'était jamais allé à l'école, t'apprendra l'imparfait présenté au futur.

— Et à jouer avec ses quatre filles, dit Clément : Addition, Soustraction, Multiplication et Division.

— Sans oublier la plus charmante, dit Benoît : Récréation.

— Chaque matin, dit Léon, l'amateur de sucre, elle regardera tes mains, dessus et dessous, la couleur de tes ongles et même derrière tes oreilles.

— N'oublie pas ton ardoise, dit Victor, ni le crayon blanc qui va avec.

— Garde ton pain pour la soupe de midi. Ne le mange pas dans la matinée, dit Vincent. A onze heures, attends-nous devant la porte ; nous irons ensemble chez Arvis.

— Si tu as besoin de poser culottes, dit Tiennou, tâche de patienter jusqu'à la récréation. Mme Forot n'aime pas qu'on abandonne sa classe. Si ça presse, tu lèves le doigt, et tu dis : *Madame, siouplaît*. Et quand tu reviendras, elle te fera conjuguer : *Je dois prendre mes précautions*.

— Si tu n'es pas sage, dit Bernard, elle te tirera les tresses et te mettra au coin.

— Ou bien, dit Gilou, elle te gardera après la classe pour te faire copier des lignes.

Jean-Marie, qui n'avait qu'un an de plus qu'elle, voulut y aller aussi de son conseil :

— Faut pas manger ton crayon. Sinon, après, il ressemble à un pinceau.

Ce matin-là, elle se leva donc la tête toute brumeuse, se débarbouilla à l'eau froide ; Marie-Louise tressa ses cheveux. Dans la vaste salle communautaire, elle avala difficilement sa soupe. Milou dormait encore dans son berceau. Elle alla le voir, le baisa sur le front comme si elle partait pour un très long voyage. Sur le pas de la porte, aussi émue qu'elle, Thérèse lui cria :

— A ce soir, ma Tounette !

Elle n'embrassa personne d'autre, ce qui eût été une trop dure épreuve. Et les voilà tous partis, en troupeau. Autour d'une seule fille, cinq garçons : Jean-Marie, Gilou, Bernard, Etienne et Vincent. Les aînés ne fréquentaient plus l'école.

La route commença, interminable, entre les pâtures et les genêtières où elle avait tant de fois poussé les brebis. Malgré ses gros bas de laine retenus sous le genou par des jarretières, elle souffrait des pieds, parce que ses sabots avaient été achetés trop grands et trop lourds. Selon la bonne règle : quatre mois ils flottent, quatre mois ils vont, quatre mois ils serrent. S'il leur reste en fin de carrière encore un peu de semelle, ils passent aux pieds du frère suivant. Les garçons la distançaient, se racontant des histoires d'hommes, dédaigneux de cette pisseuse. Ils croisèrent le facteur Sauvézie qui leur cria : « Salut ! » Et à elle : « Tu vas faire tes vingt-huit jours ? »

Elle ne comprit rien à ce qu'il entendait par là, détourna la tête pour ne pas voir davantage ce malappris. Il faisait allusion à ces périodes militaires de quatre semaines auxquelles étaient appelés de loin en loin les mobilisables ; ils devaient emporter dans une musette des chaussettes et un casse-croûte. Celle de Toune, quoiqu'elle eût reçu naguère les vingt billets du prix Cognacq, contenait seulement une ardoise encadrée de bois et son crayon, le livre de lecture qui avait servi déjà à trois ou quatre prédécesseurs, tout dépenaillé, corné, rafistolé, et deux quignons de pain, l'un pour la soupe de midi, l'autre pour ses trois heures.

Elle peinait à suivre ses cinq frères et criait :

— Attendez-moi !

Menaçant même :

— Je vais pas plus loin !

Elle faisait mine de s'arrêter, de s'asseoir sur un talus, de pleurer dans son tablier. Quelquefois, elle pleurait pour de bon. L'un des gars faisait demi-tour, venait la prendre par la main, la chatouillait un peu pour arrêter ses larmes (les chatouilles étaient monnaie courante dans la famille), la ramenait vers le peloton de tête. Un moment, ils marchaient tous six de conserve.

Ils atteignirent le carrefour où elle avait été, dix-huit mois plus tôt, arrêtée par le rouleau compresseur. De nouveau, elle traîna la patte.

— Quel âge as-tu ? demanda Victor.

— Cinq ans et demi.

— On dirait, à te voir lambiner comme ça, que tu en as à peine quatre !

Ça la fouetta un peu. Ils embouchèrent la grand-route qui montait vers Saint-Hilaire en déployant ses belles courbes. D'autres écoliers des deux sexes l'empruntaient, joyeux de se revoir après cinq mois de vacances prolongées par les travaux agricoles. Mais en ce premier jour de la nouvelle année scolaire, ils tenaient à se trouver tous au rendez-vous du 1er octobre. Devant la mairie, ils se divisèrent, les garçons se dirigeant vers la classe de M. Forot, dit Branlette ; les filles vers celle de la Dame.

Toune se vit soudain au milieu de trente gamines de tous âges qui se parlaient, s'embrassaient, riaient, se montraient des choses tirées de leurs cartables. Personne ne s'occupait d'elle. Pétrifiée dans un coin de la cour, sa musette de réserviste dans l'échine, le cœur énorme, prête à fondre en vraies larmes. Heureusement, Mme Forot remarqua sa solitude et vint lui parler :

— Comment t'appelles-tu ?

— Tounette.

— Tounette ? Drôle de nom. Tounette comment ?

Et elle de répéter, ne comprenant pas ce comment :

— Tounette.

— C'est une Peyrissaguet, intervint une autre élève.

— Ah ! tu es la petite Gastounette ! La filleule de M. Gaston Doumergue ! Quel honneur pour notre modeste école ! Quel honneur !

Insensible au compliment, Toune considérait avec un peu d'effroi, de bas en haut, cette femme longue et mince, aux cheveux courts, alors que sa mère Thérèse les portait comme avant Quatorze noués en un chignon rempli d'épingles au sommet de sa tête. La Dame sourit, se baissa, l'embrassa. Elle sentait l'eau de Cologne. Quelques instants plus tard, elle frappa dans ses mains, les filles s'alignèrent, puis entrèrent dans la classe, chacune portant sa musette, sa gibecière, son cartable. L'institutrice les disposa par divisions, les grandes à sa droite, les moyennes au milieu, les petites à sa gauche.

La salle était vaste, éclairée par quatre fenêtres, deux

tournées vers la route, deux donnant vue sur la vallée, l'église, l'étang de Bonnefond, et plus loin sur les maisons de Couturas, puis la tête chevelue du puy Niolou, c'est-à-dire Nuageux. Elle avait pour ornements sur une face deux tableaux noirs ; à l'opposite une carte de France et le panorama des poids et mesures. Pour mobilier, outre les tables à deux places de dimensions proportionnées à leurs occupantes, le bureau de la maîtresse, sur son estrade ; un poêle de fonte entouré d'une grille ; un placard vitré contenant le matériel pédagogique et les livres de bibliothèque.

— Et maintenant, dit la Dame, faisons connaissance. Je m'appelle (en même temps elle traça son nom au tableau noir) *Antoinette Forot*.

Ensuite, division par division, elle forma sur un registre la liste de ses trente-quatre élèves, avec une encre violette comme le jus de l'airelle, provenant d'une bouteille, et qu'elle distribuerait plus tard dans les encriers de porcelaine à l'usage de celles qui savaient se servir d'un porte-plume. Elle accompagnait chaque nom d'un petit commentaire :

— Bardèche Marie. Ma meilleure élève en calcul. Mais attention à l'orthographe, ma chère !... Lassure Françoise. Comment va ta grande sœur, ma chérie, qui a été si malade ?... Tadeil Augustine, qui perd toutes ses affaires. Il faudra y prendre garde...

Lorsque vinrent les petites, elles étaient si intimidées, si éperdues qu'elles ne savaient plus même comment elles se nommaient. Mais Mme Forot avait déjà reçu le père ou la mère, et ce fut elle qui les appela une à une :

— Et voici Peyrissaguet Gastounette. Lève-toi, ma mignonne. Qui est la filleule de M. le Président de la République. J'espère qu'elle apprendra vite à lire, à écrire, à compter, et se montrera digne de son glorieux parrain...

Elle leur dit « ma chère, ma grande, mon enfant, ma mignonne, ma chérie ». C'était plus agréable que « ma fumière » dans la bouche du facteur. Ou que le « Tounette » tout seul, sauf quelquefois « Tounette milodiòu, bougresse de Tounette » qu'elle entendait à la maison. Ni chère, ni mignonne, ni chérie n'existaient dans le patois de la Manigne.

Vint ensuite une leçon de morale commune à tous les élèves. Elle leur expliqua le bonheur qu'elles avaient — même si elles ne le ressentaient pas intensément — de fréquenter une école gratuite où elles pouvaient apprendre à lire, à écrire, à compter, choses indispensables pour bien vivre. Le tout illustré par une histoire fausse qui leur sembla vraie :

— Il était une fois un petit garçon de Saint-Hilaire qui se rendait à la foire de Lacelle avec son père, tous deux à califourchon sur un âne. En fin de journée, le père dit à son fils : « J'ai encore à faire ici. Rentre tout seul à la maison sur l'âne. Moi je reviendrai à pied, plus tard. » Les voilà partis. Mais un peu plus loin, ils arrivent à la rencontre de trois routes : l'une conduit à Chamberet, l'autre à Bugeat, la troisième à Saint-Hilaire. Cela s'appelle un carrefour. Ils s'arrêtent, regardent la borne où se trouvent inscrites les trois directions, aussi illettrés l'un que l'autre. C'était la première fois que cet enfant faisait seul ce chemin. Il se trouve bien embarrassé et pleure dans son bonnet. Après un bon moment, l'âne, fatigué d'attendre, enfile la route du milieu qui est la juste, et ramène sans faute son cavalier à Saint-Hilaire. Ce petit garçon eut bien honte de s'apercevoir qu'il était plus bête que son âne!

Le conte avait un grand pouvoir de persuasion. Pareil à ceux que débitait la grand-mère Grilette en gardant les vaches : Adam et Eve, Jonas et la baleine, le Juif errant, Bernard de Ventadour. Et surtout le diable, le diable, le diable! Après le conte, la Dame se partagea en trois tiers pour s'occuper à tour de rôle des trois divisions, mais sans jamais perdre de l'œil celles dont elle s'éloignait provisoirement.

Toune reçut pour travail de tracer des barres sur son ardoise, pareilles aux échalas qu'on plante au jardin pour tutorer les haricots. Quand elle en eut couvert une face :

— Fais la même chose de l'autre côté, lui dit la maîtresse.

Et quand ce côté fut plein à son tour, elle effaça le premier avec son poing et recommença son jardinage. A la fin de la matinée, elle avait la tête remplie d'échalas.

A onze heures, elle retrouva donc ses cinq frères et ils allèrent, avec d'autres, manger la soupe chez Mme Arvis. Pour mieux tenir au corps, elle était si épaisse que la cuillère y restait debout. Toune avait quelque peine à l'avaler parce qu'il y manquait deux choses : une goutte de lait et un grain d'appétit. Pour l'y encourager, ses frères lancèrent le concours :

— Le premier qui arrive au fond gagne la poule. Le second gagne l'œuf. Le troisième gagne une plume. Le dernier gagne la *poulinasse*.

C'est-à-dire la fiente. Elle gagna la poulinasse.

Ensuite, tous ces mangeurs de soupe rejoignirent leurs écoles respectives. En attendant une heure, ils jouèrent dans les cours ou sous les préaux.

Tounette y demeura figée, regardant les autres filles sauter à la corde ou pousser le palet. Elle s'ennuyait ferme, se disant qu'elle eût été bien mieux à la Manigne à garder les moutons ou à promener son petit frère Milou, celui qu'elle avait un jour failli noyer. Puis la Dame frappa dans ses mains et la classe recommença.

Les petites furent chargées à présent de tracer sur leur ardoise des *O* qui ressemblaient à des cerises avec leurs queues :

— N'oubliez pas les queues des *O* ! C'est très important !

Tounette en garnit les deux faces de son ardoise. Puis elle se mit à pleurer. Elle sentait les larmes, grosses comme des *O*, descendre le long de ses joues, atteindre sa bouche. Elle tira la langue, en but quelques-unes. Elle aimait leur goût de sel. L'institutrice ne s'aperçut pas d'abord de ce déluge ; mais bientôt il fut dénoncé :

— M'dame ! Gastounette, elle pleure !

Elle vint à elle, demanda :

— Pourquoi pleures-tu ?

Sur le moment, la petite ne se rappela plus exactement pourquoi elle s'était mise à pleurer. C'était sûrement pour quelque chose de très triste. Puis la mémoire lui revint. Elle dit en patois :

— *Voudriò veyre mon pety fraïre.* Je voudrais voir mon petit frère.

— Hé ! ton petit frère n'est pas perdu ! Tu le retrouveras ce soir, quand tu rentreras chez toi. Sèche tes larmes.

Elle chercha le petit mouchoir, qu'elle dénicha dans la poche du tablier, lui essuya la figure :

— Fais-moi une autre pleine ardoise de *O*, ma mignonne.

La journée se termina par une chanson très joyeuse et très instructive dont elle avait écrit les paroles au tableau et que les petites, encore illettrées, retinrent de mémoire :

J'ai z'une histoire à raconter
Qu'est d'la plus grande simplicité.
C'est que sur toute la terre,
Oui bien,
On mange des pommes de terre,
Et vous m'entendez bien...

Quand sonnèrent quatre heures, la classe se vida. Toune reprit sa musette, retrouva ses frères et, avec eux, le patois familial, pareil à la pluie purifiante qu'elle aimait à recevoir sur le visage ; il la débarbouilla de tout ce qui sentait l'école.

Après une grosse heure de marche, ils atteignirent la Manigne. Les chiens Carlo et Finette, en compagnie de Milou, s'élancèrent au-devant d'eux, les bras ouverts. Ce furent des retrouvailles merveilleuses.

Sa plus grande terreur scolaire : le trou du cabinet. A la

borde, chacun réglait comme il lui plaisait ses nécessités. La plupart allaient s'accroupir dans l'étable, parmi les bouses. Quelques-uns se dissimulaient dans la sapinière qui était assez vaste, assez accueillante pour les recevoir tous éloignés l'un de l'autre. On s'essuyait avec de l'herbe, ou des feuilles. Le grand-père, un délicat, saisissait généralement une faux et partait, à la saison des foins, ouvrir son nid au milieu d'un pré, comme les alouettes. A l'école, rien de tout cela : il fallait se rendre à la guérite unique qui voisinait celle de la Dame, au bas de la cour. Or Gastounette avait tant de fois entendu sa grand-mère décrire l'enfer comme un trou noir, profond, puant, qu'elle s'imagina que le trou du cabinet aboutissait directement à ce lieu maudit. Aussi, malgré ses besoins, hésitait-elle à s'installer dessus, craignant que quelque diable ne vînt la piquer avec sa fourche. Plutôt que de s'y risquer, elle se retenait donc tant qu'elle pouvait. Deux ou trois catastrophes s'ensuivirent. Et des réprimandes qui la couvrirent de honte.

— Pourquoi ne demandes-tu pas à aller au cabinet?

Après de longs silences obstinés, elle finit par avouer sa peur.

— Peur de quoi?

— Du trou.

— Du trou? Il est trop étroit pour que tu tombes dedans!

— C'est l'enfer.

L'institutrice, compréhensive, la fit accompagner par une grande. Peu à peu, elle se rassura et accepta ce trou pour ce qu'il était : non pas la gueule de l'enfer, mais le fournisseur en engrais humain du jardin de Branlette.

Le commencement de l'automne était la saison appropriée pour aller à l'école. L'air était doux, les arbres gardaient encore leurs feuilles, même si elles commençaient à se dorer. En cherchant bien, on trouvait dans les haies des mûres retardataires et beaucoup de noisettes. Toune était souvent trop petite pour les atteindre, mais ses frères lui en cueillaient. Elle les cassait à coups de sabot sur une pierre, les tirait de leur coquille, se les mettait sous la dent, fermes et craquantes. Elle aurait voulu se nourrir exclusivement de noisettes, comme les écureuils. Après les premières gelées, on avait aussi les prunelles en dessert.

Les écoles étaient accueillantes, avec leurs préaux souterrains, leurs cours en pente, leur vaste horizon vers l'étang de Bonnefond et le puy des Nuées, leurs classes ornées de dessins épinglés aux quatre murs. Sous le règne de Mme Forot, on avait tant de plaisir à apprendre qu'on aurait voulu allonger les heures. Parfois, elle grondait une bavarde :

— Tu seras punie à la récréation!

Mais, quand venait le moment de sortir, elle avait oublié les effets et les causes. La bavarde levait alors le doigt :

— M'dame, vous avez dit que je serais punie à la récréation.

— Sans doute. Quelle sottise avais-tu faite ?

— J'avais bavardé.

— Tu finiras par t'user la langue! Eh bien, fais trois fois le tour de la cour, les mains au dos.

Chose scrupuleusement exécutée.

Toune apprit ses lettres sans difficulté. Il n'en fut pas de même pour l'écriture, car elle découvrit qu'elle était gauchère. A la maison, personne ne s'en était aperçu, ou n'y avait pris garde. On le vit bien devant son ardoise. Partant du principe que la main droite est *celle qui écrit* (inversement, on distinguait par ce moyen le côté droit du côté gauche : « Le côté droit est celui de la main qui écrit. »), les maîtres ne pouvaient tolérer qu'on écrivît de la main gauche. C'eût été confondre la dextre avec la sénestre, l'ombre avec la lumière, le bonheur avec le malheur, le socialisme avec le conservatisme. Autrement dit, bouleverser le monde. Il fut donc imposé à Gastounette de saisir son crayon blanc de la bonne main pour tracer les barres, les *O*, les *I*, les *E*, les *1*, les *2* et toute leur parentèle. Cela lui coûtait de grandes peines. Sitôt qu'elle pensait ne pas être regardée, le crayon passait dans sa main gauche qui écrivait beaucoup plus lestement. Mais la Dame avait des yeux tout autour de la tête, comme les mouches ; elle la surveillait même en lui tournant le dos :

— Gastounette, attention ! Je te vois !

Ou bien, si par hasard elle ne s'apercevait pas de la tricherie, il se trouvait toujours quelque dénonciatrice pour dire, l'index levé :

— M'dame ! Gastounette écrit de la main gauche !

De désobéissance en désobéissance, Mme Forot recourut à la mesure extrême : elle lui attacha dans le dos le bras coupable au moyen d'une sangle. Hilarité de toute la classe ! Humiliation de la pauvre gauchère et larmes subséquentes. Naturellement, on la libérait avant la récréation ; mais sitôt rentrée, elle se trouvait garrottée de nouveau. C'est dans cette posture incommode qu'elle dut apprendre à former les chiffres et les lettres. Elle y parvint à force de patience et de résignation. Cependant, il lui en resta toujours une certaine haine de l'écriture ; toute sa vie, elle renâcla à prendre le porte-plume, ne fût-ce que pour signer son nom.

Vint l'hiver. Annoncé par les sciages d'Arcoutel. Celui-ci était un homme des bois (il y logeait réellement, dans une cabane de planches, meublée d'un monceau de bouteilles vides), braconnier, terrassier, bon à tout, bon à rien. La mairie de Saint-Hilaire l'employait chaque année pour scier les bûches des écoles. Une semaine chez les filles, une autre chez les garçons. Il arrivait avec sa chèvre, sa scie, sa chopine et sur lui son entière garde-robe : plusieurs pantalons, chemises, vestes superposés. Si percés qu'on y aurait suspendu toutes les louches du canton. Mais disposés de telle sorte qu'en général les trous d'un vêtement correspondaient aux pleins d'un autre. Avec, cependant, quelques fâcheuses exceptions. Dans un coin de la cour, il tronçonnait les stères de sapin et de hêtre. Durant les récréations, les élèves s'aggloméraient autour de lui. Alors, il interrompait son sciage et se transformait en philosophe. Expliquant la différence entre bois secs et bois résineux. Donnant des leçons de science, de morale, de politique. Racontant la bataille des Dardanelles à laquelle il avait participé. Critiquant le gouvernement :

— Je crains surtout deux choses. La dévaluation de notre franc qui vaudra bientôt pas plus qu'un confetti. Et l'arrivée des bolcheviques, qui viendront de Russie et nous prendront tout ce que nous avons.

Les enfants rêvaient de ces bolcheviques qu'ils voyaient à cheval, pareils aux Huns, empêchant l'herbe de repousser derrière eux. Lorsque Arcoutel avait empilé son bois dans le bûcher, l'hiver pouvait venir : on ne le craignait plus.

Les premières neiges rendaient simplement la marche difficile dans les chemins. Tous les dix pas, il fallait taper ses sabots contre une pierre pour en décoller des semelles de glace. En certains passages difficiles, les grands prenaient les petits sur leur échine : Jean-Marie sur Victor, Tounette sur Vincent ou Tiennou. Les jours de froid sec, la terre gelée sonnait comme le bronze d'une cloche. Ce qui ne les empêchait pas de sucer les chandelles qui pendaient des branches. Un matin, pourtant, Tounette arriva si transie à l'école qu'elle en pleurait. Mme Forot la mena près du poêle, prit dans les siennes ses mains toutes violettes pour les réchauffer, en s'écriant :

— Tu les as mortes, ma pauvre chérie!

Ce qui l'effraya fort. Mais peu à peu, elle les sentit se dégeler et revivre. Elle garda toujours une vive reconnaissance envers la Dame qui les avait ressuscitées.

— Il faudra dire à ta grand-mère de te tricoter des mitaines.

La Grilette se reprocha de n'y avoir pas songé plus tôt. Elle détricota une vieille paire de bas pour en récupérer la laine et, dès le mois suivant, Tounette eut les doigts au chaud.

Une autre année commença : 1931. En janvier, prétextant de l'Epiphanie, les boulangers-pâtissiers de Treignac vendaient des brioches qui contenaient une ou deux fèves de porcelaine ; elles représentaient un Roi, le petit Jésus ou la Sainte Vierge. Clément Peyrissaguet eut l'occasion de s'y rendre sur ces entrefaites et il en acheta une très grosse, au lieu du pain blanc ou des carcaris habituels.

— Vous y trouverez, dit le boulanger, un Jésus et une Sainte Vierge.

La consommation devait s'en faire le dimanche, après la messe.

— C'est aujourd'hui, expliqua le curé dans son prône, la fête des Rois Mages. C'étaient des astrologues qui observaient et comptaient les étoiles. Une nuit, ils en remarquèrent une d'une splendeur inouïe, et qui se déplaçait lentement dans le ciel. Ils eurent l'idée de la suivre. Elle les conduisit jusqu'à l'étable de Bethléem où venait de naître un petit enfant. De nos jours, on célèbre cette Epiphanie, c'est-à-dire cette Apparition, en cachant une fève dans un gâteau. Celui qui la découvre est promu Roi de la journée. Très bien. Mais je forme le vœu que l'enfant de Bethléem ait toujours votre cœur pour royaume.

Ainsi fit-on à la Manigne. Les tranches de brioche furent distribuées ; il n'y en avait pas gros pour chacun. Le père recommanda de les mâcher lentement, d'abord pour les faire durer, ensuite pour ne pas se casser une dent dessus. Tous donc retinrent le mouvement de leurs mandibules, même Léon, le plus goulu.

— Je la tiens ! cria celui-ci tout à coup.

En effet, l'ayant nettoyée de la langue, il tira de sa bouche la dragée de porcelaine : c'était le Jésus.

— Vive Léon ! Vive le Roi ! cria la tablée.

Restait la seconde. Tout en se livrant à leurs précautionneuses mastications, ils s'observaient les uns les autres.

Tounette, levant un doigt, fit signe qu'elle sentait quelque chose. Cela tombait bien ; dans ce royaume où les garçons l'emportaient en nombre sur les filles, il y aurait donc justement un Roi et une Reine. Mais il se produisit un incident ; alors que Toune se préparait à la saisir de sa main gauche, on la vit soudain arrondir les yeux, puis rougir, puis dire :

— Je l'ai avalée !

Personne n'en voulut croire ses oreilles. Mais comment ? Avaler la Sainte Vierge ! Cela se pouvait-il ?

— Bois ! cria Thérèse en lui tendant un verre d'eau.

Elle but. La Sainte Vierge descendit avec plus de facilité que les comprimés du grand-père. On voulut espérer encore quelque erreur ; la petite s'était trompée, elle avait pris pour la Sainte Vierge un durillon de pâte, un autre convive allait découvrir la véritable fève. Mais non, la Sainte Vierge se trouvait bel et bien dans le ventre de Tounette ! Pareille, comme le disait un conte, à Plampougnis dans le ventre de la vache : *Il était si petit que, pour se mettre à l'abri de l'orage, il était entré dans une ravière et s'était fourré sous les feuilles d'une rave. Or vous savez comme les vaches en sont friandes ! L'une d'elle, baptisée Barrade, s'approche et d'un seul coup de dents, hop ! elle avale la rave, ses feuilles et Plampougnis caché dessous. Le voici perdu dans les entrailles de la Barrade, criant : « Faites-moi sortir ! Faites-moi sortir ! »...*

Devant pareille situation, toute la famille se trouva plongée dans l'inquiétude. Mais pas trop tout de même, car la suite du conte indique qu'à la fin Plampougnis sort de la vache *par le trou qui ne respire pas*. La plus inquiète était encore Toune qui, quoiqu'elle ne sentît aucune douleur, se croyait en danger d'étouffement.

— Mais non, simplette ! lui disait-on de toutes parts. La Sainte Vierge n'a jamais étouffé personne. Il te suffit d'attendre. Demain, après-demain ou le jour suivant, tu la reverras !

Léon fut préposé à la surveillance de ses excréments. Ce qu'il ne fallait pas, surtout, c'était les lâcher dans le trou infernal de l'école. Aussi Tounette ne se mettait-elle jamais en route, le matin, sans avoir *pris ses précautions*, comme faisait conjuguer la Dame. Et Léon par derrière, chaque fois, de farfouiller avec une baguette dans l'immondice. A cœur joie. Or un jour l'envie la prit pendant la classe. Elle se retint, se tortilla sur son banc, finit par éclater en sanglots. Mme Forot l'interrogea :

— Qu'est-ce qu'il y a ? Tu as mal au ventre ?

— C'est… c'est la Sainte Vierge.

— La Sainte Vierge ?

— Je l'ai avalée, dans la brioche.

Les institutrices ont tout ce qu'il faut pour faire face à une situation aussi classique. Confiant ses élèves à la surveillance d'une grande, la Dame emmena Tounette dans ses appartements, lui fournit un pot de chambre. Ce fut son tour de gratter l'immondice. Vainement. Toune ne fut délivrée que le jour d'après. On lava la Sainte Vierge à grande eau, on l'enferma dans le tiroir aux reliques, en compagnie de la pierre qui guérit les morsures de serpent, du cœur de Jésus, du chapelet de Lourdes et autres saint-frusquin.

L'hiver n'en finissait pas. Peu de neige, mais des froids rigoureux. Le matin, une main mouillée restait collée au robinet de la fontaine. Les enfants Peyrissaguet manquaient néanmoins rarement l'école. Ils étaient d'ailleurs six à se soutenir et se secourir mutuellement. Victor, l'aîné de la troupe, allait devant, le plus grand, le plus large, le plus fort, comme une locomotive ; les wagons suivaient, même s'il fallait tirer un peu ou porter les plus petits. Chacun poussait devant soi le brouillard de son haleine. Un matin, Toune trouva sur le chemin un moineau raide et froid. Elle le ramassa, l'enveloppa de ses mitaines, le pressa contre son cœur.

— Qu'est-ce que tu veux faire de cette saloperie ? s'indigna Victor.

— L'apporter à la Dame.

— Pour quoi faire ?

— Pour qu'elle le réchauffe.

— Il est crevé !

Elle secoua la tête, incrédule : elle se rappelait ses mains ressuscitées. Mme Forot se montra fort touchée qu'on la crût capable d'accomplir des miracles. Mais elle expliqua que rendre la chaleur à des mains engourdies, ce n'était pas la même chose que rendre vie à un oiseau mort. On décida de l'enterrer au jardin. Cela se fit en grande cérémonie, devant toute la classe. Le sol était si dur qu'on dut, pour y creuser le trou, prendre un pic de terrassier.

8

On guetta les premières notes du coucou, chacun veillant d'avoir au moins un sou dans sa poche afin de ne pas en être dépourvu le reste de l'année. Les drôles qui n'en possédaient pas recouraient à l'emprunt. Mais les prêteurs étaient rares. Alors, ils se livraient carrément au faux monnayage ; se rabattaient sur les monnaies-du-pape, rondelles, boutons de culotte, billets de la sainte-farce qu'ils dessinaient eux-mêmes : 5 francs, 10 francs, 100 francs, 1000 francs. Ces espèces avaient cours dans leurs échanges de billes, de bons points, d'images, d'affiquets. Les grandes filles se confectionnaient aussi des billets à ordre avec quoi elles payaient les services rendus, livres prêtés, problèmes expliqués, lignes copiées. (Les Forot punissaient en donnant cinq, dix ou vingt lignes à copier sur le livre d'histoire de France Pomot et Bessèges, ou de géographie Gallouédec et Maurette, ou de sciences Roudil et Bartoli ; certains besogneux faisaient une véritable industrie en les copiant à la place des riches.) Les demoiselles portaient donc la mention : bon pour 1 baiser... pour 2 baisers... pour 5 baisers. Il leur était facile de les honorer après la classe, en tendant leurs joues, car la séparation des sexes disparaissait sur les chemins qui menaient à l'école ou en revenaient.

— Coucou !... Coucou !... Toucoucou ! chanta dans son patois l'oiseau à longue queue.

Les écoliers lui donnaient dans le leur le nom de *cocu*, qui allait également à la fleur jaune, ou blanche, ou rose que le français appelle primevère. On en cueillait un brin, on en secouait les grelots en chantant :

Cocu, cocu danse !
Ta mère est en France.
Ton père est pendu
A la cime d'un cocu.

Grâce à ces chants et ces petits jeux, le chemin durait deux fois plus longtemps en avril qu'en janvier.

A Pâques, Tounette sut lire correctement et écrire tant bien que mal avec la main qui ne lui convenait pas. Le facteur Sauvézie connaissait toutes les nouvelles de conséquence grâce au journal *La Dépêche du Midi* qu'il apportait quotidiennement au comte et à la comtesse. Avant de le livrer, il en ôtait délicatement la bande, assis sur une borne kilométrique, en lisait le contenu. On sut par lui que M. Gaston Doumergue avait perdu sa place de Président de la République au profit de M. Albert Lebrun ; qu'il vivait maintenant retiré près de Toulouse sous le nom de « sage de Tournefeuille ». « Peut-être, se dit Clément qui ne voulait pas désespérer de la bonté radicale-socialiste, est-il à présent moins occupé qu'à Paris. Peut-être a-t-il le temps de penser à ses filleuls. » Il attendit trois mois encore, afin de lui permettre de bien s'installer dans ses pantoufles, et fit rédiger par Toune en personne une ultime carte, expédiée sous enveloppe recommandée : *Votre filleule Gastounette Peyrissaguet vous souhaite une longue et heureuse retraite.*

Or, par prodige, cette carte reçut une réponse rapide, sous la forme d'un portrait de M. Doumergue, photographié sous son jour le plus favorable. Avec sa moustache grise, soulevée par un sourire, la poitrine éclairée par l'étoile à cinq branches de la Légion d'honneur. Au fond, une citation dudit : *Notre pays compte encore trop de pauvres.* Au verso, une dédicace manuscrite : *A Mlle Peyrissaguet, amicalement. Gaston Doumergue.* De trop petit format pour être encadrée, la carte fut reléguée dans le tiroir aux reliques.

Le nom du glorieux parrain resurgissait de loin en loin dans la vie de Tounette. Mme Forot s'en servait pour l'inciter à faire des efforts, comme on montre de loin une carotte à un âne :

— Toi qui es la filleule d'un Président de la République, tu as le devoir de prendre place aux premières tables !

Chaque début de mois, en effet, après les compositions mensuelles, amenait un chambardement : celles qui avaient obtenu le meilleur classement s'asseyaient aux places de devant. Par ce système, Gastounette se trouva plusieurs fois aux honneurs. Mais à partir de la fin mai, elle cessa d'aller à l'école de la Dame pour fréquenter celle des sauterelles et des bergeronnettes, en compagnie des moutons dont elle se faisait l'institutrice. Elle connaissait chacun par son nom, ses habitudes, son caractère. Elle essayait de leur enseigner tout ce qu'elle avait appris à Saint-Hilaire ; leur récitait les conjugaisons, *La cigale et la fourmi*, la table d'addition. Elle leur parlait ainsi des heures, doucement, n'élevant la voix que pour interpeller ceux qui s'écartaient. Grâce à cette répétition, elle repassait dans sa mémoire les enseignements de Mme Forot qui risquaient de s'évaporer le long de ses vacances interminables.

Souvent, elle emmenait le chien Carlo II. Il aurait dû l'aider dans sa tâche de bergère ; mais c'était une dame de compagnie plutôt qu'un rabatteur. Il distinguait mal des autres les brebis écartées, même si on les lui désignait du doigt ; il s'élançait bien, mais jappait au hasard, effrayant les unes, éloignant les autres, augmentant le désordre au lieu de le réduire. Ce qu'il faisait de mieux était de toupiller sur place, de courir après sa queue avec un grognement de fureur parce qu'elle ne se laissait jamais rattraper. Quant à la chèvre Sinoé, elle accompagnait rarement les moutons, à cause de son indiscipline. Elle restait aux alentours de la Manigne, au bout d'une corde.

En juin, avait lieu la tonte. Juste avant les fortes chaleurs, comme le voulait le proverbe :

Qui devant la Saint-Marc tond
Aime mieux la peau que le mouton.

L'opération produisait un spectacle que personne ne voulait manquer. Chaque bête était couchée sur le dos, maintenue par deux ou trois paires de mains. Clément s'avançait alors, armé de la tondeuse qui se manœuvrait à deux bras. Il enfonçait son double peigne dans la toison, en commençant par le ventre. Les lames couraient au ras de la peau, sans l'écorcher, terminaient par l'échine et le collet. Si le travail avait été mené sans faute, la toison s'enlevait tout d'une pièce, formant une sorte de paletot à quatre manches. On relâchait la brebis qui se mettait sur ses pattes, s'ébrouait, frissonnait, confuse de se sentir aussi nue. En une journée, les quarante bêtes furent dépouillées de leur laine.

Il fallut la dessuinter. Pour ce faire, on la trempa dans des baquets d'eau chaude où l'on avait versé des cristaux de soude. Communément appelés *du cristau*. Au cours de ce bain, Thérèse et ses grandes filles battaient les toisons sur leurs planches de lavandières, à grands coups de battoir. Elles furent ensuite rincées au ruisseau, puis étendues sur des haies peu épineuses afin d'être pénétrées par les courants d'air dans toute leur épaisseur.

On en gardait une moitié pour l'usage familial. L'époque n'était plus où les grands-mères écharpillaient la laine de leurs mains, puis la filaient à la quenouille comme Jeanne d'Arc. En ces temps plus avancés, on la transportait à la carderie-filature, proche l'église de Treignac, qui la rendait sous forme d'écheveaux. Le reste était vendu à la foire aux laines, place de la République.

Tounette eut l'occasion de s'y rendre en voiture. La laine brute était enfermée dans de grands sacs pesés à la balance romaine. Malgré le dessuintage, elle avait conservé la brune et forte odeur des moutons, à tel point que Tounette pouvait encore se croire au milieu de son troupeau. Le voyage fut très plaisant. Son père lui laissa tenir les guides et crier quand il fallait :

— Hue, Etoilette !

La jument faisait signe qu'elle entendait bien en balançant la tête et remuant sa croupe. La route blanche se déroulait entre ses pattes. Ses fers sonnaient sur les cailloux. Puis elle leva la queue et laissa tomber des crottins cubiques qui embaumèrent. Ils furent dépassés par une bicyclette chargée d'un monceau de sacs de laine.

— C'est la grosse Jeanne de la Faurie, dit Peyrissaguet.

Dans la région, tout le monde connaissait cette gaillarde, veuve sans descendance, qui vivait de ses brebis et de ses chèvres. Forte, rougeaude, débordante de partout. En les doublant, elle fit du bras un salut à Clément qui répondit de même. La rumeur publique l'accusait d'avoir deux amours : la chopine et les hommes. Ceux qui venaient lui rendre visite ne devaient pas appartenir à l'espèce délicate. Il faut de tout monde pour faire un monde. Si quelqu'un s'avisait de la critiquer et qu'elle l'entendît, elle avait son vocabulaire pour lui répondre.

Quand ils furent arrivés, ils s'installèrent à leur place habituelle, proche le chêne de la Liberté. D'autres vendeurs de laine occupaient la vaste esplanade. La grosse Jeanne avait appuyé sa bécane au tronc de l'arbre ; si bien qu'ils durent supporter son voisinage et sa concurrence. Avec dépit, Clément entendit qu'elle proposait sa marchandise cinq francs le kilo moins chère que la sienne. « Parbleu ! Elle peut bien ! La mienne est dessuintée, la sienne toute mêlée de crotte ! » De temps en temps, un paysan saluait la femme d'un quolibet, à quoi elle répliquait du tac au tac.

— Ne fais pas attention à ce qu'elle dit, recommanda Peyrissaguet à sa fille. C'est une léonarde.

Une paire de gendarmes se promenait à travers la place, veillant à la régularité du commerce. Ils s'approchèrent de la grosse Jeanne, dont la réputation avait franchi les limites de sa paroisse :

— C'est à vous, cette bicyclette ?

— Oui bien.

— Je ne vois pas sa plaque.

— Quelle plaque ?

— Chaque vélo doit avoir, fixée au cadre (mais vous pouvez aussi la garder dans votre poche) une plaque qui s'achète au bureau de tabac. Elle coûte douze francs. Montrez-moi votre plaque.

La Jeanne n'eut pas une hésitation. Insoucieuse des spectateurs, petits ou grands, elle saisit à deux mains ses jupes par le fond et dit, les levant jusqu'à son nez :

— La voici !

Toune effarée constata qu'elle ne portait point de culottes, et vit, au milieu de toute cette chair blanche et boudinée, un médaillon noir dont elle ne comprit ni la nature, ni l'usage.

— Oh ! Oh ! fit le gendarme. Votre plaque n'est pas de cette année !

Sans insister cependant, se jugeant suffisamment payés par ce spectacle, les deux gradés s'éloignèrent de la délinquante, qui laissa retomber le rideau, tandis que les témoins mâles se tordaient de rire. Les témoins femmes exprimèrent leur indignation par quelques termes patois qui désignent habituellement les cochons et les truies.

Fernand revint à son tour du service militaire. A Montluçon, il avait connu un autre Corrézien qui travaillait aux ardoisières de Travassac, non loin de Brive, et qui avait promis de l'y faire engager si telle était son envie. On examina la chose en famille. Fernand reçut la bénédiction des parents et grands-parents. Son copain lui écrivit qu'il n'avait qu'à venir. Quelques jours plus tard, Etoilette le véhicula jusqu'à Treignac, où il prit le train de Brive, via Tulle. Il raconta par lettre qu'il gagnait six cents francs mensuels, en dépensait cent pour une chambre partagée avec deux autres ardoisiers, se nourrissait et s'habillait avec le reste. Il allait même au cinéma à Brive une fois par semaine. On ne le revit qu'à la Noël suivante, pour un congé de trois jours. Sa mère le trouva maigri.

— C'est la graisse seule qui est partie, expliqua-t-il. Au régiment, j'avais pris trois kilos, à force de bouffer des lentilles et du macaroni. Maintenant, j'en ai perdu cinq et je me porte mieux.

Son travail était pourtant assez dur. Il consistait à descendre au fond d'un trou profond, en forme de cheminée oblique. Là, les carriers détachaient de la roche l'ardoise brute. Lui venait avec sa hotte, s'asseyait sur une pierre. Eux chargeaient la hotte pire qu'un âne. Dans cette position, il eût été incapable de décoller sans aide. Ils soulevaient donc le chargement. Une fois sur ses jambes, il avançait, en titubant un peu. Il lui fallait alors gravir une échelle. Puis une autre. Enfin, il s'arrêtait. D'autres hommes, appelés bassicotiers, transportaient bloc à bloc son fardeau dans un panier de fer, le bassicot, qui remontait vers la surface tiré par une poulie. A cause de l'obliquité, on ne pouvait descendre le bassicot jusqu'au fond de la cheminée. D'où la nécessité des bourriques humaines.

— Heureusement, dit le père, que tu as les reins solides ! Pas étonnant que tu aies perdu cinq kilos !

— Dans quelque temps, je changerai de poste. Je serai bassicotier à mon tour. Plus tard, je pourrai devenir fendeur. Ou rondisseur. Je gagnerai davantage et me fatiguerai moins.

Il montra ses mains ; elles avaient pris la couleur de l'ardoise.

En 1933, Benoît, l'aîné de tous, âgé de vingt-cinq ans, épousa Juliette Lamy, une fille de l'Assistance — de la terrible Sistance — qu'il était allé chercher on ne sait comment à Ussel, dans une fabrique de saucissons. Une Pelaude, donc. Pour les garder à la Manigne, il fallut partager une chambre au moyen d'une cloison de brique, percer une fenêtre dans le mur. Les autres garçons furent, dans l'espace qui leur restait, serrés comme des sardines dans leur boîte. Les trois plus petits continuaient de dormir dans la chambre parentale, les filles et les grands-parents dans les leurs. Tout cet entassement tenait chaud l'hiver. Mais les nuits d'août étaient irrespirables. On ouvrait portes et fenêtres. Certains s'en allaient dormir dehors, sous le chêne hospitalier ; ils se réveillaient, le matin, humides de rosée et couverts d'escargots.

Juliette, la Pelaude, fut bien acceptée de tous. C'était une vaillante, qui ne laissait pas aux autres sa part de besogne et gagnait bien le pain qu'elle mangeait. Seul le chien Carlo II fit des réserves. Il accepta qu'elle lui caressât le front, les oreilles, l'échine ; mais il ne pouvait souffrir que Benoît, comme font tous les jeunes époux, embrassât sa femme à la dérobée ; il exprimait sa jalousie par de furieux aboiements. Ce qui lui valait cette réplique de Benoît :

— Toi, occupe-toi de ta queue !

L'hiver suivit l'été. A l'école, Gastounette apprenait, comme on dit, tout ce qu'elle voulait. Non seulement elle lisait bien, mais elle comprenait ce qu'elle lisait. Elle était la meilleure élève en calcul, en orthographe, en récitation. Seule l'écriture laissait à désirer, à cause de sa main droite qui était gauche.

Le jeudi et le dimanche, elle était préposée à la garde de Milou, son petit frère. Avec ses cheveux blonds et bouclés, il avait tout de l'angelot, et c'était un diable incarné. Ayant, comme tous les marmots, le goût du suicide, il se serait volontiers jeté dans le puits, éborgné sur les fourches, étripé sur les bigots, égorgé sur les faucilles, si on l'y avait autorisé. Aussi fallait-il ne pas le quitter des yeux. Empêché de se détruire, il poursuivait les poules ; tirait la queue de Carlo qui se vengeait en lui envoyant un grand coup de langue dans la figure ; montait aux échelles ; s'enfonçait des herbes dans les narines. Le moyen le meilleur qu'elle avait trouvé d'empêcher ses bêtises était de le garder sur ses genoux. Elle lui caressait le visage avec le mouvement de ses paupières, appelant cela des « baisers de papillon ». Il en redemandait. Etant le dernier de la couvée, il recevait des gâteries de tout le monde. S'il lui arrivait, malgré les surveillances, de commettre quelque grosse sottise, c'est Tounette qu'on grondait. Elle recevait les reproches sans même chercher à se défendre, désarmée par ces yeux bleus et ces boucles d'or. « Et pourtant, se disait-elle seulement dans sa tête, c'est moi qui suis filleule du Président de la République ! Lui n'est filleul que de la bonne du curé. »

Il faut dire que, dans la famille, les gronderies avaient plus volontiers cours que les compliments. Aucun parent n'avait de temps à perdre dans ces superfluités. Aussi reçut-elle un jour, venant de la Grilette, le plus bel ébahissement de sa vie. Quelle mouche avait piqué la grand-mère ? Avait-elle gardé sur la conscience une réprimande injuste dont elle entendait se rattraper ? Toujours est-il qu'elle fit signe à Toune de la suivre dans sa chambre. Endroit interdit aux enfants seuls. Y pénétrer accompagné était déjà une faveur. La petite promena autour d'elle des yeux curieux : sur le lit de coin et son édredon rouge ; le bénitier de porcelaine ; la table de nuit et sa chandelle ; le rosaire suspendu au mur, rapporté d'un pèlerinage à N.D. d'Arliquet ; l'armoire remplie de choses mystérieuses.

— Sais-tu quel jour nous sommes aujourd'hui ?

— Jeudi, puisqu'il n'y a pas d'école.

— Je te demande le combien du mois.

Toune fit signe qu'elle n'en savait rien.

— Le 6 février! Jour de la Saint-Gaston! C'est aujourd'hui ta fête!

Là-dessus, elle planta sur les joues de sa filleule deux baisers inattendus. On ne célébrait chez les Peyrissaguet aucune fête, aucun anniversaire. Pas le temps. Quel calendrier il eût fallu, d'ailleurs, avec tant de personnes!

— Ce n'est pas tout, dit l'aïeule. J'ai deux cadeaux.

Elle tendit le premier, le plus précieux, une image pieuse entourée d'une dentelle de papier.

— Dis merci.

— Merci.

— Merci mon chien.

— Merci, Grande.

Elle représentait saint Gaston, avec son auréole et sa barbe, *Seigneur du Viennois au XIe siècle, fondateur à Lamothe-Saint-Didier d'un hôpital où il se dévouait au soin des malades.*

— C'est le curé Juillac qui me l'a donnée. Donnée n'est pas le mot : je l'ai bien récompensé. Il en a de pareilles pour tous les saints qui existent. Que vas-tu en faire?

Tounette tint entre ses mains tremblantes le fragile rectangle. Elle fit comprendre qu'elle n'en savait rien.

— Mets-la... Mets-la...

Les pages d'un catéchisme auraient été une cachette appropriée; mais Toune n'en avait pas encore. A son défaut, la pieuse image fut glissée dans son livre d'histoire de France. C'est ainsi que saint Gaston l'accompagna dès lors chaque jour à l'école laïque, dans l'ouvrage composé par MM. Pomot et Bessèges, inspecteurs de l'Instruction Publique.

Lorsque la grand-mère sortit le second cadeau, Tounette n'en crut pas ses yeux : une tablette de chocolat! « Pour moi seule? » pensa-t-elle d'abord, presque effrayée. Mais la Grande la détrompa :

— Tu devras la partager avec le reste de la famille. Gardes-en deux bâtons pour toi. Casse les huit autres en petits morceaux.

La distribution se fit le dimanche suivant. Chacun reçut sa petite part à la fin du repas.

— Remerciez Toune et saint Gaston, recommanda la Grilette.

Tout se déroula à la régulière, même le Gril, qui était gourmand comme une chatte blanche, eut la sienne. Mais voici que Milou réclama une seconde ration. Elle lui fut accordée, pour l'amour de son âge et de sa petitesse. Thérèse mit au frais dans le placard les deux bâtons restants :

— Ils seront à ta disposition, quand tu les voudras.

— Elle en sucera un petit bout, suggéra la Grilette, chaque dimanche après la messe.

Tout lui était bon, même le chocolat noir, pour faire sa propagande religieuse.

— J'en veux un autre ! cria soudain Milou l'insatiable.

— Ah non ! répliqua Toune sèchement.

Et lui, non moins sec :

— Si c'est comme ça, je t'aime plus !

Elle se tourna vers sa mère avec indignation :

— *Maï* ! Je lui ai donné deux parts de chocolat, et il m'aime plus !

On gronda le capricieux aux cheveux d'or. Mais elle garda toute la nuit suivante dans le cœur, comme un coup de poignard, cet aveu de désamour, se demandant avec angoisse ce qui fait qu'on aime et qu'on cesse d'aimer.

Quant à la célébration de la Saint-Gaston, elle n'eut pas de répétition. L'année d'après, la Grilette, qui commençait à perdre la boule, l'oublia ; personne ne lui rafraîchit la mémoire. Tous les 6 février qui suivirent furent des jours comme les autres.

Avant la fin de 1934, le parrain Gaston Doumergue fit de nouveau parler de lui. Le facteur informa les Peyrissaguet que le sage avait quitté Tournefeuille pour rempiler en politique ; il était devenu Président du Conseil, ce qui est encore mieux que Président de la République, parce que c'est le premier qui conduit la bagnole républicaine, même si c'est le second qui lui donne le permis de conduire.

— Ben mes fumiers ! prophétisa Sauvézie. Ça va vous rapporter gros !

9

Gastounette eut dix ans. C'était une fillette grave et timide, au teint frais, coiffée de beaux cheveux blonds qu'elle tenait de son père comme de sa mère, consciente des responsabilités qui lui incombaient. Envers les brebis dont elle avait renoncé à faire l'éducation. Envers les vaches qu'elle gardait avec l'aide de Finette II. Envers son petit frère Milou à l'amour inconstant.

Elle le conduisit à sa première classe le 2 octobre 1935, le tenant par la main. Au retour, il refusa sa main et voulut marcher seul, mêlé aux garçons, Bernard, Jean-Marie et Gilou. Les précédents, ayant dépassé l'âge, ne fréquentaient plus l'école. Léon, qui avait peu de goût pour le travail de la terre, s'était engagé en Tunisie dans l'infanterie coloniale. Pour cinq ans. Il venait en permission tous les six mois avec un paquet de dattes, pour raconter les bateaux, le mal de mer, les chameaux, les moukères, les palmiers. Etienne et Vincent se trouvaient en apprentissage à la filature Ballage de Treignac. Seuls Victor et Benoît demeuraient encore à la Manigne, attachés à la glèbe, comme disaient MM. Pomot et Bessèges.

Emile, habitué à contenter ses caprices à la maison, fit sous les ordres de M. Forot le dur apprentissage de l'obéissance. Il apprit que la société humaine n'est pas seulement composée de grands-parents, parents, frères et sœurs, et spécialement de Tounettes, toujours prêts à s'ôter en ta faveur le pain, le chocolat et les carcaris de la bouche ; mais aussi d'autres individus non moins que toi égoïstes et gourmands. Il dut en classe s'imposer le silence et l'immobilité. Se lever, s'asseoir, sortir, entrer au sifflet. Recevoir des coups de règle plate sur les doigts et les genoux. Etre envoyé au coin les mains au dos, la tête basse, les talons joints, humilié jusqu'aux orteils, tandis que des rires étouffés fusaient derrière lui. S'il s'avisait de pleurer pour qu'on le prît en pitié :

— Pleure donc ! Tu pisseras moins ! lui lançait l'intraitable Branlette.

Comme au fond il n'était pas fait d'une pâte indocile, il plia, s'amenda, devint un élève dans la bonne moyenne, jamais le premier, jamais le dernier non plus.

A l'école de filles, au contraire, Gastounette brillait de tous ses feux et occupait, sinon la première place, du moins le devant de sa division. Lorsqu'elle posait une question difficile, la Dame regardait volontiers vers elle, s'attendant à la voir lever le doigt avant plusieurs ; ce qui arrivait souvent en effet. Elle avait cependant pour principale concurrente Angéline Forot, la fille de la maîtresse, qui connaissait beaucoup plus de vocabulaire, s'exprimait en français avec plus d'aisance parce qu'elle pratiquait cette seule langue à la maison et n'avait à garder ni vaches ni brebis. Aussi tenait-elle régulièrement la tête de la classe, ce qui paraissait injuste mais bien naturel aux mauvaises élèves :

— Pardi ! La fille de l'institutrice !

Mais naturel sans injustice à Gastounette, consciente de ses infériorités. Il n'empêche qu'elle occupait d'ordinaire le second ou le troisième rang. Ce qui lui valait d'entendre, dans la bouche des mêmes malignes :

— Pardi ! La filleule du Président de la République !

Les jaloux ont toujours de bonnes raisons pour excuser leur médiocrité.

Cette année-là comme les autres, elle fut donc en mai retirée de l'école pour garder les vaches. Elle les menait au communal des Places, où l'herbe était rude, parsemée de vératre blanc, qui donne la colique, mais qui est si amer que les animaux en sentent l'odeur et s'en détournent. Au Prétord, bordé de joncs. Elle en cueillait des poignées, en tressait de petits paniers, des cages où elle enfermait un grillon capturé dans le fournil, au milieu des cendres et des résidus farineux. Il restait muet au soleil ; elle le couvrait de son fichu et il faisait cri-cri dans cette fausse nuit. Elle le montrait à son grand-père :

— Tiens ! Un gril comme moi ! Mais si j'étais un vrai grillon, ma belle, je sais bien que tu ne me mettrais pas en cage. Je ne me laisserais pas attraper !

— Comment ferais-tu ?

— Je m'envolerais par la cheminée. Et je monterais si haut... si haut...

De ses doigts, il imitait l'agitation des ailes. Il lui plaisait de dire : « Si j'étais grillon... Si j'étais lézard... Si j'étais tourterelle... » Ce qui donnait envie de rire à imaginer transformé en oiseau ce petit vieux rabougri, aux joues sempiternellement givrées d'une barbe de cinq jours.

Pendant qu'elle gardait ses vaches, Gastounette était également tenue de tricoter. Ou de ravauder les chaussettes de la famille. Mais il lui arrivait maintenant de lire en fraude. Car à cette époque de ténèbres, l'amour des livres était vu chez les petites gens comme un vice épouvantable. Pire que l'ivrognerie. Or Angéline Forot, lorsqu'elles se rencontraient à la messe, le dimanche, lui glissait de petits volumes brochés empruntés à la réserve de l'école : *La mare au diable*, *Nène*, *La parcelle 32*, *La guerre des boutons*. Toune dévorait ces histoires campagnardes où elle se retrouvait, s'identifiant à l'héroïne. Le soir, la paissance terminée, elle dissimulait le livre dans son corsage, contre sa poitrine plate. Sa mère s'étonnait :

— Tu n'as pas tricoté grand-chose, aujourd'hui !

— Il faisait trop chaud. Mes doigts se collaient aux aiguilles.

Or un jour l'objet du délit fut découvert. Il s'agissait,

comme l'indiquait le titre, de *Mon frère Yves, roman de Pierre Loti de l'Académie française*. Cette fameuse Académie qui leur avait escroqué cinq mille francs. Mais l'histoire du jeune marin lui avait tiré les larmes des yeux, spécialement le récit des adieux à sa grand-mère : *A l'idée que c'était fini, que dans quelques minutes il faudrait le quitter, son cœur se déchirait. Et c'était en Chine qu'il s'en allait, là-bas !...* Thérèse mit donc la main dessus et s'écria, furieuse :

— Voilà pourquoi Mademoiselle ne tricote guère en gardant les vaches ! Mademoiselle lit des romans ! A son âge ! Tu n'as pas honte ?

— Ce n'est pas un roman...

— C'est imprimé sur la couverture !

— ...c'est un livre de bibliothèque !

— Ah ?

Vocables magiques. Sa colère tomba. Le dimanche d'après, à Saint-Hilaire, Mme Forot confirma. Elle recommanda même ce genre de lecture, quand le travail le permettait :

— Ainsi, votre fille oubliera moins la grammaire et l'orthographe. Elle est, Madame Peyrissaguet, une de mes meilleures élèves. Elle obtiendra son Certificat d'Etudes dans deux ans, si vous ne la retirez pas au mois de mai.

Autre paire de manches ! Personne chez eux ne possédait le fameux Certificat. Diplôme qui permet d'accéder aux professions de fainéants, celles de cantonnier, de facteur des postes, de garde champêtre, d'employé assis aux chemins de fer. Car l'examen tombait toujours à la pleine saison des travaux agricoles, si bien que l'enfant, arraché aux livres et aux cahiers, ne pouvait en subir les épreuves. Ce principe avait été appliqué à Benoît, l'aîné. Agir autrement avec les plus jeunes eût suscité des jalousies et peut-être des brouilles. Aussi, Clément avait-il préféré les laisser tous pareillement démunis. On peut gagner sa vie sans Certificat. Lui n'en avait point, et il ne mendiait pas le pain qu'il mangeait. Le diplôme de la FAMILLE FRANÇAISE suffisait à parer la maison. Les murs n'auraient pas suffi à recevoir tant de Certificats encadrés.

Autorisée du moins à lire de temps en temps un livre de bibliothèque, Toune se remplissait l'esprit, non seulement de grammaire et d'orthographe, mais de rêves et de voyages. *Michel Strogoff* l'emporta à cheval dans les steppes de l'Asie. *Le dernier des Mohicans* dans les plaines du Far West. *Tartarin de Tarascon* en Algérie. Tout cela sans quitter des yeux la Barrade, la Parise, la Charmante, la Rousselle, la Dragonne, la Colombe, la Marseille, la Cerise et autres qui paissaient, et parfois se couchaient, accablées de chaleur. Certaines se léchaient entre elles. Elle prit cela pour de l'amitié. Elle fut déçue quand son frère Benoît lui expliqua autrement ces coups de langue :

— C'est qu'elles aiment la sueur, qui est salée. Si elles ne trouvent pas une pierre de sel dans l'herbe, elles en cherchent sur la peau de leurs compagnes. C'est mieux pour nous, puisque ça ne coûte rien.

Cette après-dînée-là, au moment de gagner le pâturage, Toune se plaignit d'avoir mal au ventre. Tout le monde en fut surpris, car elle n'était pas de ces geignardes. On l'examina, on réfléchit à ce qu'elle avait bu et mangé ; le père décréta :

— Ça n'est rien. Ça te passera en route.

Elle eut la pensée de pleurer un peu ; mais, incertaine de l'effet, y renonça. La voici donc qui clopine derrière son troupeau, une main sur la douleur, en direction du pré du Ruisseau, où l'on voit, par temps humide, sauter les grenouilles. Elle choisit un endroit sec pour s'asseoir et s'allongea sur le ventre, dans une position qui calmait son mal. « J'ai peut-être l'appendicite, se disait-elle. Ou la pleurésie intestinale. Ce sont des maladies qui font mourir. On m'enterrera à Saint-Hilaire, en bas de l'église. Mais ne venez pas, ensuite, pleurer sur ma tombe, vous qui n'avez pas voulu me croire ! Parce que je ne vous consolerai pas ! Et ne m'apportez pas de fleurs non plus ! »

Pendant ce temps, les animaux broutaient paisiblement.

Tous de la belle race limousine, gras à pleine peau, la robe froment vif, les cornes assez courtes, des lunettes claires autour des yeux. Finette, en principe, les surveillait. Le pré du Ruisseau était bordé d'un côté par la seiglière des Paupard, leurs voisins de la Manigne ; de l'autre par une longueur de choux-raves appartenant aux Peyrissaguet. Au-dessus, un ciel compliqué, mi-blanc, mi-gris, avec des trouées bleues, laissait pleuvoir une chaleur modérée.

Tounette songeait à son propre enterrement. Au chagrin de ses parents, de ses frères, du Gril, de la Grilette. « C'est bien fait ! Vous n'aviez qu'à me croire ! Je ne serais pas morte de la pleurésie intestinale si vous m'aviez soignée ! » Elle y songea si bien, couchée dans l'herbe et les reins au chaud, qu'elle finit par s'assoupir. Les sauterelles vertes favorisèrent sa sieste de leurs stridulations. Les rainettes se gardèrent bien de sauter sur ses mollets nus. Le vent retint son souffle.

Or la chienne Finette se trouvait très absorbée par la chasse qu'elle menait à ses propres puces ; si bien qu'elle ne vit pas la Charmante quitter le pâturau et entrer dans la seiglière. Encore vert et tendre, le seigle est un régal pour les ruminants. Quelque chose comme le cœur des laitues pour les bouches humaines. La Clermonte et la Marseille imitèrent leur consœur et vinrent y brouter leur part. Combien de temps les choses durèrent-elles ainsi ? Nul ne saurait le dire. Lorsque Tounette se réveilla, d'abord, elle ne sentit plus son ventre : la pleurésie intestinale s'était dissoute dans la terre ; mais ensuite, elle vit tout à coup ses vaches dans la seiglière et le désastre qu'elles avaient commis. Elle commença par insulter Finette :

— Oh ! garce ! Oh ! pute ! Oh ! charogne ! Oh ! chienne de soupe ! Tu ne pouvais pas les écarter ?

Des mots ramassés à la foire, sortis de la bouche des paysans en colère, qu'elle prononçait pour la première fois de sa vie et qui la faisaient rougir rien qu'à les entendre. De plus, comme elle montrait du doigt les vaches égarées en criant très fort, Finette crut se rattraper de son inadvertance en allant leur japper aux jarrets, ce qui ne les poussa qu'à s'enfoncer davantage, malgré les appels de la vachère. Elle dut y courir elle-même, les ramener à coups de bâton. Finette en attrapa un au passage et déserta le terrain en gémissant. Deux heures encore, jusqu'à la descente du soleil vers le puy Niolou, Gastounette eut sous les yeux le spectacle du seigle haché et piétiné. Elle en redressa quelques tiges, réparation ridicule. « Mon Dieu ! pria-t-elle. Faites qu'il tombe un orage de grêle pour cacher ce malheur ! » Mais, comme dit le proverbe, nuages d'après-midi se dissipent huit fois sur dix. Le blanc et le gris fondirent dans le bleu comme le sucre dans la tisane. Aucune bourrasque n'était à espérer.

Il fallut ramener le troupeau vers la Manigne. Quand chaque vache eut repris sa place derrière le cornadi, Tounette se sentit tellement rongée de remords et d'inquiétude qu'elle prétendit que la colique l'avait reprise et demanda d'aller au lit sans soupe, comme pour se punir elle-même de sa faute. Après l'avoir bien regardée, Thérèse lui donna cette permission, tandis que la Grilette concluait bonnement :

— *Oun durm mier cant oun o l'étoumà légir*. On dort mieux quand on a l'estomac léger.

En fait, elle ne parvint pas à s'endormir, trop attentive à chaque bruit de la maison : aux claquements des sabots, aux tintements des écuelles, à l'aboi des chiens, aux grincements des portes. Suivit un long silence : en bas, chacun engloutissait. Puis, le battant de sa chambre s'écarta. Elle devina, plus qu'elle ne vit, une ombre de courte taille. Clapotis de deux pieds nus sur le plancher. Souffle près de son oreille :

— Tounette ! C'est moi, Milou. Tu as toujours la colique ?

Il tendit vers elle ses petits bras, par-dessus les couvertures. Leurs mains se joignirent.

— Encore un peu, dit-elle.

— Tu ne vas pas mourir ?

— Je... je ne sais pas.
— Résiste.
— Oui... je résisterai.
— Je t'ai apporté mon pain.
— Merci. Merci beaucoup.

Elle lui caressa la tête, heureuse que son amitié fût revenue, bien visible. Il s'en alla, lui laissant sa tranche de pain gris, fort rassis, sentant un peu la moisissure, car on ne cuisait que tous les quinze jours. Or elle fut interrompue dans sa mastication par un éclat de voix monté de la cuisine. Une voix criarde, dont elle ne distinguait pas les mots, mais dont elle comprenait la colère : celle de la Paupardc, venue se plaindre du saccage de son blé. Toune s'enfonça sous les couvertures pour ne plus entendre. L'envie de mourir lui revint, très forte : « Petit Jésus, venez me chercher. Sainte Vierge, venez me prendre. »

Puis elle mangea un peu de pain, salé de ses larmes.

Puis elle s'endormit et ne sut plus rien de ce qui se passait autour d'elle.

Le lendemain, quand elle se réveilla, elle constata que ses sœurs Simone et Marie-Louise, qui partageaient sa chambre, étaient déjà levées. Sa colique se réveilla de même — qui n'était peut-être qu'un tiraillement d'estomac — et Tounette en fut contente : cette douleur était son excuse et elle pouvait l'invoquer sans mensonge. Alors entra le tribunal. Son père, Clément, tout furieux sous son chapeau de paille, la moustache hérissée, la voix violente. Sa mère, Thérèse, silencieuse derrière lui.

— J'en apprends de belles ! cria-t-il dès la porte en jetant son chapeau sur le lit.

Puis il débita les accusations : les vaches sans surveillance, le seigle piétiné, la faute dissimulée derrière une colique.

— Mais qu'est-ce que tu faisais pendant ce temps, bougre de léonarde ? Sans doute en train de lire une saleté de roman ?

— Non, intervint Thérèse en se mordant la lèvre inférieure. Elle avait vraiment mal au ventre. La preuve : elle s'est mise au lit sans soupe.

— Comment as-tu fait pour ne pas les voir?

Et Toune, au milieu de ses sanglots :

— Je m'étais allongée sur l'herbe. A plat ventre. J'ai rien vu.

— Cette enfant, reprit la mère, n'a pas besoin d'être grondée. Elle a besoin d'être soignée.

Clément tourna vers sa femme ses yeux qui flamboyaient. Il reprit son chapeau, se l'enfonça sur le crâne et sortit en claquant la porte. Thérèse se pencha sur sa fille, l'embrassa, la serra contre elle, toute pleurante.

— Le malheur n'est pas si grand. On lui donnera un peu de blé, à la Paupardе, et elle en verra la farce.

Elle se soucia de la colique :

— Tu as encore mal?

Toune fit oui de la tête.

— Attends, je vais te donner un remède.

Elle sortit, revint portant un verre demi-plein d'une liqueur dorée.

— Qu'est-ce que c'est?

— De l'huile de noix. Bois-la. Tu verras, ça guérit.

La petite huma la bonne odeur qu'elle aimait dans la salade. Elle avala une gorgée sans déplaisir. La seconde passa plus difficilement. La troisième lui souleva le cœur. Deux heures après, elle ne sentait plus aucun mal. Elle renonça pour cette fois à mourir.

A midi, elle parut à table, tête basse, encore tremblante. Personne ne lui fit la moindre observation. Elle sentit la petite main de Milou qui prenait la sienne en tapinois.

Le 24 juin, jour de la Saint-Jean, était aussi celui de la ballade, de la fête votive à Saint-Hilaire-les-Courbes. Elle amenait des tirs à la carabine, des marchands de nougat, d'oublies, de cacahuètes. Dans la grande salle de l'hôtel Arvis, on gambillait ferme, à la musique d'un accordéon. Les enfants Peyrissaguet allaient d'un spectacle à l'autre, éberlués par les casseurs de pipes, les tombeurs de quilles, les vendeuses d'horoscopes, l'explosion des pétards, le piétinement des danseurs, les éclats de rire, le crécellement des tombolas, les cris des filles chatouillées. Pour une fois, (« Ce sera sans doute la dernière de ma vie! ») la grand-mère Grilette avait consenti à s'y laisser transporter en compagnie de Toune, sa filleule, qui lui donnait le bras et lui signalait les curiosités. Un marchand de sucreries s'était établi au bord de la route. Il débitait des guimauves qu'il étirait sous les yeux de la clientèle, comme de longs serpents bicolores, rose et blanc, vert et rouge, jaune et bleu; quand ils s'étaient refroidis, il les découpait en bâtons avec des ciseaux. Son étal sentait la menthe, l'anis, le citron. La vieille et l'enfant observèrent son manège, prenant plein les narines de ces douces odeurs gratuites.

— Un sac de berlingots pour votre petite-fille, grand-mère? proposa-t-il en le présentant.

La Grande se rendit compte tout à coup que ces guimauves étaient à vendre, pas seulement à regarder. Toune détourna les yeux, pour ne pas laisser croire qu'elle en avait envie.

— Combien? demanda la Grilette.

— Quarante sous le gros, vingt sous le petit.

— Donnez-lui-en un gros.

Ce fut comme l'image du 6 février : un cadeau tellement inattendu que la fillette en eut les larmes aux yeux. Elle aurait bien dit : « Non, non, le petit suffira. » Mais elle songea à tous les autres gourmands de la famille avec qui elle devrait le partager. Elle se tut, l'homme lui tendit le sachet. Pour payer, la Grande avait tiré de sa manche un boursicot étranglé par un lien. Elle le dénoua, fouilla dedans.

— Si j'avais, soupira-t-elle, les allunettes du Gril, ça m'aiderait bien.

De ses doigts tordus par les rhumatismes, elle put sortir une pièce de vingt sous blanche. Puis une de cinq, avec un trou au milieu. Puis deux doubles sous de bronze. Puis deux sous simples. Le guimauvier considérait ces fouilles avec patience. La vieille avait tant de mal à extraire cette minuaille, à la compter et recompter en regardant chaque pièce sur ses deux faces, que Gastounette se sentait l'envie de dire : « Pas la peine, Grande. Je me passerai bien des berlingots. Garde tes sous pour acheter du tabac à priser. Allons-nous-en. » A la fin des fins, ayant bien cherché partout dans son boursicot, la Grilette dut convenir :

— Je n'ai que trente sous, excusez-moi, Monsieur.

— Ça me suffira, dit le guimauvier.

— Reprenez le gros sac. Donnez-moi seulement le petit.

— Non, non. Je vous laisse le gros.

Elle semblait ne pas comprendre et insistait :

— Je n'ai que trente sous !

— Très bien, très bien, grand-mère. Je m'en contente.

— Oh ! Monsieur ! Le bon Dieu vous le rendra.

— J'y gagnerai, en mangeant les berlingots du Paradis.

Elles partirent, très confuses de tant de bonté. Comme elle l'avait prévu, Tounette suça deux ou trois bonbons, et distribua le reste à ses frères et sœurs.

10

En cette année 1936, se produisit un événement qui transforma, ou qui aurait pu bouleverser la vie des campagnes : des lignes électriques furent posées. L'une d'elles passait dans le chemin de la Manigne à la Brunerie. La Compagnie informa la population qu'en ces circonstances le branchement serait gratuit. On n'avait à payer que l'installation intérieure et les kilowatts consommés. Des électriciens passèrent dans les maisons, établirent des devis, exposèrent les avantages du courant.

— Et les inconvénients ? dit Peyrissaguet.

— Un seul : la facture à payer, tous les mois.

— Et les accidents qui peuvent se produire, avec des fils qui se promènent dans la maison, et des prises un peu partout ? Surtout comme la nôtre, pleine d'enfants. C'est trop dangereux. Merci beaucoup.

Chez les Peyrissaguet, on continua donc de s'éclairer au pétrole, de se chauffer au bois, d'écrémer le lait à l'huile de coude, de repasser le linge avec des fers chauffés sur les braises. Les Paupard, en revanche, qui n'avaient qu'un fils unique, acceptèrent le branchement. Ils achetèrent même, quelques mois plus tard, un poste de T.S.F. d'occasion, en forme de borne kilométrique, qui leur donna des nouvelles du monde entier et leur prédit le temps qu'il ferait le lendemain. Neuf fois sur dix, les nouvelles étaient mauvaises ; une fois sur deux les prévisions se trompaient. La seule chose intéressante qui sortît de ce poste était la musique d'accordéon diffusée par Radio-Toulouse.

Le facteur aussi apportait de mauvaises nouvelles : l'agitation en Algérie, les usines occupées, les Croix-de-Feu. En Allemagne, un nommé Adolf Hitler préparait des armements pour reconquérir l'Alsace-Lorraine. Clément, qui avait fait Quatorze, rageait contre cette situation, dont il accusait les politiciens français : Albert Lebrun, Vincent Auriol, Léon Blum, Gaston Doumergue. En prononçant le nom de ce dernier, il regardait Gastounette avec un air de reproche ; elle se sentait vaguement responsable de la crise internationale.

Heureusement, Simone, la fille aînée, se maria, cela fit oublier la politique. Elle épousa un jeune paysan de Chamboulive, Louis Mourigal, qui avait une jambe torse à cause d'un accident d'enfance, ce qui ne l'empêchait pas de faucher, ni de marcher droit. « Lui du moins ne fera ni le service, ni la guerre », disaient les garçons de son âge, jaloux. Monette et Louis s'étaient connus l'année précédente, à la ballade de Saint-Hilaire. On dit : les bègues pour chanter, les boiteux pour danser. En fait, ni elle ni lui ne savait esquisser le moindre pas de valse. Ils se marchèrent sur les pieds à qui mieux mieux. Sans doute surent-ils s'expliquer tout de même puisque, par la suite, le garçon fréquenta la fille huit mois. Il venait de Chamboulive à bicyclette, uniquement le dimanche après-midi. Un garçon sérieux, plutôt muet. Quand il lui arriva de parler, c'était toujours de ses vaches, de ses foins, de ses châtaignes. Mais il avait demandé Monette dans le dû, précisant :

— Si vous m'acceptez, je ne crois pas que vous aurez jamais à vous plaindre de moi.

Les noces se firent. Il y vint dans une voiture remplie de sa parentèle. Ces gens repartirent après le souper, au milieu de la nuit. Le lendemain, Etoilette devait emporter vers Chamboulive les jeunes époux. Quand arriva le moment des adieux, Simone embrassa ses parents, grands-parents, frères et sœurs. Tout par un coup, elle éclata en sanglots. Inconsolable de devoir laisser cette maison où elle était née et tous ceux qui avaient entouré son enfance. Louis Mourigal se trouva si camus de ces larmes qu'il ne parvint à dire autre chose que :

— Je ne savais pas... je ne savais pas...

— Excusez-la, dit Thérèse. C'est la peine de nous quitter.

— Je ne savais pas... je ne savais pas...

Voyant pleurer leur sœur, les quatre plus jeunes firent de même.

— Je ne savais pas que vous auriez tant de chagrin, parvint à dire enfin Louis Mourigal. Si vous pensez que vous ne pouvez vous séparer de votre famille, restez. Je m'en irai tout seul.

— Mais non, mais non ! protesta la Grilette. Chamboulive n'est pas si loin. Nous nous reverrons. Il n'y a pas d'enterrement sans rires, pas de noces sans larmes, dit le proverbe.

Tous se mirent à la consoler. Elle eut enfin honte de ses larmes et en demanda pardon à son mari.

La guerre, c'est comme l'orage : elle menace d'un côté, et elle vient de l'autre. Le facteur Sauvézie leur montra un titre de *la Dépêche : l'Espagne prend feu.* L'article affirmait que l'incendie risquait de passer la frontière et de gagner la France. Qui eût cru qu'on avait quelque chose à craindre des Espagnols ? Dans la région, on ne connaissait que les marchands d'oublies qui fréquentaient les ballades avec leur tambour, leur flèche tournante et leurs numéros : pour cinq sous, selon la chance, on en pouvait gagner une ou plusieurs. Ils n'avaient pas l'air envahisseur.

Chaque fois que Fernand l'ardoisier revenait de Travassac, il embrayait aussi sur la politique. Il en tenait très fort pour le Front Populaire :

— Lui seul peut nous assurer la paix, par le désarmement.

— Et si les Allemands ne veulent pas désarmer? lui répondait Benoît.

— Alors, désarmons sans lui. Ne gardons que la Légion étrangère et la gendarmerie pour rétablir l'ordre en cas de besoin.

— Quand Hitler nous saura désarmés, il nous sautera sur le paletot!

— Je suis certain qu'il n'osera pas. Il aurait contre lui la planète tout entière.

Le Front Populaire devait aussi nous assurer le Pain et la Liberté.

— De quelle façon le Pain?

— Par la fin du chômage. Et par l'*Office du Blé* : une administration qui achèterait cher le grain des paysans, et le vendrait bon marché aux meuniers, ce qui mettrait le pain à cinq sous la livre.

— Mais comment le grain peut-il être acheté cher et revendu bon marché?

— Grâce aux subventions de l'Etat.

Pour ce qui est de la Liberté, le Front Popu réduirait à quarante heures la semaine de travail; accorderait des vacances à tout le monde.

— Même aux paysans? Et qui soignera leurs bêtes pendant ce temps?

— Ils formeront des coopératives agricoles. Se remplaceront les uns les autres.

— Quarante heures de travail par semaine? Nous en faisons le double!

— Les quarante heures s'appliqueront aux salariés. Pas à vous, propriétaires de vos entreprises. A nous seulement, les prolétaires.

Il avait une façon de dire *vous* et *nous* prouvant qu'il ne faisait plus tout à fait partie de la famille. Désormais, il était de la famille ouvrière qui a son âme et ses intérêts propres. Ces propos mirobolants, il les tenait en tous lieux.

Même devant l'église. Ce qui lui valut d'être qualifié de bolchevique par le sacristain Romanet.

En attendant ces miracles, il fallait bien poursuivre les tâches quotidiennes selon les anciennes méthodes. Toune reçut une nouvelle spécialité :

— En t'amusant, lui commanda sa grand-mère, toi qui as la main douce, plume un peu mes oies comme je t'ai montré.

Assise en plein air dans la cour, elle installait sur ses genoux une oie capturée. Il fallait d'abord l'apprivoiser, lui caresser la tête, le cou, l'échine. La volaille se laissait tromper par ces chatteries, se dodelinait, apparemment consentante ; ses paupières inférieures montaient vers les supérieures, comme si elle allait s'assoupir. Alors, lui serrant le bec de la main droite, emprisonnant les pattes liées entre ses genoux, Tounette glissait la gauche sous son ventre, là où sont les plumes les plus fines, qui rempliraient les oreillers ; et, en s'amusant, elle commençait de les arracher par poignées qu'elle déposait dans une corbeille. Inutile de dire que l'oie se rebellait, se convulsait, se dégageait le bec et en donnait des coups au hasard, mordant les mains, les bras, les côtes, les cuisses de la drôlette. Toujours en s'amusant, celle-ci lui livrait un combat farouche. Chaque poignée de duvet était une victoire. Lorsqu'elle estimait sa victime suffisamment dépouillée, elle la transportait jusqu'à la serve, au trou d'eau où allaient boire les chats en bordure du chemin, mêlé d'herbes, peuplé de salamandres, qu'une faible source entretenait. Elle l'y trempait pour calmer le feu de son ventre. Puis elle revenait s'en prendre à une autre.

Mais qui se souciait de calmer son feu à elle ? Le soir, en se déshabillant, elle se découvrait le corps couvert de bleus comme si on l'avait fouettée de mille verges.

Peu rancunière de nature, elle n'en voulait pas cependant à sa Grande. Celle-ci s'en aperçut bien quand elle tomba malade d'une pneumonie. Le Dr Juge la fit recouvrir de la tête aux pieds de ventouses et de sinapismes. Toune lui apportait des tisanes et restait près d'elle de longs moments pour l'aider à boire :

— Tu es le meilleur des médecins, ma Tounette, murmurait la patiente du fond de son lit, ses cheveux blancs saccagés, épars autour de sa figure de parchemin.

L'enfant lui tenait la main gauche, où l'alliance rouge, trop grande, flottait autour du doigt. La Grande essayait de dormir. Sous ses paupières closes, ses yeux formaient deux boules proéminentes. Elle avait changé d'odeur, au lieu du tabac, qui sent la force et la vie, à présent il montait d'elle une triste fadeur. « Elle sent la mort », se disait la petite avec épouvante.

Les jours suivants, il y eut néanmoins un certain mieux. Cela se vit lorsqu'elle réclama sa tabatière. Elle y enfonça deux doigts tremblants, déposa la pincée sur le dos de l'autre main, parcouru de nerfs et de veines bleues; l'approcha de ses narines; réussit à l'aspirer. Puis elle retomba sur sa couche avec un soupir d'aise :

— Ah!... ça finira de me guérir!

Dès lors, elle se remit à sentir le pétun comme avant. C'était un gros progrès. Le Dr Juge critiqua d'abord cette sorte de médicament, nuisible à la respiration.

— Et moi, protesta la malade, je sens qu'il me fait du bien.

— Si vous trouvez, je vous l'accorde. Après tout, chacun a le droit de choisir ses remèdes.

Tounette commença de suivre les leçons de catéchisme dans la petite église de Saint-Hilaire. Eclairée, sous sa voûte ogivale, par deux vitraux historiés. L'un représentait La Mère de Dieu, les mains ouvertes, les pieds sur un serpent. L'autre Jeanne d'Arc, vêtue de fer, la garde de son épée sur sa poitrine. Malheureusement, un grêlon, ou peut-être un caillou, avait brisé la partie supérieure du vitrail ; on avait réparé avec du verre ordinaire ; de sorte que Jeanne se trouvait pourvue d'une tête transparente.

L'abbé Juillac gouvernait sa paroisse depuis déjà une quinzaine d'années. Il avait eu par conséquent l'occasion de baptiser les enfants qu'à présent il préparait à la communion.

— Et peut-être, disait-il, je vous conduirai jusqu'au mariage, si Dieu veut.

Garçons et filles écoutaient sa parole, séparés par l'allée centrale de l'église. C'était un homme à la tête grise, au visage doux, à la voix convaincante, bien installé dans sa soutane, ses souliers à tige et sa vie sereine. N'ayant d'autres problèmes qu'avec son sacristain Romanet, qui exerçait deux autres professions, forgeron par lui-même et épicier par sa femme, et considérait un peu trop ses fonctions sacrificielles comme un commerce de supplément. Toujours à discutailler sur le produit des messes, des baptêmes, des mariages, des enterrements et la portion qui lui en revenait. Se prenant certaines fois pour Mgr l'évêque de Tulle en personne. Comme on était chez les Romanet sacristain de père en fils, le curé n'osait le renvoyer à sa forge. Le catéchisme, du moins, échappait à ses contrôles.

L'abbé Juillac ordonnait :

— Ouvrez votre livre à la page tant.

Il s'agissait d'un petit bouquin qui, chez les Peyrissaguet, avait déjà fait l'édification de sept ou huit usagers. Aussi n'en pouvait-il plus d'usure et de rafistolages. En principe, il contenait 581 questions numérotées, imprimées en italique, groupées en vingt leçons, chacune avec sa réponse en romain ; plus un « petit paroissien » ; plus une anthologie de cantiques. Malheureusement, il lui manquait les pages 83 et 84 relatives à la Communion des Saints. L'abbé eut beau sur ce point apporter quelque éclaircissement verbal, Tounette ne comprit jamais en quoi consistait la Communion des Saints. Elle la vit toujours comme une file interminable — tous ceux du calendrier ! — de saints en chemise de nuit et auréole, agenouillés sur un nuage, les mains jointes, la langue tirée, recevant la communion des mains de Jésus-Christ. A cause des feuillets manquants, elle n'en sut jamais davantage. Cela ne l'empêchait point de réciter chaque soir, dans son lit : *Je crois au Saint-Esprit, à la Sainte Église catholique, à la Communion des Saints.*

Chaque leçon de catéchisme prenait fin lorsque Romanet entrait dans l'église, gravissait la petite échelle qui accédait au clocher pour sonner l'angélus au marteau. Les notes légères se répandaient sur les campagnes.

— Levez-vous, mes enfants, disait alors le curé. Au nom du Père, et du Fils, et du Saint-Esprit, ainsi soit-il.

Suivaient les paroles latines qui donnaient son nom à la sonnerie :

— *Angelus Domini nuntiavit Mariae...*

Le sacristain redescendait avec un grand tapage de sabots.

Messe obligatoire le dimanche pour tous les catéchumènes. Certains agités, peu recueillis, se juchaient sur les chaises pour mieux voir les gestes du célébrant. Ce qui amenait celui-ci, pendant la récitation en français du *Credo*, à mélanger les genres :

— Je crois en Dieu, le Père Tout-Puissant, créateur du ciel et de la terre... Ne montez pas sur les chaises, je vous prie... Et en Jésus-Christ son Fils unique, Notre-Seigneur, qui a été conçu du Saint-Esprit... Descendez de ces chaises immédiatement...

Tounette aimait le doux bourdon des prières. Sa préférée était le *Je vous salue*, reçu d'abord de la bouche de sa grand-mère. Elle le débitait à plaisir en contemplant la Vierge aux serpents sur son vitrail. La Vierge aux mains ouvertes d'où elle voyait pleuvoir toutes les grâces implorées. Car elle mettait dans son esprit *grâces* au pluriel et pensait *Marie pleine de grâces* comme on disait *Madame Arvis pleine d'écus*. Aussi, peu demandante envers sa mère dont elle connaissait les moyens limités, n'hésitait-elle pas à supplier souvent la Mère de Dieu : faites que je réussisse mes problèmes, faites que mon père vende bien sa vache à la foire de Treignac, faites que nous ayons beaucoup de châtaignes. Quand la Grilette fut malade, c'est elle qui devint le principal objet de ses supplications.

Aux approches de Pâques, elle eut à se confesser.

— Faites bien votre examen de conscience, recommanda l'abbé. On n'accueille pas dans sa maison un visiteur de marque avec des planchers sales et des vitres poussiéreuses. Nettoyez bien votre intérieur, qu'il brille et devienne transparent pour honorer Notre-Seigneur Jésus-Christ. Tel est l'objet de la confession. Oublier des péchés, c'est comme oublier des épluchures sur une table. Aussi, je vous conseille d'en écrire la liste sur un bout de papier.

Tounette y réfléchit une semaine et forma sa liste avec scrupule. Elle la glissa dans la poche de son tablier. Or, le jeudi où elle devait comparaître dans le confessionnal, tandis qu'elle attendait son tour au fond de l'église, lisant dans son catéchisme la « préparation à la confession », elle s'aperçut avec dépit que la feuille avait disparu. Elle se mit à quatre pattes, chercha sous les chaises, sous les pieds de ses compagnes, sans rien trouver. Elle entra enfin, tremblante, dans l'armoire aux confessions, et dit tout de suite :

— Mon Père, j'ai perdu mes péchés !

— Perdu tes péchés, ma fille ?

— Je les avais ce matin dans ma poche. Ils n'y sont plus.

— Ça ne fait rien, ça ne fait rien. Nous allons les retrouver ensemble. Récite d'abord *Je confesse à Dieu*...

Elle le bredouilla, troublée comme elle était. Il lui posa ensuite des questions :

— Est-ce que tu oublies certains jours de dire tes prières ?... As-tu lu de mauvais livres ?... As-tu manqué la messe ?... Est-ce que tu désobéis à tes parents ?... Est-ce que tu as prononcé de vilains mots avec l'intention d'offenser Dieu ?... As-tu chipé quelque chose ?... As-tu dit des mensonges ?...

Elle répondait par non, par oui, donnait des détails, précisait le nombre de fois. Quand elle disait oui, il s'écriait aïe, aïe, aïe!

— As-tu embrassé des garçons étrangers à ta famille?

— Oui, une fois.

— Aïe, aïe, aïe!

— Le fils Paupard, le jour de l'an.

— Le jour de l'an est un bon prétexte. Où t'a-t-il embrassée? Sur la bouche ou sur la joue?

— Sur la joue, très près de la bouche.

— Aïe, aïe, aïe! T'es-tu moquée de Dieu ou de la religion?

Comme elle se taisait, il répéta sa question. Elle dit enfin :

— J'ai chanté les choux sont gras.

— Qu'est-ce que c'est que ça, les choux sont gras?

— Une chanson.

— Et qu'est-ce qu'elle dit, cette chanson?... Allons, chante-la-moi. N'aie aucune crainte. Je peux tout entendre.

Elle hésita encore, se sentant les joues en feu. Elle finit par la fredonner tout bas, collée à la grille qui la séparait du confesseur :

Alléluia! Les choux sont gras!
Monsieur l'curé ne les aim' pas!
Les enfants d'chœur
Les aiment qu'au beurre...

Elle s'arrêta, doutant de ses oreilles. Car ce qu'elle entendait à travers la grille lui paraissait incroyable : monsieur le Curé était en train de crever de rire. Mais il se reprit, toussota, fit son addition, lui donna pour solde de tous comptes six *Je vous salue* à réciter immédiatement au fond de l'église. Quand elle y fut, à genoux sur un prie-Dieu défoncé, elle entama sa pénitence, se proposant d'en débiter, non pas six, mais douze pour demander en plus la guérison de sa grand-mère et marraine toujours alitée. Elle commença avec beaucoup de ferveur. Tout alla bien jusqu'au sixième. Mais alors elle éprouva l'envie de faire pipi. Elle ne parvenait plus à se concentrer. Elle tint bon jusqu'au huitième. Ensuite, il lui fallut se lever et courir vers le cabinet de l'école laïque.

En classe comme au catéchisme, elle passait des heures enchantées. L'abbé Juillac racontait les deux *Testaments*. Mme Forot remplissait la fin du samedi soir en lisant Jules Verne ou Collodi. L'un et l'autre y employaient un tel talent que Tounette ne savait pas très bien si elle préférait les aventures de Jésus-Christ ou bien celles de Pinocchio. Mêmes magies, mêmes miracles dans les deux récits. Même fin heureuse après de grands malheurs : Jésus ressuscite d'entre les morts et monte au ciel ; Pinocchio cesse d'être une marionnette en bois et devient un petit garçon comme il faut. Elle trouvait aussi des similitudes frappantes entre les personnages accessoires : Geppetto avait la barbe et le nom de saint Joseph ; la bonne Fée ressemblait à la Sainte Vierge ; Mange-Feu à Lucifer ; le renard à Judas ; le grillon parlant à saint Pierre.

Plongée dans ces mondes merveilleux, elle croyait à tout. La plupart des catéchumènes faisaient de même. Un ou deux esprits forts seulement osaient émettre des réserves et prétendaient en remontrer à leurs enseignants. Ainsi le fils Paupard, sous prétexte qu'il y avait une T.S.F. dans sa maison : ce rouquin-là savait tout, même ce qui se passe en Chine. Un matin, le curé raconta l'histoire de Jonas jeté à la mer au milieu d'une tempête par l'équipage d'un bateau pour alléger la cargaison ; avalé par une baleine ; priant le Seigneur dans le ventre du cétacé ; rejeté sur la rive le troisième jour. Or voici qu'André Paupard a le toupet de lever le doigt :

— Monsieur le Curé, c'est pas possible.

— Qu'est-ce qui n'est pas possible ?

— La T.S.F. dit que la baleine a un gosier minuscule. Par conséquent, elle peut pas avaler un homme.

— Je ne sais pas si la baleine peut ou non avaler un homme. Mais je sais bien que si elle t'avait avalé, toi, Paupard, elle n'aurait pas attendu trois jours : elle t'aurait vomi tout de suite ! Il est important, certes, de savoir que cet animal marin n'a qu'un petit gosier. Mais Dieu, qui a fait le monde et toutes les créatures qui le peuplent et qui peut tout, saurait, s'il le voulait, faire passer une vache par le trou d'une aiguille.

Rires des catéchumènes. Confusion d'André Paupard.

Une autre fois, sans le secours de la T.S.F., ils firent une découverte non moins troublante. Romanet se trouvant empêché par une crise de rhumatismes, c'est l'abbé Juillac qui dut lui-même sonner l'angélus. A l'heure de midi, contrôlée sur sa montre, il gravit les barreaux de l'échelle qui montait au clocher. Or quand il se fut élevé à une certaine hauteur, suivi par les regards de tous, des chuchotements commencèrent à courir :

— Monsieur le Curé porte des pantalons ! Sous sa soutane : des pantalons !

Qui eût cru ça de lui ?

Un des derniers vœux exprimés par la grand-mère mourante était :

— Que j'aimerais, ma filleule, avant d'aller chez le bon Dieu, te voir faire tes premières Pâques !

Elle fut exaucée. Comme Tounette était belle, et modestement radieuse, au milieu des autres communiantes ! Garçons et filles défilèrent côte à côte dans l'église bondée, chacun tenant son cierge à la main. Ils répondirent en chœur aux questions traditionnelles que leur posait le curé :

— *Qu'êtes-vous venus faire ici en ce jour?*

— Nous sommes venus recevoir le sacrement de l'eucharistie, c'est-à-dire le corps du Christ qui est la nourriture de nos âmes.

— *Pourquoi désirez-vous ce sacrement?*

— Nous désirons ce sacrement parce qu'il établit, après notre baptême, que nous croyons en Dieu et en l'Église catholique, etc.

Au terme de l'examen, ils s'agenouillèrent, joignirent les mains, reçurent le corps du Christ sur leur langue. Ils devaient, suivant les instructions de l'abbé, non point le mastiquer comme un morceau de pain ordinaire (« Si l'hostie sainte entre en contact avec vos dents, vous commettez un sacrilège! »), mais le laisser doucement se dissoudre, pénétrer dans leur salive, dans leur sang, atteindre leur cœur. Même André Paupard le reçut dans son cœur tourmenté; il y resta toujours, malgré le grand désordre qu'il y trouva. Cela se vit bien en juin 1944, lorsqu'il fut tiré de chez lui par les Allemands qui, sans prendre le temps de lui lier les mains ni de lui bander les yeux, le collèrent contre un mur avec deux autres de la Brunerie, et qu'il fit le signe de la Croix avant de tomber sous leurs balles. Mais ce dimanche de mai 1937 fut bienheureux dans les familles. Chez les Peyrissaguet, toute la parenté se trouva réunie en l'honneur de Gastounette, y compris Fernand, ardoisier et bolchevique. La plus contente de tous fut cependant la grand-mère, qui remercia le Ciel de lui avoir accordé de vivre un si beau jour.

La semaine d'après amena son échéance. Sur sa demande, l'abbé Juillac vint lui apporter le bon Dieu, derrière un enfant de chœur qui, tout le long du chemin, secoua sa sonnette. A leur passage, les hommes tiraient leur chapeau, les femmes se signaient. Le prêtre resta seul avec la malade tandis que le reste de la famille, réuni dans la cuisine, retenait ou ne retenait pas ses larmes. Lorsqu'il reparut, il les consola en tenant les propos de tradition, la vie éternelle, etc. Puis il repartit, toujours précédé de son drelin-drelin.

Elle résista plusieurs jours encore. Sans manger, sans boire autre chose que quelques cuillerées de tisane. Exprimant ses désirs, quand elle en avait, par des geignements, par des regards. Toujours entourée de ses enfants et petits-enfants. Son mari, le Gril, venait aussi ; mais il secouait la tête avec désapprobation, refusant de croire à la gravité de son mal. L'accusant de trop s'écouter. S'il la surprenait les yeux clos, dans un demi-coma, il disait à voix basse :

— C'est de la léthargie. Elle est en pleine léthargie. Laissez-la dormir. Elle se repose.

La léthargie ! Où avait-il attrapé ce mot-là, lui qui connaissait à peine le français, et distinguait si mal le féminin du masculin ?

Un matin que sa filleule se tenait près de la malade, celle-ci leva son index maigre et regarda vers la table de nuit. Toune, éclairée par le Ciel ou par son cœur, se rappela que dans ce tiroir la vieille femme rangeait sa tabatière. Elle l'ouvrit, en tira l'objet, les paupières de la mourante battirent de plaisir. Voilà : avant de partir pour une éternité probablement sans tabac, elle désirait une dernière prise. La fillette en saisit une grosse, l'approcha des narines de sa marraine. Celle-ci fit des efforts pour l'aspirer. Sans y parvenir. Du moins huma-t-elle faiblement cette senteur de poivre et de soleil. Elle remercia Tounette avec un quart de sourire et un demi-cillement.

Elle dura encore un peu. Elle avait l'âme chevillée au corps. Le Gril, qui commençait de s'inquiéter, venait la sermonner tendrement :

— Alors, ma pauvre vieille ! Est-ce que tu penserais à me quitter ? Tu ne vas pas me jouer cette farce, tout de même ! J'ai encore beaucoup de plaisir et de déplaisir à te donner ! (Il faisait mine de lui frotter la figure avec la main). Qu'est-ce que je ferais sur terre, si tu t'en allais ?

— Ne la tourmentez pas, ne lui parlez pas, recommanda Thérèse.

Du fond de sa léthargie, la mourante semblait d'ailleurs

ne plus rien entendre. Tounette essaya encore d'un remède : elle alla chercher l'image pieuse que sa marraine lui avait donnée le jour de la Saint-Gaston. Elle la posa sur la poitrine de la Grilette. En vérité, la petite icône produisit un effet bénéfique, puisque ce même soir la malade s'éteignit doucement.

Il fallut alors voir et entendre le chagrin du veuf! Ses sanglots, ses jurements contre lui-même, les coups de poing qu'il s'envoyait dans la poitrine, qui résonnait comme un tambour! Les reproches posthumes qu'il adressait à sa femme :

— Tu aurais dû m'avertir, au moins, que tu étais si malade! Est-ce que je pouvais m'en douter, moi? Avec la santé que tu avais! Pourquoi tu ne m'as pas averti?

On eut si fort à faire à le consoler, à le retenir de se détruire sur place, qu'on abandonna un peu la pauvre défunte, que Thérèse et Marie-Louise étaient en train de parer pour la dernière cérémonie. Comme sa mâchoire s'obstinait à tomber, on la retint par un mouchoir noué au-dessus de sa tête, elle sembla souffrir d'une fluxion. Elle fut enterrée trois jours après au cimetière de Saint-Hilaire-les-Courbes, accompagnée par toute la commune. Le temps lui-même s'était mis à la tristesse : les membres du cortège ne voyaient pas même le corbillard à cause du brouillard glacé qui l'enveloppait. Sauvézie y parut; il ne portait pas en cette occasion son uniforme de facteur; Tounette et Milou eurent de la peine à le reconnaître.

— Ben mes fumiers, dit-il ensuite chez Arvis. Vous pouvez bien nous payer un verre de vin chaud : on a eu plus froid que la morte!

A la Manigne, il fallut s'habituer à vivre sans elle. Sans ses chamailles contre le Gril, sans ses distributions de chocolat, ses conseils, ses contes, ses diables, ses proverbes. Le veuf se traînait du banc à sa chaise, de l'ombre au soleil, avec, quand il parlait, des sanglots qui le faisaient horriblement chevroter. C'était pitié de voir ce vieux faire les grimaces d'un enfant sans parvenir à pleurer : les sources de ses yeux étaient depuis longtemps taries.

Il n'en fut pas de même de Tounette qui ne cessa de pleurer les deux semaines qui suivirent, sauf pour dormir un peu, secouée de sanglots. Elle pleurait dans sa soupe. Elle pleurait sur son tricot, le jeudi, en gardant les vaches. Elle pleurait en pelant les pommes de terre dans la cuisine. Le reste de la famille la regardait avec considération, se demandant comment une si grande douleur pouvait tenir dans une si modeste personne. Elle pleurait même en jouant aux cachettes avec Milou, tout en défendant au mieux ses positions. Pendant cette période, elle pleura bien un double décalitre de larmes. Ensuite, peu à peu, sa douleur s'assécha et resta close dans son cœur. Accumulée sous bien d'autres, comme des piles d'étoffes sombres dans une armoire.

Quelques semaines plus tard, la famille Peyrissaguet s'appauvrit encore d'un de ses membres, en la personne de M. Gaston Doumergue, parrain de Gastounette, qui mourut à Tournefeuille ou ailleurs dans sa soixante-quinzième année. Il avait bien l'âge de faire un mort. En revanche, Benoît, l'aîné des treize, avec sa femme Juliette la Pelaude, reçurent un petit garçon dont Toune fut la marraine à son tour, prénommé Jacques.

— La Grilette est partie, Jacou est arrivé, commenta le grand-père. Cette année, on n'a rien perdu ni rien gagné.

Tounette avait atteint l'âge du Certificat d'Etudes. Mme Forot depuis longtemps lui prédisait la réussite :

— Elle fait presque toujours zéro faute à ses dictées, trouve les solutions des problèmes, connaît par cœur les dates de l'histoire de France, tous nos fleuves avec leurs affluents et les villes traversées ; elle est brillante en récitation, bonne en composition française. Que lui faut-il de plus ? Croyez-moi, Monsieur Peyrissaguet, elle sera reçue, sinon la première, du moins une des premières du canton. Savez-vous qu'elle est parfois meilleure qu'Angéline, ma propre fille ?

C'était une référence. Malheureusement, au mois de juin, Gastounette était indispensable aux vaches et aux moutons. Elle quitta donc l'école au milieu du trimestre et reprit sa profession de bergère-tricoteuse. Non sans mille regrets. Non sans quelques larmes supplémentaires.

Naturellement, la première du canton fut Angéline Forot.

La Manigne, cet été-là, reçut la visite d'un particulier. Il voyageait à bicyclette ; portait, quoiqu'on fût au temps des chaleurs, des vêtements d'hiver, un chapeau de feutre, une cravate à système sous un faux-col qui lui tenait le menton levé. Sur son porte-bagages, une marmotte pleine de calendriers, de vues en noir et en couleurs, de cartes postales et même d'images pieuses.

— Je suis, expliqua-t-il, un Juif allemand. J'ai quitté mon pays pour échapper aux persécutions de Hitler.

On lui acheta quelques cartes. Il se confondit en remerciements, baisa la main de Thérèse et repartit sur sa bécane.

— Un Juif, qu'est-ce que c'est ? demanda Milou à Tounette.

Elle répercuta la question à Jean-Marie. Qui la renvoya à Gilbert. Qui la fit remonter à Bernard. Et ainsi de suite jusqu'à Clément, le plus haut de la hiérarchie. Tous avouèrent qu'ils n'en savaient rien. Thérèse conseilla à Tounette de s'en informer le dimanche suivant auprès du curé.

— Les Juifs, répondit Juillac, sont des gens qui firent mourir Notre-Seigneur Jésus-Christ sur la croix. Voilà pourquoi ils sont condamnés à errer de pays en pays, éternellement.

— A bicyclette ?

— Ou à pied.

Celui-là n'avait pourtant pas l'air d'un méchant homme. Toune trouva très injuste qu'il fût persécuté pour payer le crime de ses lointains ancêtres.

— C'est ainsi, conclut l'abbé. Nous payons tous pour les péchés de nos ancêtres. Si Eve et Adam n'avaient pas désobéi, nous resterions jeunes toujours, nous serions immortels.

Elle essaya d'imaginer une terre couverte d'habitants immortels. Elle ne suffirait pas à les nourrir tous. Et si elle ne les nourrissait pas, leur mort serait inévitable. Mais tout cela était trop compliqué pour sa cervelle de douze ans.

11

La rentrée qui suivit apporta une grande surprise. Sur leur demande, voulant se rapprocher du chef-lieu pour faciliter les études de leurs enfants Angéline et Lucien, M. et Mme Forot étaient partis, mutés à Naves, près de Tulle. Leurs élèves en demeurèrent estomaqués. Ils appréciaient la gentillesse de la Dame, les petits noms qu'elle leur donnait ; ils aimaient les capacités musicales de Branlette : sa virtuosité au violon était telle, comme il a été dit, qu'il pouvait en jouer sans instrument. Tous quatre s'en allèrent discrètement un jour de la mi-septembre, sans embrassades, sans vin d'honneur, sans cadeaux, sans remerciements. Ils partirent comme les hirondelles.

A leur place s'installa un couple d'instituteurs qui avaient suivi l'itinéraire inverse : venant de la ville, ils avaient sollicité la campagne. Ce mouvement inhabituel était dû à la mauvaise santé de Mme Pagégie : elle souffrait du cœur, elle avait besoin de calme. Elle en avertit ses élèves :

— Ne me faites pas crier. Ne me faites pas mettre en colère. Sinon, mon cœur malade risque de s'arrêter tout d'un coup, et moi de tomber, couic ! raide morte !

Epouvantées, les filles marchaient sur la pointe des pieds, se retenaient de rire, de chuchoter, de respirer. Si l'une d'elles laissait choir sa règle sur le plancher par maladresse, Mme Pagégie mettait les deux mains sur son cœur.

En dehors de la classe, elle passait son temps à écrire des *récitations*. On appelait ainsi dans l'école tous les textes rimés. De sorte qu'on y partageait les écrivains en deux catégories : les auteurs de *récitations*, La Fontaine, Victor Hugo, Jean Aicard ; et les auteurs de *lectures*, Hector Malot, Anatole France, Emile Moselly. De temps en temps, Mme Pagégie, en fin de journée, débitait une des siennes :

Pendant que l'hiver s'acharne,
Qu'on entend le vent gémir,
J'ai clos fenêtre et lucarne ;
Je te regarde dormir.
On ne sait pas ce qui crie.
Est-ce un loup rempli d'ennui ?
Est-ce l'homme ? Est-ce la nuit ?
Mais n'écoute pas, chérie...

Les enfants lui demandaient qui en était l'auteur. Elle répondait en rougissant :

— Un poète.

— Quel poète, M'dame ?

— Un poète sans nom.

Etonnées de ne pas lui voir d'enfant, elles apprirent par recoupements qu'elle avait eu une seule fille — la *chérie* de ses récitations — et qu'elle l'avait perdue d'appendicite. Sans doute était-ce l'explication de son cœur fragile.

M. Pagégie, lui, résistait mieux à la douleur. C'était un petit homme râblé, rondouillard, un peu chauve, pas musicien pour deux sous. Les instituteurs, comme les jours, se suivent et ne se ressemblent pas. Il exerçait aussi les fonctions de secrétaire de mairie et jouissait par là d'une puissance considérable sur la population. Sans lui, elle aurait été incapable de faire enregistrer dans le dû un mariage, une naissance, un décès ; d'obtenir un permis de chasse ; de déclarer ses emblavures, ses reboisages, ses déficits agricoles ; de réclamer une subvention. Aussi était-il doublement respecté et choyé, comme maître d'école et comme secrétaire ; comblé de menus cadeaux à chaque service qu'il rendait. En revanche, il n'avait guère de tranquillité. Ses clients venaient le déranger, hors la classe, à toute heure du jour et de la nuit. Principalement à celles des repas. Il devait quitter sa table, la bouche pleine, pour monter à la salle de la mairie remplir de toute urgence un imprimé qui aurait pu attendre deux semaines sans conséquence.

— Je suis un homme de la nature, avait-il coutume de se définir.

Il passait les rares loisirs que lui laissait le secrétariat à cueillir, selon les saisons, les fruits naturels de la terre, champignons, mûres, noisettes, faines, framboises, pommes sauvages, cynorrhodons de l'églantier. Il en tirait des nourritures fraîches ou conservées, des sirops, des gelées, de l'huile, des confitures. Sa classe était peuplée, outre les trente grimauds habituels, de reptiles, de batraciens, d'insectes, d'oiseaux vivants que l'effectif comblait de gâteries. Le 31 juillet, au dernier jour de l'année scolaire, tout ce petit monde était délivré et partait en vacances. Ainsi M. Pagégie parvenait-il à écarter le souvenir de son enfant morte.

Néanmoins, sa femme et lui célébraient les anniversaires de la disparue. Chaque huit janvier, ils confectionnaient ensemble un gâteau dans lequel ils plantaient onze, douze bougies. Ils invitaient à sa place une élève du même âge. C'est ainsi que Gastounette prit part, cette année-là, au petit festin de célébration, et qu'elle mangea les tranches destinées à l'absente. Mme Pagégie lui servit une autre récitation du poète sans nom. Puis le maître la ramena à la Manigne dans sa voiture Rosengart, qui portait une rose sur son bouchon de radiateur.

Au Cours supérieur, Tounette vécut cette année scolaire 1937-1938, au terme de laquelle elle devait quitter définitivement l'école, avec une intensité extrême. Tout lui semblait délice : le volume du prisme, le désert d'Arabie, le traité de Versailles, les participes passés des verbes pronominaux, l'huître et les plaideurs. Dans toutes les disciplines, elle damait le pion à celles qui avaient en poche leur Certificat d'Etudes. Mme Pagégie, à son tour, s'en fut trouver Clément Peyrissaguet et lui remontra qu'il devait la laisser se présenter à l'examen, même si c'était avec un an de retard. Il répéta sa réponse :

— Impossible, Madame. Ses frères et sœurs aînés ne l'ont pas. Pourquoi donc qu'elle l'aurait?

Elle ne put l'ébranler.

— Vous feriez bien de le passer vous-même! dit-elle avec colère, une main sur le cœur, en prenant congé. Ça vous ouvrirait la comprenotte!

Toune assista à la scène avec frayeur, craignant que la Dame ne vînt à faire couic sous ses yeux. Par chance, il n'en fut rien. Elle quitta les lieux en faisant claquer ses talons sur les dalles de la cuisine et rejoignit son mari qui l'attendait dans la Rosengart, en mâchant de l'oseille sauvage.

Au traditionnel mois de mai, Gastounette rendit donc les livres d'emprunt et fit ses adieux.

— Il est quand même triste, dit la Dame, qu'une filleule du Président de la République comme toi quitte l'école sans son Certificat d'Etudes! Tu es intelligente. Tu aurais pu aller au Cours complémentaire de Treignac. Puis à Tulle. Devenir institutrice ou employée des Postes.

— Nous sommes trop pauvres, M'dame, et trop nombreux.

— Tu aurais pu obtenir une bourse.

— Mes frères et sœurs n'ont rien eu. Je dois faire comme eux.

— Eh quoi ! Tu es donc destinée à rester paysanne ?

Elle dit cela avec une grimace de dégoût. Tounette découvrit soudain ce qu'il y a d'humiliant dans la condition du paysan. Toujours en contact avec la terre, le fumier, les animaux. Toujours malpropre, malodorant, ignorant, sans vacances. Tandis que les institutrices, les postières, nettes, élégantes, parfumées, s'en vont visiter la Côte d'Azur. Quoique filleule de M. Doumergue, jamais elle n'aurait, elle, le temps ni l'argent qu'il faut pour aller voir la mer. La Dame la prit dans ses bras et baisa ses joues mouillées.

Elle dit adieu à ses amies plus chanceuses. A la salle de classe ornée de ses cartes, de ses tableaux, de ses dessins. A la cour de récréation. Emportant dans sa musette de réserviste ses cliques et ses claques personnelles, pour la dernière fois elle refit le chemin de Saint-Hilaire à la Manigne, en compagnie de Milou, grand garçon de neuf ans maintenant, qui, lui aussi, renonçait à l'école pour cette année-là.

A l'autre bout de la couvée, Benoît et sa femme restaient à la borde avec Jacou leur petit garçon. Fernand travaillait toujours dans les ardoises. Simone était partie avec Louis Mourigal. Marie-Louise attendait une occasion pour se marier. Léon gagnait du galon dans l'infanterie coloniale. Victor partit à son tour faire son temps à Grenoble dans les chasseurs alpins. Etienne et Vincent filaient la laine à l'usine de Treignac. Les bras de Tounette et de Milou étaient donc bien nécessaires pour remplacer les absents. Après avoir porté son petit frère et failli le noyer, elle portait à présent son petit neveu Jacou. « Voilà, se disait-elle, un métier que la Dame ne m'a pas proposé : bonne d'enfant. »

Agée de treize ans révolus, c'était une fille bien charpentée, avec tout ce qu'il faut déjà, partout où il faut, des yeux bleus, des cheveux blonds tombant sur ses oreilles. C'est Clément, le père, qui faisait le perruquier dans la maison, aussi habile à tondre ses garçons et ses filles que ses brebis. Seule la mère, naturellement, gardait tous ses cheveux comme avant Quatorze. Jusqu'à la fin de ses jours, ils restèrent touffus, à peine parsemés de givre. Quand elle les déroulait pour les laver et les peigner, c'était un spectacle auquel aimaient assister ses enfants, émerveillés de leur longueur, de leur épaisseur.

— Tu ressembles, lui dit Toune, à la dame qui est sur les pièces de vingt sous.

Les fortes chaleurs vinrent, sans pluie, dès la Saint-Médard. Les blés, qui étaient des seigles, mûrissaient vite. A la ballade de Saint-Hilaire, toutes les filles étaient en robes multicolores, à manches courtes. Les Peyrissaguet disponibles s'y firent transporter par Etoilette, devenue aveugle ; ses yeux blancs ressemblaient maintenant à des œufs durs, mais elle obéissait aux guides. Les quatre garçons jouèrent aux quilles. A une tombola, Milou gagna un masque qui représentait Hitler avec sa mèche et sa moustache en domino, il faisait peur à tout le monde. Marie-Louise et Gastounette, sorties du deuil de la grand-mère, osèrent danser chez Arvis. D'abord ensemble, ensuite invitées. Et qui vint chercher Gastounette ? Ni plus ni moins qu'André Paupard, avec qui elle avait si souvent fait le chemin de la Manigne à l'école. Celui que la baleine de Jonas n'aurait pas gardé plus d'une minute dans son estomac. Il avait les épaules larges, les dents irrégulières mais fortes, le poil rouge comme un écureuil, et déjà une trace de moustache sous le nez. Il dit :

— Tu sais danser le fox-trot ?

— Je ne sais pas si je sais.

— Viens quand même. Je t'apprendrai.

Il lui prit la main droite de sa gauche, entoura sa taille de l'autre bras et la poussa à reculons.

— C'est pas difficile : tu marches en mesure.

Elle y parvint assez vite. Ensuite, il lui montra les petits pas à faire par côté : un-deux-trois, un-deux-trois. Pendant ce temps, le joueur de piston lâchait son embouchure pour chanter *Mimosette, jolie brunette*. Elle prit chaud, revint à sa place rouge et transpirante.

— André m'a appris le fox-trot ! dit-elle à Marie-Louise.

Dès la danse suivante, le revoici :

— Est-ce que tu tournes la valse ?

— Non. J'attendrai le prochain fox-trot.

— Viens donc, grande bête. Faut tout savoir.

Elle se laissa entraîner. Ce fut un affreux tourbillon, un vertige de murs, de plafonds, de planchers. Heureusement, il la tenait fort au creux de son bras et l'empêcha de tomber. Lorsque ce fut fini, il dut la raccompagner jusqu'au banc, elle marchait en zigzag.

— Plus de valse ! supplia-t-elle. Plus de valse !

Il la laissa s'en remettre et revint la chercher pour un second fox-trot. Puis pour un troisième. Maintenant, elle reculait, elle sautillait de côté en parfait accord avec la musique. Moins occupé à la diriger, Paupard lui faisait la conversation :

— T'as pas trop chaud dans cette robe de laine ?

— C'est pas de la laine, c'est du coton.

— Toutes les autres filles ont les bras nus et le corsage décolleté. Toi, tu es boutonnée jusqu'au menton. On dirait Joséphine, la bonne du curé.

— Ma robe est faite comme ça. Si je te plais pas, laisse-moi à ma place.

— Si, si, tu me plais bien. Mais, les bras nus, tu serais encore plus plaisante.

La foule des danseurs s'était épaissie autour d'eux et les serrait l'un contre l'autre. Tout à coup, Tounette s'aperçut qu'il la caressait. Profitant de sa position avantageuse et de son bras autour d'elle, il promenait, au bout de ce bras, sa main droite sur toute la surface qui était à sa portée. Elle prit d'abord ces manœuvres pour des contacts de hasard ; puis elle comprit que c'était un fait exprès. Elle songea au curé Juillac et à ses aïe ! aïe ! aïe ! Enfin, elle s'ébroua et dit en patois à son cavalier :

— *Resto-te de me manhà*! Finis de me tripoter!

Il en fut si saisi qu'il s'éloigna d'elle et se tint à distance, comme d'une pestiférée, jusqu'à la fin du fox-trot. Elle regagna sa place. Il ne vint plus la chercher et fit danser d'autres filles.

Cette nuit-là, tandis qu'elles se déshabillaient dans leur chambre à peine éclairée, Marie-Louise lui fit une confidence :

— Tu n'as rien remarqué?

— Quoi donc?

— Un garçon m'a fait danser tout le temps. Christophe Bouchardel, de Monceaux. Je l'avais déjà rencontré à Treignac. Il m'a dit qu'il était venu exprès pour moi à Saint-Hilaire.

— Eh bien! Eh bien!

— Il est dans une grande ferme : soixante hectares, trente vaches, deux paires de bœufs.

— Eh bien! Eh bien!

Toune ne voulut pas être en reste :

— Moi aussi, on m'a fait danser.

— Oh! je l'ai bien vu! André Paupard! Et même qu'il te serrait fort contre lui! Tu ne vas pas t'intéresser à ce garçon! C'est un mauvais sujet, comme tous les roussels. Notre grand-mère avait coutume de dire : Pas de brave homme qui ait le poil roux; il y en eut un seul, et il fut crucifié.

Elles s'en tinrent là et soufflèrent le chaleil.

Elle retrouva ses travaux de bergère, de vachère, de porchère. Mme Pagégie venait la voir de loin en loin, lui apportant un livre de bibliothèque. Clément protesta :

— Maintenant qu'elle ne va plus à l'école, elle a plus besoin de lire.

— On a besoin de lire toute sa vie, Monsieur Peyrissaguet.

— Besoin? Moi, j'ai pas besoin. Je lis jamais.

Elle haussa les épaules, préféra ne rien ajouter. Il tolérait ces visites et ces bouquins parce qu'elle était l'épouse du secrétaire de mairie. Gastounette d'ailleurs n'abusait pas de la lecture : un volume lui durait des semaines. On lui donnait tant de bas à tricoter pendant ses garderies, de coudes à repriser, de jupes à ravauder, de derrières à rapetasser! Un jour qu'elle s'occupait ainsi, lui vint le souvenir d'André Paupard :

— Toutes les autres filles ont les bras nus...

Elle s'aperçut que, cette après-dînée-là, elle portait un corsage archi-raccommodé, spécialement aux manches. Il faisait une chaleur à pierre fendre. Alors, elle ôta son corsage, en quelques coups de ciseaux lui raccourcit les manches, fit à leur place un bel ourlet. Ses bras se trouvaient découverts presque jusqu'aux épaules. Elle les regarda, si blancs, si ronds, si lisses, descendre vers ses poignets bronzés. « Me voici à la mode! André serait content! Je ne ressemble plus à la bonne du curé! »

Le soir, comme à l'ordinaire, elle regagna la borde. Or la première personne qu'elle rencontra fut son père, chargé d'un sac de grain. Tout courbé par le fardeau qu'il était, il la lorgna en coin, par-dessous la visière de sa casquette, puis alla poser sa charge et revint :

— Qu'est-ce que c'est que cette mode parisienne? Tu montres tes bras, maintenant?

— Les manches du corsage étaient complètement usées. Irréparables. Je les ai raccourcies. Il fait chaud. Je me sens mieux.

— Tu n'es pas en âge de montrer tes bras. Fais-moi le plaisir, dès demain, de remettre des manches.

Elle baissa la tête.

Elle devait se méfier d'André Paupard : il lui mettait en tête des idées qui, sans lui, ne lui seraient jamais venues.

Elle s'aperçut aussi qu'il la recherchait. Il vint la trouver un jour, au champ de Léonard, pendant qu'elle gardait ses ouailles. Quand il s'approcha, la chienne Finette remua la queue, parce qu'il était de ses relations. Toune tressaillit en le voyant devant elle, debout, à contre-jour du soleil, si bien qu'il semblait tout en ombre.

— Je t'ai fait peur ?

— J'ai pas peur de toi.

— On s'était plus rencontrés depuis la ballade. Ça me fait plaisir de te revoir.

Il attendait qu'elle en dît autant ; elle ne le fit point. Sans demander sa permission, il s'assit près d'elle, ses longues jambes étendues dans un pantalon de coutil, rapiécé aux genoux. Elle ne le regardait pas trop, les yeux baissés sur son ouvrage. Lui se taisait, cherchant sans les trouver les mots qu'il devait dire. De temps en temps, il grognait, hm ! hm ! mais rien d'articulé ne sortait. Ce fut elle qui, à la fin, parla la première :

— Tu passais par là par simple hasard ?

— Non.

— Comment non ?

— Je suis venu par esqueprès.

— Par esqueprès ?

— Pour te voir.

— Allons bon. Regarde-moi.

Elle continua son tricot. Après un autre long silence, il dit en patois :

— *Tounette, dono-me en bicou* ! Donne-moi un baiser !

Cette fois, elle dut bien le regarder en face. Elle le vit si gauche, si embarrassé de ses sentiments, qu'elle lui tendit une joue. Par pure charité chrétienne, comme le Christ embrassa le lépreux. Il lui enveloppa les épaules de son bras gauche, la baisa d'abord sur cette joue tendue ; mais tout de suite après, il chercha la bouche. Elle se débattit, le repoussa doucement, mais fermement :

— Non, André. Je suis trop jeune. Je n'ai que treize ans et demi.

— Y a pas d'âge pour s'embrasser.

— Pas comme ça, André. Pas comme ça.

— Alors, sur l'autre joue !

Elle se tourna, la lui offrit. Au passage, il recommença son manège. Elle le repoussa encore, et dit :

— Maintenant, va-t'en. Si mon père nous voyait ! Oh ! Sainte Vierge !

12

En août, les moissons furent perturbées par Hitler, l'homme à la moustache en domino, qui voulait conquérir l'Europe entière. On allait écouter les nouvelles chez les Paupard, qui avaient la T.S.F. et en faisaient profiter leurs voisins. Déjà, au printemps, Hitler était entré en Autriche comme dans du beurre, et avait annexé ce pays. Voici maintenant qu'il était réclamé à cor et à cri par d'autres Germains établis sur la bordure de la Tchécoslovaquie. Dans ses vociférations qui faisaient aboyer par sympathie tous les chiens de la Manigne, Adolf proclamait sa volonté inébranlable d'aller au secours de ses frères opprimés. En face de lui, les gouvernants français et anglais qui lui avaient jusque-là tout permis, engagés sur le chemin de croix des capitulations successives, poursuivaient leur ascension vers le Calvaire.

Pour impressionner l'Allemagne, ils affichaient une entente apparemment cordiale, que vinrent illustrer le roi et la reine d'Angleterre en voyage à Paris. La capitale les reçut avec enthousiasme et les couvrit de cadeaux. Même les seize mille clochards y allèrent du leur : une terre cuite modelée par un artiste domicilié sous les ponts ; elle représentait leur corporation sous l'image d'un couple en guenilles et d'une bouteille. Il y eut de superbes défilés militaires et nos généraux proclamèrent l'armée française invincible.

Clément et ses fils fauchèrent les seigles à la hâte. Tounette amena les moutons sur les éteules, tout en glanant les épis oubliés.

En septembre, parurent aux façades des mairies les affiches blanches de la mobilisation générale. Remisées depuis Quatorze, elles n'avaient pas changé. Les anciens les reconnurent tout de suite, à leurs petits drapeaux croisés. Benoît et Fernand partirent des premiers. Léon et Victor s'y trouvaient déjà. Le gendre Louis Mourigal fut exempté à cause de sa patte folle. Vincent et Tiennou, prochainement mobilisables, passaient beaucoup de temps sous la fenêtre des Paupard à écouter les nouvelles. Ils expliquaient ensuite à la famille ce qu'il croyaient avoir compris :

— Hitler veut absolument bouffer la Tchécoslovaquie.

— Qu'il la bouffe ! commentait le Gril. Et qu'il en crève !

— On peut pas le laisser faire, disait Clément. Sinon, après, c'est nous qu'il viendra bouffer.

— On peut très bien. Quand il aura plus faim, il s'arrêtera.

— Un homme, c'est pas comme un chien. Un chien, oui, ça s'arrête quand ça n'a plus faim. Un chien, c'est raisonnable. Mais y a des hommes gouvernants qui savent pas s'arrêter. Autrefois, y a eu chez nous cet autre... Comment donc qu'il s'appelait ?... Avec un chapeau d'Arlequin...

— Napoléon ! suggéra Tounette.

— Voilà ! Napoléon ! Hitler, il veut faire son Napoléon.

On sut que trois grands chefs s'étaient réunis à Munich, en Allemagne, au domicile de Hitler, et qu'ils étaient en train de négocier. Pendant ce temps, dans les casernes, les rappelés constataient qu'ils ne disposaient que d'une paire de godillots pour deux, d'un casque pour trois, d'un fusil pour quatre. Ils réapprirent laborieusement à enrouler leurs bandes molletières et retrouvèrent les gestes qui expriment les indispensables marques extérieures du respect. Ils s'aperçurent que la France n'était armée que de vanteries.

Or, par miracle, la paix fut sauvée. Les accords de Munich abandonnèrent à Hitler les territoires tchécoslovaques qu'il réclamait. Les mobilisés de septembre rendirent leur quart de fusil et leur tiers de casque et retournèrent à leurs vendanges, à leurs patates, à leurs labours, à leurs ardoisières. Assez satisfaits, en définitive, de cette répétition générale en costumes qui valait mieux que la tragédie véritable. Le chef de la France, Daladier, un autre radical-socialiste, révéla qu'il avait signé les accords parce qu'il s'était rendu compte de nos insuffisances militaires ; il décréta en conséquence que nous devions nous armer à tire-larigot. Pour aller plus vite, il abrogea la loi des quarante heures, obtenue par les grèves de 36. « Réarmement nos bottes ! répliquèrent les syndicats. Nous entendons préserver nos acquis sociaux. » Ils déclenchèrent immédiatement une série de grèves nouvelles et de manifestations.

— Même à Tulle ! informa Sauvézie.

— Dans les accordéons ? demanda le Gril.

— Non, à l'arsenal.

— Ah bon ! Vous me rassurez.

Le ministre de l'Intérieur fit donner les gaz lacrymogènes. Mais en même temps, il ordonnait à ses services techniques de chercher des procédés plus radicaux-socialistes pour calmer les tumultes. Un de ses ingénieurs proposa des vapeurs hilarantes. Elles furent essayées à Saint-Etienne où l'on assista à ce prodigieux spectacle de manifestants pliés en deux par un rire artificiel, allant parfois jusqu'à se rouler par terre. Réprimer les désordres par la rigolade, cela ne faisait pas sérieux ; cela n'inspirait pas le respect de l'autorité. On en revint aux méthodes éprouvées, aux gaz qui font pleurer, à la bonne vieille matraque.

Tels furent quelques-uns des acquis sociaux de l'année 1938.

Christophe Bouchardel, le garçon de Monceaux, rendit visite aux Peyrissaguet sous prétexte de leur acheter des œufs d'oie :

— J'ai entendu dire que vous en aviez à vendre.

— Ça se pourrait, dit Clément. Vous m'avez l'air bien renseigné.

En fait, il ne quitta pas Marie-Louise des yeux tout le temps de leur négoce. Elle se promenait à l'entour, toute rouge, toute fébrile, ne sachant plus ce qu'elle faisait, ce qu'elle disait. Ce jour-là, il ne parla pas encore mariage ; mais tout le monde comprit qu'il était déjà pour elle une espèce de fiancé. Il fallait laisser mûrir la nèfle.

Tiennou et Vincent se ressemblaient abominablement, comme tous les vrais jumeaux. Leurs frères et sœurs, leurs parents même les auraient confondus s'ils ne s'étaient distingués exprès par quelque détail d'habillement. Mais à l'école, dans le même tablier noir, chaussés de sabots pareils, ils avaient affolé le pauvre Branlette, qui s'arrachait les cheveux de devoir constamment équivoquer. A tel point qu'un jour il leur prépara deux cartons à se pendre au cou, portant leurs prénoms : *Etienne* pour l'un, *Vincent* pour l'autre. Le système fonctionna bien un certain temps ; jusqu'au jour où il fut détraqué exprès par les titulaires. Ayant rapporté les deux pancartes à la maison, ils peignirent à l'encre au verso de la première ce qui figurait au recto de la seconde. Ainsi, quand ils le voulaient, par un simple retournement du carton, *Etienne* pouvait devenir *Vincent*, et *Vincent* devenir *Etienne*. M. Forot en prit la berlue, les deux noms se transportant soudain de sa gauche vers sa droite ou de sa droite vers sa gauche. D'autres fois, il avait deux *Etienne* sous les yeux, et d'autres deux *Vincent*.

— Si vous continuez ce petit jeu, menaça-t-il, je demanderai à vos parents de faire tatouer sur votre front vos prénoms respectifs !

L'âge venu, ils échappèrent à l'école. Mais on les voyait toujours ensemble. Leurs copains avaient depuis longtemps renoncé à les distinguer et ne les appelaient jamais autrement que bessous, tiens voilà le bessou, comment vas-tu bessou ? Ils avaient au même moment les mêmes maladies, quand l'un éternuait l'autre faisait atchoum, ils aimaient ou détestaient les mêmes choses. Souvent, ils pensaient les mêmes idées. Si bien qu'il leur suffisait de se regarder pour s'interroger et se répondre, sans recourir aux paroles. Cela les conduisait aux mêmes gestes, aux mêmes résolutions. S'ils ouvraient la bouche, c'était pour dérouler le même fil :

— Ce qu'il faudrait...

— ...c'est que nous ayons un accident...

— ...qui casserait à l'un de nous un bras ou une jambe...

— ...de sorte qu'une infirmité nous séparerait.

Mais aucun accident ne survenait : ils s'en protégeaient réciproquement ; chacun avait quatre yeux, quatre oreilles, quatre bras.

— Si un jour nous nous marions...

— ...comment nos femmes feront-elles pour ne pas se tromper ?

— Ça sera bien agréable : chacun de nous...

— ...en aura deux à sa disposition.

— Encore ne faudra-t-il pas que nous épousions deux bessounes...

— ...sinon plus personne ne s'y reconnaîtra.

Ils passèrent leur conseil de révision le même jour, en 1939. Ils furent pris tous deux ; chantèrent avec d'autres conscrits dans les rues de Treignac ; s'épinglèrent sur la poitrine des pendeloques à cinq sous : *Bon pour le service. Bon pour les filles*.

— Pourvu, se dirent-ils, qu'on nous envoie dans la même caserne !

Car ils se sentaient aussi inséparables que les doigts de la main.

Ce printemps-là ne demandait aussi qu'à ressembler aux autres, avec ses giboulées de mars, sa floraison d'avril, ses laitues de mai, ses cerises de juin. Néanmoins, la conjoncture contraignait les gens à songer à des choses inquiétantes. Il fallait avoir le cœur bien accroché pour oser rire ou chanter. Le grand-père Grillon sentait de plus en plus intensément dans ses culottes l'approche d'une nouvelle guerre. Un signe ne trompait pas : on commençait de mobiliser les quadrupèdes. L'année précédente, Daladier s'était contenté de rappeler un million d'hommes sous les drapeaux pour impressionner Hitler ; les chevaux, les mules, les mulets étaient restés dans leurs foyers. Les Allemands, qui connaissent bien les Français, en avaient déduit que tout ce remuement de réservistes n'était qu'une mobilisation pour de rire. Mais quand ils virent que tout ce qui pouvait tirer un fourgon, un canon, une ambulance, une cuisine roulante devait se faire inscrire, ils en conclurent que nos préparatifs devenaient sérieux. Hitler se hâta donc d'avancer les pions sur sa frontière méridionale en occupant la Tchécoslovaquie tout entière qu'il avait promis à Munich de respecter. Les Anglo-Français, qui n'avaient pas terminé leur réarmement, répliquèrent en mobilisant les pigeons voyageurs, en souvenir de Verdun.

— Cette fois, nous y sommes, conclut Clément qui avait fait Quatorze.

A Treignac, tous ces animaux furent rassemblés sur la place de la République. On eût dit la plus grande foire jamais installée. A l'idée de devoir se séparer de leurs bêtes, les paysans avaient les larmes aux yeux. Ils les recommandaient aux officiers vétérinaires :

— Il est un peu fragile de la poitrine. Par temps humide, il tousse facilement.

— Vous en faites pas : on lui posera des sinapismes.

On leur signait un reçu ; mais ils restaient immobiles longtemps encore, le papier à la main, regardant comment on traitait leur cheval. Quand ils devaient enfin s'éloigner, ils lui faisaient du bras des gestes d'adieu. Même Etoilette y fut conduite. On l'exempta à cause de ses yeux blancs.

La T.S.F. diffusait tout de même quelques bonnes nouvelles. En Espagne, la guerre civile était finie. Le 14 juillet fut grandiose. A Paris, durant le défilé, le pavé péta le feu sous nos chars Renault, avec leur canon court « qui avait l'air d'un cigare entre les dents », selon le parleur qui décrivait le spectacle. Dans le ciel grondèrent nos bombardiers et nos chasseurs. Hitler n'avait qu'à bien se tenir.

Ce vorace réclamait à présent la ville de Dantzig, passée aux mains des Polonais depuis 1919. Pouvait-on honnêtement lui refuser cette ancienne ville germanique? A Moscou, des négociateurs franco-allemands étudiaient avec Staline le meilleur moyen d'aider la Pologne. En vérité, les premiers auraient bien aimé une guerre germano-russe dans laquelle nazis et bolcheviques se seraient entre-tués. Le second rêvait pareillement de voir la France et l'Angleterre en découdre avec l'Allemagne. Tout par un coup, Staline et Hitler signèrent entre eux un pacte de non-agression et d'amitié héréditaire.

Les Etats-Unis pouvaient encore empêcher le conflit en déclarant nettement qu'ils n'abandonneraient jamais leurs vieux alliés européens. Mais ils n'y étaient pas disposés : trop de sang américain, trop d'argent américain avaient été versés pendant la guerre précédente; on ne leur referait plus le coup de La Fayette. Un des plus ardents défenseurs de l'isolationnisme était Charles Lindbergh, le gentil, le timide Charles au menton fendu, qui avait traversé le premier l'Atlantique en avion pour se poser au Bourget. Bien la peine de lui avoir collé la Légion d'honneur! Le Président Roosevelt se contenta de morigéner Hitler dans un beau sermon en trois points, et de vendre à la France des armes payables au comptant.

— Faut se méfier des présidents! conclut le grand-père quand il en fut informé. Encore un homme de cendre!

Septembre. Le plus beau mois de l'année, le plus riche de fruits et de douceurs. Septembre du miel, de la laine, du meilleur lait, des premières vendanges. Ce septembre 39 ne fut plus que celui de la destruction et de la mort. Ainsi commença la Seconde Guerre mondiale, qui devait avoir des effets jusqu'à la Manigne et à la Brunerie.

Comme l'année précédente, Benoît, Fernand et Victor rejoignirent leur corps dès les premiers jours. Le père les accompagna en voiture jusqu'à la gare de Bugeat. Ils se quittèrent bravement :

— Revenez vite, mes gars.

— Si nous avions écouté Staline, dit Fernand, toujours bolchevique, y aurait pas eu de guerre.

— Faut pas chercher à comprendre. Faut obéir. Revenez vite.

A la Manigne, il trouva toutes ses femmes en larmes. Marie-Louise pleurait plus que les autres, pour ses frères et pour son quasi-fiancé.

En compensation, vers la mi-octobre, de nouveaux habitants vinrent s'établir : un couple de Rebuissou, frère et belle-sœur du vinatier meymacois qui avait obtenu le prix Cognacq-Jay aux Peyrissaguet, avec leur fille Jenny. Lui était avocat dans la capitale.

— Paris ne risque rien, expliqua-t-il. Mais puisque mon frère veut bien nous recevoir dans sa grande maison, nous avons préféré prendre du recul. En attendant la victoire.

Prendre du recul ! Chacun admira cette expression parisienne. Quant à la victoire, personne n'en doutait. Surtout pas le journal *La Croix* auquel ces Rebuissou étaient abonnés : il commençait même à envisager les clauses du futur traité de paix qui serait imposé à l'Allemagne. Son principal rédacteur, Pierre l'Hermite, proposait qu'après avoir été coupée en deux à Versailles, elle le fût en six. On restaurerait les anciens royaumes de Prusse, de Bavière, de Saxe, de Wurtemberg. On l'occuperait militairement pendant un siècle. On lui interdirait d'avoir une armée ; de fabriquer d'autres armes que l'arc et l'arbalète. Pierre l'Hermite avait un moral du tonnerre de Dieu.

Ces Rebuissou de Paris ne sortaient guère. Ils demeuraient cloîtrés avec leur fille Jenny parce que celle-ci avait les yeux bridés, la figure poupine, la langue embarrassée. On la disait mongolienne. Eux l'expliquaient en termes bibliques :

— Elle est un peu différente des autres enfants. Le bon Dieu nous en a fait cadeau telle quelle. Que son saint nom soit béni.

Peut-être aussi était-ce là une raison de leur recul.

Un jour, cependant — c'était un dimanche qui recommandait, autant que possible, de ne faire que les travaux indispensables —, se promenant tous trois aux environs de la Brunerie, ils rencontrèrent, à un carrefour de chemins, Tounette et son petit frère Milou en train de jouer à la truie. Variante limousine de la pétanque provençale. Avec de gros galets de la Vézère en guise de boules et un petit caillou noir qui figurait la *trolho*. Pris par leur jeu, ils ne virent pas s'approcher les Parisiens ; le père, fort et gras ; la mère, longue et maigre ; entre les deux, la pauvre Jenny qui marchait difficilement, alourdie par son derrière. Arrêtés à distance, ils regardèrent un moment le jeu des petits Peyrissaguet. Tout à coup, leur fille lâcha les mains parentales et s'avança vers eux en grognant.

— Elle veut jouer avec vous, traduisit la mère. Vous voulez bien l'accepter ?

Milou lui tendit un galet : Jenny le prit dans ses mains maladroites. Ils la mirent derrière la ligne, lui montrèrent la petite truie noire, lancèrent leur caillou. A son tour, elle voulut placer le sien. Avec de grands efforts, elle le jeta, il tomba à mi-distance. Elle en fut si contente qu'elle éclata d'un rire épais qui lui fendit la figure jusqu'aux oreilles.

— Quel âge as-tu ? demanda Mme Rebuissou à Tounette.

— Quatorze ans.

— Juste l'âge de notre fille ! Est-ce que tu es Gastounette ?

— Oui, M'dame.

— C'est donc toi qui as eu pour parrain le Président de la République Gaston Doumergue ? Nos cousins de Meymac nous ont raconté cette affaire.

— Oui, M'dame.

— Voudrais-tu venir nous voir chez nous ? Avec ton jeune frère, naturellement. Si votre mère vous y autorise.

C'est ainsi que Toune et Milou entrèrent pour la première fois au « château » de la Brunerie. Plein de fabuleuses richesses, toutes plus brillantes les unes que les autres : parquets cirés, meubles astiqués, vases vernissés, miroirs, tableaux, vaisselles, pendules, statuettes, chandeliers. On les gava de bonbons, de chocolats, de carcaris.

— Prenez-en votre content, les encourageait le maître des lieux. Je ne suis pas sûr de pouvoir vous régaler aussi bien d'ici quelques mois.

Sans comprendre sa prédiction, ils ne se firent pas prier. La fille de la maison mit en marche, avec l'aide de sa mère, un phonographe qui leur joua des airs de danse : Tounette y reconnut des valses et des fox-trot. Pendant que les disques tournaient, Jenny ne cessa de battre la mesure en secouant son gros derrière.

Ils repartirent du « château » avec un peu de nausée.

— Revenez souvent ! recommanda Mme Rebuissou. Quand il vous plaira !

13

La vie continua dans les campagnes sans hommes jeunes, sans chevaux, sans mulets. Il restait les ânes, les vaches, les bœufs, les vieillards, les femmes, les enfants. Ce premier hiver de guerre fut très froid et très neigeux. Etoilette en profita pour attraper une pleurésie qui la mit sur le flanc. On la frictionna à l'eau-de-vie, on lui fit boire au biberon la tisane des tousseux, infusion de feuilles de houx, d'ortie et de reine-des-prés ; on l'enveloppa de couvertures. Milou, Tounette, Jean-Marie, Gilou et leur mère Thérèse vinrent à tour de rôle pleurer à son chevet pour la persuader de ne pas mourir. C'était pitié de la voir étendue, épuisée par les efforts qu'elle faisait pour respirer, lever de temps en temps la tête vers les personnes, les remerciant de leurs soins, puis la laisser retomber sur sa litière. On alla chercher le vétérinaire de Treignac, non pas le Dr Coste parti aux armées, mais un vieux bonhomme demi-sourd et demi-aveugle, qui avait repris du service. On attendit deux jours sa venue. Quand il arriva, Etoilette était au plus mal. Par acquit de conscience, il lui fit une ponction entre les côtes, en retira un litre de liquide rougeâtre. Il repartit en refusant tout salaire :

— Vous me paierez plus tard, si elle s'en tire.

Elle ne s'en tira point. Un matin, on la trouva inerte, ses gros yeux blancs découverts. On abaissa pieusement ses paupières. Clément et ses fils aînés travaillèrent à la tirer de l'écurie en la traînant par les pattes. Il fallut ensuite, au prix de grands efforts, la hisser sur un tombereau, aller l'enterrer au fond d'un champ éloigné.

On la pleura autant que la grand-mère Grilette. Mais elle fit faute beaucoup plus. L'aïeule ne servait guère qu'à débiter des histoires, des prières et des proverbes ; Etoilette les transportait chaque semaine, eux et leur pitance, aux marchés des environs.

— Il sera difficile de lui trouver une remplaçante, dit le père. Toutes les bonnes bêtes ont été réquisitionnées. Il ne reste que les carnes.

— Nous irons à pied, dit la mère. Comme avant.

Elle voulait dire avant le prix Cognacq. Tout ce que put Clément fut d'acheter une bicyclette. Il savait s'en servir, ayant appris en Quatorze. Ses fils apprirent à leur tour, malgré plusieurs chutes dans les fossés et dans les haies, judicieusement disposés le long des routes par le service des Ponts et Chaussées afin de recevoir les cyclistes débutants.

Les nouvelles de guerre répandues par la T.S.F. étaient plutôt rassurantes. Les Allemands n'osaient pas s'attaquer à la ligne Maginot et se tenaient cois derrière la leur. Les soldats, pareillement inactifs, s'occupaient à taper des belotes perpétuelles. Seul, de loin en loin, un corps franc opérait une incursion en territoire ennemi, en présence des actualités Pathé-Gaumont qui la projetaient ensuite dans les cinémas.

Le gouvernement prit des mesures énergiques : en supprimant les élections législatives qui auraient dû avoir lieu en 1940, de sorte que les députés virent leur mandat prolongé de deux ans ; en mettant en sommeil la loi des quarante heures ; en faisant du Premier Mai une fête du Travail travaillée, et non chômée ; en instituant une taxe de un pour cent sur toutes les opérations commerciales ; en interdisant l'éclairage nocturne des rues et des maisons, afin que les avions ennemis ne fussent pas, tels des papillons, attirés par nos lumières ; l'heure d'été commença dès le mois de mars et il fut décrété qu'elle durerait jusqu'à la fin novembre : l'été 40 eut une longueur de neuf mois.

M. Pagégie, l'instituteur de Saint-Hilaire, fut rappelé sous les drapeaux comme officier de réserve ; sa femme hérita de sa classe et de ses reptiles, et eut, malgré son cœur malade, un effectif de soixante et quelques. Dans toutes les campagnes, les femmes prirent les mancherons pour labourer à la place des hommes.

Les grands couturiers de Paris se mobilisèrent patriotiquement : les robes cédèrent la place à des pantalons ; les chapeaux ressemblèrent à des calots, les écharpes à des fourragères, les sacs à main à des musettes ; les teintes conseillées allèrent du kaki au bleu Royal Air Force. Ainsi la France tout entière participa à l'effort de guerre.

En février, les gendarmes de Treignac apportèrent aux jumeaux leur feuille d'appel sous les armes :

— Vous devez rejoindre le 92e R.I. à Clermont-Ferrand. Ensemble. Ça doit vous faire plaisir ?

Ils partirent donc faire leurs classes qui durèrent deux mois. Ainsi, des dix garçons que le Ciel lui avait donnés, Clément n'en conserva plus que quatre dans sa maison. Outre le petit Jacou, âgé de trois ans.

Quand vint le mois d'avril, mois des coucous, mois des tromperies, au lieu de s'en prendre directement à ses ennemis occidentaux, Hitler envahit au nord de l'Europe des pays qui ne lui avaient rien fait, quasi désarmés, le Danemark et la Norvège. Le général Gamelin envoya au secours de ce dernier pays, riche en mines ferrugineuses, des chasseurs alpins pour couper aux Allemands la route du fer. Victor participa à l'expédition ; elle n'eut pas le succès escompté. Les hommes durent revenir sans victoire ni défaite, en passant par l'Angleterre. De là, ils eurent permission d'expédier à leurs familles une carte postale où ils devaient cocher par une croix l'une des trois options suivantes :

I am in good health. Je suis en bonne santé. ☐
I am wounded. Je suis blessé. ☐
I am dead. Je suis mort. ☐

Victor cocha la première.

Son bataillon remit le pied sur le sol français juste à temps pour participer à la débâcle générale. A partir de mai, tout foutit le camp. D'abord, les officiers d'active, dans leur voiture de service chargée jusqu'au toit de femmes, de cantines, de valises, roulant avec l'essence de l'intendance militaire.

— Rendez-vous sur la Loire, avaient-ils donné comme consigne à leurs troupes. Si l'on se rate, rendez-vous aux Pyrénées.

Après quoi, le gouvernement de la République foutit le camp à Bordeaux. La Belgique, le Luxembourg, le Nord de la France foutirent le camp sur les routes, sans savoir exactement où ils allaient. Les Rebuissou de Paris avaient eu la prudence de foutre le camp assez tôt pour atteindre la Brunerie sans encombre. A Dunkerque, les Anglais foutirent le camp, tout en demandant aux Français de tenir bon sur leurs arrières. Le 92 de Clermont retint plusieurs jours les blindés allemands aux portes de Lille. Une partie de ses hommes s'embarqua ensuite sur le torpilleur *Sirocco* et périt en mer ; une autre fut capturée ; Vincent et Tiennou se trouvèrent de celle-ci. La Wehrmacht s'empara de leurs fusils encore chauds et les écrasa sous ses camions. On resta longtemps sans recevoir de leurs nouvelles.

Le 17 juin, la T.S.F. fit entendre le glorieux chevrotement du maréchal Pétain :

— Français, je me suis adressé cette nuit à l'adversaire pour lui demander s'il était prêt à rechercher avec nous, entre soldats, après la lutte et dans l'honneur, les moyens de mettre un terme aux hostilités...

Après ce discours, chacun comprit que la France était foutue et la guerre terminée. « Merci, Sainte Vierge, dit Thérèse à deux genoux. Faites maintenant que mes six garçons me reviennent. En bonne santé si possible. Sinon, je les soignerai. » Clément, au contraire, prit une grande fureur. Il n'arrivait pas à comprendre qu'après avoir, en cinquante-deux mois de peines et de sacrifices, remporté la guerre de Quatorze, la France eût été défaite en Quarante au bout de cinq semaines. On l'entendit gronder à table, taper du poing, proférer des paroles inouïes :

— Mais qu'est-ce que c'est donc que ces soldats de merde ? Fallait en fusiller la moitié, miladiòu ! pour que l'autre moitié tienne bon !

Il prenait à témoin le pichet de cidre :

— Ah ! Poincaré ! Ah ! Clemenceau ! Si vous reveniez !

Des cauchemars le secouaient toutes les nuits. Heureusement, la France, tombée si bas, avait été ramassée par Philippe Pétain, le vainqueur de Verdun, tout espoir n'était donc pas perdu, malgré ses quatre-vingt-quatre ans. Né comme lui en 1856, le Gril disait avec orgueil :

— Lui et moi, on est de la classe !

Inutile d'ajouter qu'il fut jusqu'au bout un enragé pétainiste.

Par la suite, on apprit que le pays allait être partagé en deux zones : l'une occupée par les Allemands, l'autre encore libre. Toute la Corrèze appartenait à la seconde. Le 14 juillet 1940 fut célébré à Saint-Hilaire dans une tristesse indescriptible. Autour de la stèle du monument aux Morts, il rassembla les enfants des écoles, les pompiers non mobilisés, un vieux clairon qui avait repris du service pour la circonstance et beaucoup de personnes en larmes. Clément Peyrissaguet voulut en être, en compagnie de ses fils et filles, et de Jacou son petit-fils. Devant le honteux petit drapeau bleu-blanc-rouge qui flottait à la cime de l'obélisque, le clairon sonna *La France est notre mère C'est elle qui nous nourrit Avec des pommes de terre Et du macaroni.*

— Qu'est-ce que c'est que ça ? demanda Jacou à son grand-père en désignant l'obélisque.

— Ça, c'est un monument où y a les hommes de la commune qui sont morts en Quatorze.

— Ils sont tous là-dedans ? s'étonna le petit. Ils y tiennent ?

Il les voyait comme des têtards enfermés dans une bouteille.

Grâce à Dieu, les fils commencèrent à revenir dès la fin du même mois. Ce fut d'abord Fernand, l'ardoisier. Puis Léon, le marsouin. Puis Victor, rescapé de la Norvège. Puis Benoît, rescapé de la débandade qui l'avait conduit jusqu'aux Pyrénées. En revanche, pas de nouvelles des jumeaux. Leur mère fit brûler pour leur salut deux cierges de cinq francs. Ces quatre racontèrent une guerre incroyable, qui n'avait rien de commun avec celle de Quatorze telle que Clément l'avait mille fois expliquée. Le ciel qui leur tombait sur la tête. Les blindés allemands irrésistibles. La fuite sur les routes encombrées de civils. La démobilisation à Limoges.

— Et c'est tout ce que vous avez trouvé le moyen de faire ? dit Clément furibond. Vous démobiliser ?

— On n'avait plus d'armes, plus d'officiers.

— Tu ne vas pas, intervint Thérèse, leur reprocher de ne pas s'être fait tuer ? Il en manque encore deux à l'appel !

— Ils reviendront bientôt, promirent les autres. Quand l'Angleterre à son tour aura demandé l'armistice.

Un mot qui sonnait glorieusement depuis le 11 novembre 1918, et qui maintenant avait une consternante signification.

On sut qu'un garçon ne reviendrait jamais : Christophe Bouchardel. Il était tombé devant Lille, pour permettre aux Anglais de retourner chez eux. Marie-Louise le pleura secrètement et se considéra comme sa veuve. Elle s'habilla de noir, fréquenta l'église, faute de pouvoir se recueillir sur sa tombe.

Les autres se remirent à la besogne. « Je hais les mensonges qui vous ont fait tant de mal, disait le vieux maréchal de la T.S.F. La terre, elle, ne ment pas. Vous verrez, je vous le jure, une France nouvelle se lever de votre ferveur. » Ils firent de leur mieux pour faire germer cette France nouvelle, à qui il manquait presque deux millions de ses citoyens, prisonniers en Allemagne. On aurait bien aimé savoir ce qu'ils devenaient, en général sinon en particulier, puisque la correspondance avec eux ne fonctionnait pas encore. Seules les ondes officielles pouvaient fournir quelques informations ; encore fallait-il, pour pouvoir les entendre, disposer du courant électrique. C'est pourquoi Clément et Thérèse décidèrent de faire une demande pour l'obtenir, maintenant que leurs enfants avaient grandi. Seul Jacou était encore à l'âge où l'on met les doigts dans les prises : on le tiendrait à l'œil.

— Ça coûtera ce que ça coûtera. D'ailleurs, plus on retarde, plus ça sera cher.

Ils eurent à patienter trois mois encore. En attendant, ils firent, chez un marchand d'appareillages électriques de Bugeat, l'acquisition d'un poste de T.S.F. d'une forme révolutionnaire : au lieu de ressembler à une borne, il ressemblait à un parpaing. On l'installa sur le buffet, Thérèse lui confectionna une housse pour l'abriter de la poussière, sur laquelle Marie-Louise broda les initiales de la famille : *P.P.* : Peyrissaguet-Pourchet. Il ne lui manquait plus que la parole.

Cette maudite année 40 apporta bien d'autres bouleversements. Dès le mois de septembre, la mairie de Saint-Hilaire distribua des cartes de rationnement qui limitaient l'achat du sucre, des pâtes, du riz, de l'huile, du savon, du café. La population fut répartie en six classes mangeantes, suivant l'âge et l'utilité qu'elles avaient. Les enfants (*E*) obtenaient un demi-litre de lait par jour ; les adolescents (*J1*, *J2*, *J3*) seulement un quart, et 100 grammes de chocolat mensuel. Les adultes (*A*) recevaient du tabac et des portions médiocres, mais qui devenaient substantielles s'ils étaient travailleurs de force (*T1*) ou de force renforcés (*T2*, *T3*). Quant aux vieillards (*V*), ils avaient des rations d'agonie visant à les conduire le plus tôt possible à leur terme.

Les autres denrées étaient réparties suivant les mêmes principes. Encore ce que les épiciers vendirent bientôt sous le nom de « café » fut-il un mélange torréfié de marron d'Inde, de gland doux, de rognures de crayon et autres saloperies non identifiables. Aussi les paysans préférèrentils y renoncer et produire eux-mêmes leur café sans café avec de l'orge qu'ils grillaient dans des poêles à châtaignes. Ils négligèrent pareillement les tickets de pain, de lait, de beurre, de fromage. Ils furent intéressés en revanche par les rations de vin, de sucre, de chocolat, de tabac et d'essence.

Une forme nouvelle de commerce s'établit : le marché noir. Elle donnait accès aux produits les plus rares, les plus précieux, pourvu que le client ne tînt aucun compte des barèmes officiels. On en revint aussi au troc, cette forme primitive du négoce : les paysans échangèrent leur pain blanc contre du tabac, leurs agneaux contre des brodequins, leurs lapins contre des chemises ; les médecins firent payer leurs soins en œufs et en fromages ; les ferblantiers accordaient des clous contre des patates.

La rareté du carburant le fit remplacer par du « gaz pauvre », obtenu grâce à la distillation du bois dans une sorte de cucurbite attachée au flanc des voitures, camions et camionnettes. Bouchers, chevillards, ambulants de toutes sortes durent s'équiper de ce cylindre gazogène. Le problème était de le faire démarrer, car il était plutôt du soir que du matin, comme les femmes de luxe. Il fallait s'y prendre au moins une heure à l'avance. D'abord, enlever les résidus de la veille, braises et cendres. Entasser dans le réservoir les ingrédients dans leur ordre de combustibilité : papier, brindilles, menu bois, bûchettes, bûches. Evacuer les fumées. Attendre la formation du gaz sec. Allumer. Quand celui-ci acceptait de s'enflammer à la tuyère d'essai, commencer de tourner la manivelle. Dix fois, vingt fois, trente fois. Tous les bras disponibles s'y relayaient. Le moteur avait des caprices incroyables, selon le temps, la saison, les nouvelles de la T.S.F. Suants, transpirants, les hommes s'acharnaient sur lui. Jusqu'au moment où un pouf! sortait des entrailles du moteur.

— Ah! s'exclamait le propriétaire avec espérance. Il a causé!

Maintes fois, le Gril eut l'occasion d'assister à ces vicissitudes. Le gazogène appartenait tantôt au boucher de Lacelle, tantôt au vinatier de Meymac, tantôt au coquetier de Chamberet. Le Gril accourait et fournissait, lui qui était totalement ignare en mécanique, l'explication entendue jadis de M. Rebuissou :

— Eh con ! Ça vient de la magnéto !

La manivelle finissait cependant par avoir le dernier mot. Sur les cinq-six heures du soir, le gazogène fonctionnait mieux. Au fond, il faisait un bon calcul ; désormais, toutes les affaires d'importance se menaient la nuit. Comment transporter de jour, en effet, les cochons ou les veaux clandestins, avec tous ces gendarmes qui infestaient les routes ? C'est que chaque agriculteur devait livrer au service du Ravitaillement, selon son cheptel et sa superficie, une quantité imposée de lait, de blé, de pommes de terre. La nuit, les contrôles disparaissaient. La disette était également due aux réquisitions qu'exerçaient les occupants sur les produits textiles ou alimentaires.

En compensation de ces richesses volées, ils enrichirent notre vocabulaire d'un mot nouveau : *ersatz*, c'est-à-dire produit de remplacement. Il y eut des ersatz de toutes choses : la saccharine remplaça le sucre ; le cidre, le vin ; les feuilles de rave, les épinards ; l'argile, le savon ; la combine, la liberté. Les Peyrissaguet cultivèrent une sorte de haricot chinois, le soja, qui remplaçait un peu n'importe quoi : grillé, la chicorée ; bouilli, la viande ; pulvérisé, la farine, la semoule, la gomme arabique, le tabac à priser. Le marron d'Inde, qui n'avait servi avant la guerre qu'à soigner les hémorroïdes, remplaça l'amande amère. Le pain des villes ressemblait à de la bouse de vache. Les citadins firent de la confiture au raisiné, de la mayonnaise sans huile, des omelettes sans œufs.

Le dimanche et les jours fériés, ces mêmes citadins, affamés comme des poux d'église, se jetaient sur les campagnes. A Saint-Hilaire, il en tombait de Tulle, d'Eygurande, d'Ussel, d'Uzerche, de Saint-Yrieix. Par le train, à bicyclette, cn gazogène. Les paysannes les voyaient venir de loin :

— Alerte ! criaient-elles. Voici les ravitailleurs !

Aussitôt, elles faisaient disparaître tous les produits comestibles. Le malheureux pou d'église se présentait humblement à la porte, son bonnet à la main, après avoir bravé la hargne des clébards.

— On a rien à vendre ! l'avertissait tout de suite la bordière. Le Ravitaillement nous prend tout ! Nos vaches sont taries ! Nos poules ont le croupion cousu !

Il en fallait davantage pour décourager le citadin. Il se répandait en sourires, parlait en connaisseur des foins, des vêlages, de la saison ; disait du mal des contrôleurs. Tout cela, si possible, en patois. Le patoisant avait sur le francisant un énorme avantage. La paysanne se laissait amadouer. Si le quémandeur pouvait tirer de sa musette un paquet de tabac ou une bouteille de pétrole, sa cause était gagnée. En certaines fermes pauvres en hommes valides, il offrait son travail.

Jamais la paysannerie française ne fut aussi grasse. Outre les aliments traditionnels qu'elle produisait elle-même, elle se mit à consommer ceux que lui permettaient les tickets de rationnement, que jadis elle n'employait guère : viande de boucherie, chocolat, café, riz, huile d'arachide. Tout cela, qui représentait l'indispensable pour les citadins, devint son superflu. Certains paysans graissaient les moyeux de leur faucheuse à la margarine. Malgré les interdictions, ils nourrissaient au blé leurs volailles, au pain blanc leurs chiens. Jamais non plus la paysannerie ne fut aussi respectée. Elle recevait les hommages de la bourgeoisie : médecins, avocats, notaires, professeurs recherchaient sa fréquentation. Les flagorneries du gouvernement : « Retour à la terre ! Les Français sont d'abord et avant tout un peuple de paysans ! » Elle prenait sa revanche sur trente siècles de mépris.

En décembre 1940, à quinze jours d'intervalle, les Peyrissaguet reçurent deux cartes d'Allemagne qui avaient voyagé à travers la Suisse. Elles venaient de Vincent et Tiennou, tous deux *guéfangues*, c'est-à- dire prisonniers de guerre. L'un travaillait dans une usine d'armement, « au bord d'un très grand fleuve » ; l'autre dans un Stalag, dans une plaine où l'on élève des chevaux, « pas très loin d'une mer qui gèle en hiver ». Manifestement, il leur était interdit de localiser la région où ils étaient retenus.

On consulta Mme Pagégie. Elle examina des cartes et déclara :

— Vincent doit se trouver en Rhénanie, Etienne en Poméranie.

Ils considérèrent avec effroi, dans l'atlas, ces surfaces jaunes, ces pays lointains et inconnus, que traversaient des lignes bleues. Ils calculèrent que mille kilomètres au moins, à vol d'oiseau, séparaient ces deux frères qui ne s'étaient jamais quittés d'une semelle. Tounette leur répondit en fournissant à chacun l'adresse de l'autre.

Le 24, à Saint-Hilaire, il n'y eut pas grand monde à la messe de minuit. Thérèse Peyrissaguet tint à en être, entourée par six membres de sa famille. Ils peinèrent beaucoup pour atteindre l'église, par des chemins enneigés, au milieu du brouillard, serrés les uns contre les autres, se tenant par la main de peur de se perdre. A eux sept, ils représentèrent quasi la moitié de l'assistance. La cérémonie fut triste à pleurer. On entendit à peine l'abbé Juillac, enchifrené jusqu'aux oreilles. Sa gouvernante, Mlle Joséphine, chanta les cantiques traditionnels, à peine soutenue par quelques voix. En guise d'homélie, le curé se contenta de recommander :

— Priez dans votre cœur, mes très chers frères. Dieu vous entendra. Au nom du Père...

Gastounete récita tout son chapelet pour le retour de ses frères.

14

Au début de 41, les Peyrissaguet reçurent enfin le courant électrique. Renoncer aux vieilles lampes à pétrole fut une révolution dans la demeure. Le Gril n'en revenait pas de ce petit geste — tourner un commutateur — qui suffisait pour chasser en un instant les ténèbres. Vingt fois, trente fois par jour, il s'y livrait, même en plein midi.

— Ah ! la science ! La science ! s'écriait-il, émerveillé.

Grâce à un bricolage de Fernand, l'écrémeuse fut aussi électrifiée, l'on n'eut plus besoin d'en tourner la manivelle. Mais le changement principal fut le fonctionnement de la T.S.F., qui se mit à parler, à chanter, à jouer de l'accordéon. L'homme de Bugeat qui l'avait vendue vint d'abord installer une antenne, c'est-à-dire tendre un fil de fer entre deux arbres, relié à la boîte ; poser un autre fil qui la joignait à la terre. Au terme de ces préparatifs, il tourna des boutons, le cadran s'illumina et l'on entendit Rina Ketty roucouler avec l'accent italien *J'attendrai le jour et la nuit J'attendrai toujours Ton retour*. Songeant à ses deux fils prisonniers, Thérèse s'essuya les yeux.

L'installateur expliqua qu'on pouvait recevoir non seulement les ondes françaises, Radio-Paris, Radio-Vichy, Radio-Toulouse, mais les ondes étrangères, Radio-Stuttgart, Radio-Genève, Radio-Londres, et il montra la manière.

— Seulement, je dois vous avertir : Radio-Londres,

c'est interdit, vu que les Anglais sont maintenant nos ennemis. Si vous vous faites piper, c'est la prison.

Il conclut : « Ne vous faites pas piper. »

Très curieux, le Gril voulut des explications complémentaires :

— D'où qu'elles viennent, ces voix qui sortent de la boîte ?

— Du ciel. Elles sont captées par l'antenne.

— Et qui les envoie dans le ciel ?

— Des hommes qui parlent très loin, à Paris, à Toulouse, à Londres. C'est pareil que le téléphone. Sauf qu'y a pas de fil. Elles se promènent dans l'air. N'importe qui, avec un long fil de fer, peut les attraper. Elles se posent dessus comme des hirondelles.

— Et qu'est-ce qu'il y a dans la boîte ?

— Des tas de trucs et de machins. Condensateurs, résistances, lampes, amplificateur. Le courant vient, il entre par ici, il ressort par là.

— Et entre les deux, qu'est-ce qu'il fait ?

— Il se démerde.

Comblé par ces explications scientifiques, le Gril serait resté des heures devant la T.S.F. si on l'avait laissé faire. Mais on ne le lui permettait que le soir, quand, à l'heure de l'ancienne veillée, la famille se rassemblait devant. Malgré l'interdiction, on écoutait Radio-Londres, qui donnait des nouvelles des hostilités sur mer, sur terre et dans les cieux. Peu audibles, à cause du brouillage allemand qui faisait un bruit de moulin à musique, gni-gnan-gnan, gni-gnan-gnan, gni-gnan-gnan... Il fallait bien tendre l'oreille. Et traduire ensuite pour le grand-père :

— Qui c'est qui gagne ?

— C'est les Anglais.

— Ah ! bon.

Comme s'il s'était agi d'une partie de foot. Pour lui, la guerre était une sorte de spectacle, qu'il suivait de loin, opposant deux équipes aussi étrangères et aussi mal-aimées l'une que l'autre. Toute sa tendresse allait au vieux maréchal, son classard, qui avait fait don de sa personne à la France pour atténuer son malheur. Il ne pardonnait pas non plus à Londres d'entretenir un anti-Pétain officiel, nommé de Gaulle, condamné à mort par les tribunaux français, et qui prétendait continuer la lutte contre l'Allemagne. Il appelait les Français à le rejoindre et à se faire gaullistes.

Victor, qui avait vécu quelques jours en Angleterre en revenant de Norvège, en détournait ses frères, sœurs et neveu :

— Les Anglais, c'est pas du monde comme nous. D'abord, quand ils parlent, on les comprend pas. Ensuite, au lieu de boire à table du vin ou du cidre, ils boivent des tisanes. Ils mangent de la salade sans sauce et passent leur vie à tondre l'herbe qui pousse devant leur porte.

Aussi, personne dans la maison n'était tenté par le gaullisme.

N'eût été l'absence des jumeaux, les Peyrissaguet ne se seraient pas sentis très malheureux à la Manigne. Malgré ce qu'ils devaient livrer au service du Ravitaillement, le reste de leur pitance, blé, volaille, lait, beurre, fromage, se vendait bien. Au marché blanc ou au marché noir. C'est-à-dire le jour ou la nuit. Ils n'avaient plus même besoin de se déranger : connue ou inconnue, la clientèle venait à domicile prendre livraison. On sacrifiait dans la cave le veau ou le cochon clandestin. Si par hasard une patrouille de gendarmerie tombait sur la viande transportée et remontait à sa source, on prétendait que la bête s'était cassé trois pattes dans un accident et qu'on avait dû l'achever pour ne pas la laisser perdre. Les gendarmes se laissaient convaincre au prix de quelques côtelettes. Dans le pire des cas, ils confisquaient ce qui restait de viande « au profit du Secours National ».

Clément acheva de rembourser ce qu'il devait à Me Eyrolles. Thérèse acheta une machine à coudre Singer, Fernand une motocyclette qui lui permit de se transporter commodément à Travassac. Les guerres ont leur bon côté.

Certains paysans souhaitaient que celle-ci durât longtemps encore.

En juin 41, Bernard fut incorporé. L'armistice avait privé la France de son armée ; elle inventa un ersatz, les Chantiers de Jeunesse, placés d'abord sous l'autorité du ministre de la Jeunesse et de la Famille, puis sous celle de son collègue de l'Education nationale. On y avait conservé quelque chose de militaire : l'uniforme, vert comme les forêts ; les godillots ; le salut aux supérieurs et au drapeau ; la discipline ; le lever matinal au son du clairon ; le pas cadencé. Mais on avait renoncé à beaucoup : au lieu d'armes, des outils ; au lieu de la vieille hiérarchie du caporal au général, rien que des chefs, chef d'atelier, chef de chantier, chef d'équipe, chef de groupe, chef de groupement. Jusqu'au Chef des chefs : le Maréchal, avec ses yeux bleus, sa moustache blanche, ses joues rouges, image vivante de la France tricolore.

Bernard Peyrissaguet appartenait au groupement n° 20 de Lapleau, placé sous le parrainage de Turenne. La journée commençait par la toilette, torse nu, au plus proche ruisseau, quelle que fût la température. Café noir et pain sec. Salut aux couleurs, suivi toujours d'une exhortation patriotique et pétainiste :

— Loin des regards de l'occupant qui veut nous arracher toute pensée de libération et de revanche, loin des villes et de leur atmosphère artificielle, vous êtes la jeunesse française, si chère au cœur du Maréchal. Vous découvrez ici les réalités premières d'une vie saine et virile, au contact de la nature. Ainsi, à travers les rudes besognes qui vous sont confiées, vous ressentez intensément le retour aux vraies valeurs de la Patrie...

Les matinées étaient remplies par l'instruction et le sport. Géographie, histoire de France. Ceux qui avaient oublié leurs lettres retournaient à l'écriture et à la lecture. On courait, on sautait, on lançait le poids, on grimpait à la corde. Et tous, en défilant, chantaient *Maréchal nous voilà*. L'après-midi, travail aux bois ou bien aux champs. Dans d'immenses chaudières capables de contenir un bœuf, ils faisaient cuire des bûches pour les transformer en charbon de bois, à l'usage des gazogènes. Ils réparaient les chemins, relevaient les murettes, curaient les fossés. Ils prêtaient leurs bras aux fermiers qui en manquaient. Le soir, veillée autour du feu où rôtissaient les châtaignes. Un chef faisait une lecture édifiante qui racontait la vie d'un grand capitaine. Chant choral. Pour finir, une vibrante *Marseillaise.* Car *la Marseillaise* est toujours vibrante, de même que le gratin est toujours dauphinois. Ils dormaient sous la tente en été, dans des baraques en hiver.

Le dimanche, messe en plein air, communion *ad libitum.* L'après-dînée, jeux de groupe éducatifs : quilles, pétanque, cligne-musette, course en sac. Ou bien conférence : *Peut-on prouver l'existence de Dieu? — Les juifs à travers les âges. — La franc-maçonnerie, ses buts, ses moyens, ses vertus et ses vices...* Sortie libre dans Lapleau. La population appréciait ces gars à l'allure martiale, dans leurs uniformes verts, avec leur grand béret, leur cape flottante, leurs guêtres blanches. Les filles les mangeaient des yeux.

Ce même mois de juin 41, la T.S.F. diffusa une nouvelle stupéfiante : contre le pacte Moscou-Berlin de 1939, contre la foi jurée, les troupes de Hitler avaient pénétré sur le territoire de l'U.R.S.S.

— Voilà, dit Clément qui avait fait Quatorze, qu'elles s'attaquent au rouleau compresseur russe. Elles sont foutues.

— C'est bien ce qu'avait prévu le Maréchal! ajouta le Gril.

Gastounette et Milou retournaient de temps en temps chez les Rebuissou de Paris, pour faire une bonne action, comme les y exhortait leur mère. En entrant au château de la Princesse Diminuée, ils avaient l'impression de pénétrer dans une succursale du Paradis. D'abord, rien n'y manquait de ce qui se boit, de ce qui se mange, de ce qui se fume, quoique le dernier article ne se trouvât point dans leurs pensées. Mais surtout, l'on n'y entendait que des rires et de bonnes paroles, comme si les Rebuissou avaient vécu hors du temps, hors des angoisses de l'époque. Jamais un mot n'y était prononcé qui concernât la guerre, le rationnement, les prisonniers, l'occupation. Jamais un éclat de voix, un geste d'impatience, un froncement de sourcils. Une fois pour toutes, ils avaient pris du recul. A la Manigne, les Peyrissaguet passaient leur existence dans les calculs, les inquiétudes, les colères, les malédictions contre les Boches, le gouvernement, le Ravitaillement, les ersatz, la pénurie de ceci et de cela ; Marie-Louise pleurait son fiancé ; Thérèse ses jumeaux ; Gastounette son Certificat d'Etudes ; le Gril sa Grilette. Chez les Rebuissou de Paris, au contraire, tout était miel et sourire. Et d'où venait un si grand bonheur ? De la Princesse Diminuée. La mère accueillait ses jeunes voisins avec un visage rayonnant :

— Entrez vite, mes petits. Jenny vous attend avec impatience !

Ils passaient dans sa chambre. La moquette y était couverte de jouets : poupées, cubes, dînettes, puzzles, meccano, boîte à musique, crécelles, bilboquet, yo-yo, soldats de plomb, pipeau. Car si elle grandissait et grossissait par le corps, elle restait toujours nourrisson par l'esprit. Aussitôt, elle entreprenait de faire la démonstration de ces bagatelles. La gaucherie de ses doigts faisait pitié. Alors, à sa place, ils soufflaient dans le pipeau, faisaient sauter la boule du bilboquet, monter et descendre le yo-yo. Chaque fois, le sourire de Jenny lui fendait le visage. A moins qu'elle n'applaudît en poussant des gloussements. Eux-mêmes, en sa présence, se sentaient redevenir tout petits, tout bienheureux.

Quelquefois, Me Rebuissou frappait à la porte, entrait,

se mêlait à leurs jeux. Il fallait voir et entendre ce grand gaillard, cet immense avocat parisien, se mettre à quatre pattes, sa fille sur son dos, faire tchouf, tchouf, chevroter, cacarder, tenir une pantoufle entre ses dents et la secouer avec fureur, au milieu des éclats de rire. D'autres jours, il la prenait sur ses genoux malgré son poids (elle pesait bien cent vingt livres !), et lui chantait une chanson magnifiquement idiote qui la comblait d'aise :

Je lui fais pouett-pouette!
Elle me fait pouett-pouette!
On se fait pouett-pouette
Et puis ça y est!

C'est grâce à la présence de cette Princesse Diminuée que le « château » était devenu la maison du bonheur.

Mme Rebuissou faisait goûter ses jeunes invités au chocolat et aux confitures. Quand ils repartaient, elle glissait dans la main de chacun un billet mauve de cinq francs. Leur bonne action était aussi une bonne affaire.

De son côté, André Paupard continuait ses assiduités. Tandis qu'elle gardait son troupeau, Tounette le voyait souvent qui l'observait de loin, se dissimulant derrière les genêts comme un chasseur à l'affût. De temps en temps, il osait s'avancer vers elle.

— Est-ce que je peux te tenir compagnie, Tounette?

— Si tu veux. Mais tu ne cherches pas à m'embrasser!

— Peuh! J'ai bien d'autres pensées par la tête!

— Quelles pensées?

Il allongeait près d'elle ses jambes rapiécées ; racontait, pour ne pas se faire mentir, une histoire de veau, de cochon ou de chèvre.

— Tu es donc venu, se moquait-elle, pour me parler de tes cochons?

Il rougissait, se balançait, pressait ses mains l'une contre l'autre, si fort que les jointures blanchissaient.

— Tu ferais mieux, ajouta-t-elle un jour, de me dire la vraie vérité.

— Quelle vraie vérité ?

— Ce qui te trotte dans la cervelle. Tu m'as l'air aussi embarrassé que Catherine qui ne savait où cacher son beurre, et qui le glissa sous les braises.

Il secoua le front, comme si c'eût été une chose impossible à dire. Non, non, non. Elle le considéra sans hostilité, vit ses cheveux rouquins, ses yeux verdâtres, ses taches de son sur les joues, ses mâchoires d'acier dont il broyait les noix, ses lèvres épaisses, son menton carré. Une tête de bon laboureur.

— Allons, parle ! Dis une bonne fois ce que tu as sur le cœur !

Il se lança, les yeux serrés, comme celui qui avale une potion amère :

— J'ai à dire... j'ai à dire que je te demande pour femme.

— Pour femme ? Moi ?

— Oui, toi, Gastounette Peyrissaguet.

— Mais je n'ai que seize ans !

— Oh ! Y a pas presse. On peut attendre un an ou deux, jusqu'à ce que la guerre soit finie. Je voudrais seulement...

— Qu'est-ce que tu voudrais ?

— ...que tu te réserves pour moi. C'est moi qui t'ai demandée le premier. Tu t'en souviendras ? Le premier !

— Mais oui, mais oui, je m'en souviendrai.

Elle ne rit pas, jugeant qu'il n'y avait pas de quoi rire. L'instant d'après, sur un simple au revoir, il se leva et retourna chez lui. Il trouva dans la cour la Pauparde, sa mère, qui lui avait commandé de lui rapporter un fagot de genêts.

— Eh bien ! Ces genêts ?

— Je... je les ai oubliés.

— Oubliés ? Et alors ! Qu'est-ce que t'as donc fait par les champs ? T'as encore pourchassé la Tounette, je parie ?

— Non, non, je...
— Je quoi ? Explique-toi donc, pauvre léonard !
— ...j'ai oublié.
— Qu'est-ce que t'as oublié ?
— J'ai oublié ce que j'ai fait.
Elle le considéra avec colère et pitié :
— Oh ! la bonne excuse ! Mon pauvre André ! Tu as autant d'esprit que Grelet, qui chiait dans son lit pour emmerder les puces.

Une neige d'octobre saccagea les arbres qui bordaient les routes. Les cantonniers ramassèrent soigneusement les branches rompues, combustible providentiel, même s'il fumait un peu et crachait sa bave.
— Fait pas chaud pour la saison, commenta Sauvézie, toujours en fonction, en apportant une lettre. Mais aux portes de Moscou, doit y avoir des pieds gelés, pour sûr !
Lui aussi écoutait Radio-Londres et savait que les Boches piétinaient là-bas dans les glaces.
— A moins vingt degrés, expliquait-il à Tounette, tes poils se gèlent dans ton nez.
— J'ai pas de poils dans le nez !
— A moins trente, si tu ouvres la bouche, elle se bloque et tu peux plus la refermer. A moins quarante, t'es transformée en esquimau glacé. A moins cinquante, tu deviens transparente. Mais le Russe, lui, à moins cinquante, il se promène en manches de chemise, un éventail à la main.
Cela expliquait sa résistance à Moscou et à Léningrad. En décembre, le facteur apporta une nouvelle plus formidable encore :
— Les Américains sont entrés dans la danse !
— Pétain, plus les Américains, dit le Gril, à présent nous sommes sûrs de la victoire !
— Plus les Russes ! compléta Fernand, toujours aussi bolchevique.

En janvier 42, Bernard revint des Chantiers, rempli jusqu'au goulot des principes du pétainisme et de la Révolution nationale. On ne chante pas huit mois de suite *Maréchal nous voilà* chaque matin sans qu'il vous en reste quelque sédiment dans la cervelle. Il osa avouer que lui ne souhaitait la victoire ni des Soviets, ni des Américains, car elle signifierait le triomphe des juifs et des francs-maçons. Il se fit reprendre par Victor et par Fernand. Si bien que la famille se trouva divisée en quatre partis. Pour Pétain : le Gril, Clément, Thérèse, Léon, Bernard. Pour de Gaulle : Benoît, sa femme, Marie-Louise, Gilbert, Jean-Marie. Pour Staline : Fernand tout seul. Pour personne : Gastounette, Milou et Jacou.

Le soir, cependant, quand les assiettes creuses étaient disposées autour de la table, l'énorme soupière au milieu, la louche dedans, et que Thérèse soufflait dans sa corne de chasseur pour rassembler sa meute, tout ce monde, gaullistes, pétainistes, staliniens, neutralistes, accourait d'un même élan. C'était le parti unique. Chacun prenait sa place et sa posture. Le grand-père arrivait le dernier, appuyé sur sa canne, s'introduisait laborieusement entre le banc et la table. Thérèse commençait la distribution. La panade fumait et sentait bon ; les tranches de rave luisaient dessus comme des écus d'argent.

Victor travaillait toujours à la filature de Treignac. Bernard, qui avait appris la mécanique aux Chantiers, trouva une place chez un garagiste de Bugeat, où il réparait les gazogènes et les bicyclettes. Sa grande pénurie était celle des pneus, article devenu presque introuvable. On y pourvoyait en disposant deux enveloppes l'une sur l'autre, comme Arcoutel enfilait ses deux paires de pantalons, en évitant que les trous ne correspondent. On les remplissait de foin bien tassé. Ces sortes de pneumatiques avaient sur les anciens le grand avantage d'être increvables.

D'autres Peyrissaguet rêvaient de quitter la Manigne : vers Limoges, Tulle, Ussel, Montluçon ou autres villes affamées. Mais en attendant la fin de la guerre et des restrictions, ils préféraient demeurer à la Manigne où la soupe était bonne.

Les prisonniers n'étaient pas oubliés. Chaque mois, Thérèse préparait deux colis de victuailles pas trop périssables, y ajoutait des chaussettes, des chemises, et les expédiait, par l'intermédiaire de la Croix-Rouge, vers ses fils retenus en Allemagne. Elle joignait à chacun une carte postale représentant les vaches limousines, l'église de Saint-Hilaire-les-Courbes, la fontaine de Treignac, le rocher des Folles ou les gorges de la Vézère.

Arrêtées devant Léningrad et Moscou, les troupes allemandes encerclaient maintenant Stalingrad, une autre grande ville industrielle, au sud de cet immense pays. Radio-Paris fit entendre ces paroles énergiques d'Adolf Hitler :

— Stalingrad sera prise, vous pouvez en être sûrs ! Et une fois dans la place, personne ne nous en délogera jamais !

Pendant que se déroulait cette bataille féroce, les Américains débarquèrent vers la mi-novembre en Afrique du Nord. Aussitôt, les troupes hitlériennes qui occupaient une moitié de la France franchirent la ligne de démarcation, et il n'y eut plus de zone libre, le pays entier se trouva occupé. On vit à Treignac un petit groupe d'officiers vert-de-gris, très fiers de leur casquette monte-au-ciel et de leurs bottes reluisantes ; ils logeaient à l'hôtel Bagatelle.

Mais rien de tout cela ne fut très important pour les Peyrissaguet, en comparaison de ce qu'il advint le dimanche 26 novembre. Ce jour-là Jean Sauvant vint frapper à leur porte.

15

Ce fut Marie-Louise qui lui ouvrit. Il portait l'habit vert des Chantiers, l'écusson de Turenne sur la poitrine. L'ayant bien considéré, elle pressentit que son livret de Jeune indiquait ce signalement : *taille, 1,65 m ; poids, 65 kg ; cheveux châtain clair ; visage rond ; nez droit ; yeux bleus ; poitrine large comme un coffre à blé ; mains comme des battoirs ; doigts comme des saucisses ; mollets comme des ventres de lapin ; pieds épanouis ; sait lire et écrire ; ne sait pas nager.* Toute l'apparence d'un jeune paysan d'Auvergne.

Le paysan auvergnat ne sait pas nager : il craint l'eau, tant dans son usage externe que dans son usage interne. S'il entre dans une rivière, c'est par pure obligation, pour y attraper des truites à la main ; pour y repêcher une pièce de cinq centimes qu'il a laissé tomber par une coupable inadvertance. Non pour le plaisir, ni pour la propreté. Il n'y a d'ailleurs, pense-t-il, aucun plaisir à être propre. Vercingétorix ne se lavait jamais. Les Gaulois, qui inventèrent le savon, ne se servaient de cette pommade que pour s'en teindre les cheveux en roux. Voilà pourquoi Jean Sauvant ne savait pas nager.

Il tenait sa bicyclette par l'oreille et se présenta ainsi dans son habit vert, une sacoche de facteur pendue au cou, toute rebondie.

— Bonjour, dit-il.

— Bonjour à vous.

— Je suis vaguemestre au Chantier de la Virole. C'est moi qui vais chercher le courrier à Bugeat, tous les matins.

— Bon, dit Marie-Louise.

Elle savait qu'un Chantier de Jeunesse s'était établi dans ce hameau, y avait planté ses tentes et ses baraques, réquisitionné la seule maison bourgeoise pour y loger ses chefs. Ce garçon avait un visage agréable et un sourire permanent. Il ouvrit sa sacoche toute grande, sous le nez de Marie-Louise :

— Aujourd'hui, elle est pleine d'autre chose.

— Oh ! les beaux champignons !

— Je vous les donne.

— A moi ? Pourquoi donc ?

— Là-haut, nous sommes deux cent cinquante. Qu'est-ce qu'on peut faire à deux cent cinquante d'un kilo ou deux de champignons ? Autant que vous en profitiez, avec votre famille.

— Ils amélioreront votre ordinaire.

— On ne meurt pas de faim. On nous sert du macaroni, des patates, des lentilles et des topinambours.

— Ce soir, vous mangerez des lentilles aux champignons.

— Ça ne fait pas mon affaire. Moi, j'ai été élevé au lard et au saucisson. Et de ça, on n'en voit guère la couleur. Nos chefs nous font de beaux discours pour que nous relevions la France. Mais moi, sans lard ni saucisson, je m'en sens pas la force.

— A quoi tient le salut du pays !

Elle rit. Ils rirent ensemble. De l'un à l'autre, ils se sentaient une légère parenté. Il dit tout à coup, la regardant bien dans les yeux, mais sans désigner personne :

— Y a de belles filles par ici.

— Y en a des belles et des vilaines. Vous voudriez donc du lard et du saucisson ?

— Je vois que je me suis bien fait comprendre.

— Du lard, ça doit être possible. Mais pas du saucisson. C'est quelque chose que nous ne faisons pas.

— Comment donc? Vous ne tuez pas le cochon?

— Si bien. Dans certaines paroisses, ils font du saucisson. Chez nous, c'est du *janderley*.

— Du chandelier?

— Du *janderley*. Une sorte d'andouille conservée dans la saumure. Dedans, on met du foie, du cœur, des rognons, le tout haché menu, salé, poivré. On le fait cuire à mesure.

— Votre andouille ferait aussi bien mon affaire, je le sens.

— Entrez un peu. J'appelle ma mère.

Il fut dans la cuisine, vit la table interminable où pouvaient prendre place vingt personnes; au mur, le diplôme de la FAMILLE FRANÇAISE ; pendue au manteau de la cheminée, la corne qui servait à sonner le rassemblement; le calendrier des Postes, année 1942, avec le portrait constellé du Maréchal. Tout de suite, il vida les champignons sur la table. Thérèse parut. Sa fille expliqua qu'il était un Jeune des Chantiers; qu'il leur faisait cadeau de sa cueillette; qu'il aimerait bien acheter un peu de lard et de *janderley*.

— J'ai de l'argent, dit-il. La mère m'en laisse pas manquer.

Un moment après, vint le père. Puis Benoît et son petit Jacou. Puis vint sur la table Poincaré rempli de cidre. Chacun but à la santé des autres. Sauvant expliqua qu'il était originaire de la ville de Thiers où l'on fabrique des couteaux, des rasoirs, des ciseaux, des sécateurs, des fourchettes, des bistouris; tout ce qui coupe, tout ce qui perce, tout ce qui pince. Lui n'était pas coutelier de sa profession :

— Le père est jardinier et je travaille avec lui et mon demi-frère Nicolas Chastel. J'ai aussi un frère complet, mon aîné de deux ans, un nommé Marius. Mais lui a de l'instruction. Il porte des lunettes. Son emploi est dans la comptabilité, à la Société Générale, au pont de Seychal. Il a fait ses Chantiers l'année dernière. Il était chef, à Pontgibaud, dans le Puy-de-Dôme. Lui et moi, on s'entend pas très bien. On n'a pas les mêmes goûts. Avec Nicolas, je m'accorde mieux.

— La Société Générale, c'est une banque?

— Non, une grande usine de coutellerie et orfèvrerie. Le pont de Seychal est un pont sur la Durolle, notre rivière. Moi, je sais lire et écrire, rien de plus. J'ai pas même mon Certificat d'Etudes.

— Moi non plus, dit Gastounette.

— Moi non plus, dit Marie-Louise.

— Pour faire du jardinage, dit Clément, on n'a pas besoin de Certificat d'Etudes. Pas plus que pour élever des vaches. En somme, jardinier, agriculteur, éleveur, c'est le même métier.

— Oui, dit Sauvant, nous sommes aussi dans l'agriculture. Mais nous avons pas de grosses bêtes, sauf un âne, qui s'appelle Grabiè.

— Grabiè, c'est un drôle de nom.

— A Thiers, c'est un nom d'âne. La légume, en ce moment, est très demandée, à cause des restrictions. Les gens ont pas beaucoup de viande ; alors, ils se vengent sur les carottes, les patates, les choux, les z'haricots. Avant la guerre, on portait notre production dans les marchés, au Pirou, au Rempart, à Duchasseint. A présent, la clientèle fait la queue à notre porte. Si on l'écoutait, on nourrirait toute la ville de Thiers.

Les Peyrissaguet sourirent, se regardèrent, chacun lisant dans les yeux des autres : c'est comme chez nous.

— On a aussi un peu de vigne, aux Tavards. Ça permet d'avoir du vin et de l'eau-de-vie. Des arbres fruitiers au Franc-Séjour. Des lapins et de la volaille rue d'Ecorche. Avant la guerre, on produisait aussi des fleurs, chrysanthèmes, tulipes, glaïeuls, au Pavé. Mais à présent, on a tout mis en légumes. Les fleurs, ça se mange pas en salade. On se refleurira quand la paix sera revenue.

Il leur servait ces lieux-dits, les Tavards, le Pavé, le Franc-Séjour, la rue d'Ecorche, sans autre explication, comme s'ils leur étaient aussi familiers qu'à lui-même.

— En somme, conclut le père, vous n'êtes pas des plus malheureux.

— A Thiers, non. Ici, oui. A cause du lard et du saucisson qui me manquent.

On lui versa un verre de cidre. Il en but un peu, avec une horrible grimace, c'était un homme qui ne déguisait pas ses sentiments :

— J'aime mieux mon pinard.

— Pardonnez-nous, dit Clément un peu vexé. Nous n'avons pas de vignes, nous autres.

— Remarquez une chose. Votre cidre, même dégueulasse, n'est pas pire que la petite bière qu'on nous sert au Chantier. Faut dire que nous la faisons nous-mêmes, et nous sommes pas des spécialistes. C'est de la vraie pisse d'âne. Mais quand vous viendrez nous voir, à Thiers, je vous ferai boire de notre vin.

— Vous croyez que nous irons à Thiers un jour?

Après maints bavardages, Thérèse sortit un morceau de lard et un *janderley* cuit de la veille. Le Thiernois en accepta quelques tranches, et les trouva bien à son goût.

— J'aurais mieux aimé du saucisson, pour sûr. Mais un peu votre lard, un peu le chandelier...

— ...le *janderley*.

— ...vous me sauvez la vie. J'en pouvais plus des lentilles et des topinambours.

On lui prépara d'autres tranches à emporter. Comme ils hésitaient à les lui faire payer, il protesta qu'ils le fâcheraient s'ils refusaient son argent ; il tira un portefeuille de sa poche de cœur, montra les billets de dix et de vingt qui y dormaient.

— Alors, dit Clément, faites-nous payer aussi les champignons.

— Ils sont le payement du cidre et de l'accueil.

Quand vint le moment de partir, il salua la compagnie, renfourcha sa bécane, et emporta les cochonnailles dans sa sacoche.

Une carte arriva d'Allemagne, écrite au crayon sur une seule face par Etienne de Poméranie. Elle expliquait qu'il travaillait dans un élevage de chevaux et s'en trouvait assez bien. *Mais le temps me semble long, je voudrais vous embrasser tous.*

Quelques semaines plus tard, Vincent de Rhénanie écrivit à son tour : *Nous vivons dans des conditions si dangereuses, avec tout ce qui nous tombe sur la tête presque chaque nuit, que je me demande si je reverrai jamais notre cher Limousin. Et spécialement mon cher frère Tiennou qui était moi comme j'étais lui. Si je pouvais seulement le revoir une heure, ensuite, j'accepterais de mourir.* On comprit que son usine était bombardée et les trois femmes pleurèrent toutes les larmes de leur corps.

La petite église de Saint-Hilaire était éclairée en permanence par les cierges qui y brûlaient pour le retour des prisonniers.

Les choses allaient très mal pour Hitler, le responsable de cette situation. Devant Stalingrad, aux ordres du général von Paulus, quatre cent mille de ses soldats étaient encerclés par les Soviétiques. Ses alliés italiens, en Afrique, se faisaient étriller par les Français Libres. Rommel par les Anglais. Radio-Londres laissait espérer une libération prochaine.

— Un de ces quatre matins, prophétisait le Gril, Pétain va s'envoler pour l'Angleterre.

Quinze jours après sa première visite, Jean Sauvant reparut à la Manigne, sa sacoche remplie de clinquaille.

— Je rentre de permission et je vous rapporte quelques petits cadeaux.

Il commença la distribution. Chacun fut servi. Une paire

de ciseaux de couturière pour Thérèse. Deux paires de ciseaux à broder pour Marie-Louise et Gastounette. Des couteaux Pradel pour chacun des frères. Et, merveille des merveilles, un couteau Laguiole, avec des côtes en corne blonde, des platines de cuivre, une lame cambrée et guillochée, un poinçon de même, un tire-bouchon et une abeille forgée à l'extrémité du ressort, là où s'enclanche le cran. Il l'ouvrit et le ferma en le faisant claquer sec une fois ; mais il recommanda d'en retenir ensuite la lame entre le pouce et l'index, sinon elle y perd son fil. Enfin, il questionna, facétieux :

— Pour qui le Laguiole ?

Tous regardèrent du côté de Clément, à qui Jeannot tendit la pièce. Le père n'osait en croire ni ses yeux, ni ses oreilles ; il bredouilla un remerciement.

— Et moi ? dit le petit Jacou.

— C'est bien vrai ! s'excusa Sauvant. Bonnes gens ! Je t'ai oublié !

Il racla le fond de sa sacoche, en tira encore un objet : un épluche-patates.

— J'en veux pas, de ton épluche-patates ! dit Jacou.

— Moi, je le prends ! dit le vieux grand-père. Et bien content, encore !

Tout le monde éclata de rire, sauf Jacou qui se mit à pleurer. Sauvant le prit sur ses genoux :

— T'en fais pas, mon Jacou. La prochaine fois que je retourne à Thiers, je te rapporte un coutelou juste à ta mesure.

L'enfant se laissa sécher et consoler. Puis il recommanda :

— Envoie-le-moi dans une lettre. Moi, je reçois jamais de lettre. Tu mettras mon nom dessus, tu écriras bien qu'il est pour moi.

— Tu peux y compter. Je le jure.

Il leva la main droite et cracha par terre. Ensuite, il ajouta :

— Passons au payement. Faut que chacun me donne un sou. Sinon, ça coupe l'amitié.

— Un sou? s'écria le père. C'est pas le prix! Ces ciseaux, ces couteaux, vous les avez bien payés! Dites-nous combien on vous doit.

— Moi, payés? Vous voulez rire. On me les a tous donnés, à quelque occasion. A Thiers, on vous donne un couteau plus facilement qu'ailleurs on vous donne le bonjour. Vous tendez la main pour voir s'il pleut, et crac! on vous pose un couteau dedans.

— Comment ça se fait?

— Ça se fait que tous ces couteaux et ciseaux sont invendables. Chacun a un petit défaut qu'une personne pas avertie remarque même pas.

— Je vois pas de défaut! dit Clément en examinant son Laguiole.

— Regardez bien.

Cela devint un jeu, comme à ces devinettes où il faut découvrir l'erreur cachée. Beaucoup y donnèrent leur langue aux chiens. Jeannot dut lui-même souligner de l'ongle l'imperceptible malfaçon : ici une fêlure dans la corne, là une minuscule encoche, là une paille, là une grêlure, là une rosette dépariée.

— Je vous explique comment les choses se passent. A Thiers, nous appelons ces articles imparfaits des *treizains*. Faut vous dire que les monteurs remettent les leurs au fabricant par douzaines. Ou par douze douzaines, qui font une grosse de 144. Mais le patron leur demande de lui livrer des douzaines de treize pour tenir compte des défauts. Ce qui fait que la grosse monte jusqu'à 160, pour 144 seulement de payés. Les treizains qu'il peut pas vendre, il les donne à ses amis, qui les donnent à leurs amis. Ce qui fait qu'à mon tour je vous en fais profiter. A Thiers, si un habitant doit acheter un couteau, ça veut dire qu'il a aucun ami coutelier. C'est pas notre cas; nous en avons beaucoup, que nous ravitaillons en légumes. Et voilà.

Il encaissa le sou qui lui revenait par pièce donnée, mais le refusa du grand-père parce que les épluche-patates ne coupent pas l'amitié. Il prodigua d'autres conseils sur la façon de préserver les lames de la rouille et de l'usure précoce ; de les affiler ; de reconnaître leur coupant sur la chair du pouce.

Le Gril essaya son épluche-pommes de terre et s'émerveilla de produire des pelures aussi fines.

— Voyez les jolis rubans que je fais !

Dès lors, il devint l'éplucheur officiel de la famille.

Ce dimanche-là, Jeannot fut invité à la table des Peyrissaguet. Il ôta son béret vert, découvrit des cheveux bien peignés, séparés par une raie, et prit place sans façon au bout du banc.

— Non, protesta Jacou. C'est la place de mon vieux grand-père. (Car il en avait deux, le jeune, Clément, et le vieux, le Grillon.)

— Vous dérangez pas, fit celui-ci. Restez où vous êtes.

— Si c'est votre place...

— Oh, ma place ! Elle est au cimetière, à côté de la Grilette.

Sa voix s'étrangla d'émotion. Il y eut une minute de silence. Puis Clément leva son verre, rempli de vin contrebandier :

— A la santé de Jean Sauvant et de tous les Thiernois !

Le repas fut assez farce : Sauvant ne cessa de raconter des thiernoiseries, qui auraient dû faire tordre l'assemblée, mais qui n'obtenaient que des sourires gênés, parce que, chez les Peyrissaguet, on n'avait pas plus coutume de rire à table qu'on ne rit à la messe. Il expliqua que ses compatriotes portaient le surnom de Bitords, de même que les Ussellois celui de Pelauds.

— Pourquoi Bitords ? demanda le père.

Et Jeannot, qui n'en savait rien :

— Parce qu'ils se nourrissent de saucisson.

— Seulement ?

— Non. Ils mangent aussi de la chèvre, de la tripe, du jambon, du *rapoutet*, du gaperon, des *guenilles*, des grattons, des riz au maigre et des riz au gras, de l'andouille, du boudin, du *flaco-gonho*.

— Ce sont quand même des gens sérieux, pour fabriquer d'aussi jolis couteaux !

— Très sérieux. Ils font tout comme il faut. Sauf qu'ils le font à l'envers. Ils travaillent quand les autres se reposent. Ils font la fête quand les autres travaillent. Ils sont fiers d'être crasseux, mais ils achètent du sent-bon à leurs femmes. Ils font gras le vendredi saint. Leurs chattes font téter les souris et leurs chiens aboient de la queue.

Ses auditeurs se regardaient les uns les autres, se demandant ce qu'il fallait croire de tout cela. Il évoqua les figures célèbres de sa ville. Le maire, Antonin Chastel, un ancien émouleur, qui ne pouvait ouvrir la bouche sans lâcher une blague :

— Votre cité possède trois horloges publiques : une sur la mairie, une sur le collège et une sur la gare. Comment se fait-il, Monsieur Chastel, qu'elles indiquent trois heures différentes ?

— Ça serait pas la peine d'entretenir trois horloges si elles disaient toutes la même heure !

Le dénommé Bamboula, qui ne travaillait qu'un jour par an, le 14 septembre, à la Foire au Pré, dans un jeu de massacre, en se faisant écraser sur la figure des tomates pourries.

Le dénommé Bouquillon, qui ne connaissait qu'un seul mot de la langue française, le mot merde, avec lequel il exprimait les plus fines nuances de sa pensée suivant le ton, la puissance, le prolongement qu'il lui donnait.

Le tambour de ville Prosper Dosgilbert, qui composait et chantait des chansons patoises où il se moquait du ciel et de la terre.

L'agent de police Chapet qui se montrait féroce envers les voituriers qui circulaient le soir sans lumière, et se laissait battre le matin par sa femme.

Changeant de registre, il évoqua sérieusement ses jardins, ses châssis, sa cressonnière entretenue par une source intarissable, sa citerne, ses hangars, son atelier de bricolage, l'écurie de son âne, son poulailler, sa cave, son pressoir, les ouvriers qu'employait son père, Régis et Mélanie. Il exposa les travaux, les semis, les sarclages, les binages, les arrosages. Les diverses espèces : carottes longues, carottes courtes, choux cabus, choux frisés, brocoli, choux-navets, choux-raves, choux-céleris, salsifis. En péroraison :

— Nos jardins font vivre huit personnes : mon père, ma mère, mes deux frères, nos deux ouvriers, notre âne Grabiè et moi qui vous cause.

Lorsqu'il eut bien tout exposé, il dit :

— Faut que je reparte avant la nuit, parce que moi-même j'ai pas d'éclairage à mon vélo. Heureusement que je risque pas de rencontrer Chapet !

Il serra la main des hommes, baisa les joues des filles et des enfants, remonta sur sa machine et s'enfonça dans le crépuscule.

— Revenez ! cria Clément derrière lui.

— Oublie pas mon coutelou ! cria son petit-fils.

Les Peyrissaguet avaient l'impression de connaître Thiers comme s'ils y étaient nés.

16

Le soleil se levait à peine, paresseux comme il est en hiver. Partie de bon matin dans la campagne givrée, Toune s'en allait à Viam chez une pratique des Peyrissaguet, livrer un panier de pitance.

— En te promenant, avait commandé son père, tu iras porter à M. et Mme Siron leur beurre, leurs œufs et leur fromage.

Ce Siron était un fonctionnaire retraité qui, quelques années auparavant, pour faire face aux échéances de Me Eyrolles, leur avait prêté une certaine somme et à qui Clément gardait de la gratitude. Aussi le client jouissait-il d'un traitement de faveur : on prenait la peine, vu son grand âge, de le servir à domicile. Il offrait la goutte au commissionnaire si c'était un garçon ; lui glissait une pièce de supplément si c'était une fille. Certaines fois, Mme Siron leur faisait cadeau d'un affiquet rapporté de Paris : une tour Eiffel en miniature, un flacon d'eau de senteur, une boîte de poudre de riz.

Renonçant à ses sabots quotidiens, Tounette partit en souliers plats pour faire honneur à ses clients, chaudement vêtue, ses cheveux blonds sous un foulard de laine rouge, portant au bras la pitance recouverte d'une serviette à carreaux. Six kilomètres à pied pour atteindre Viam, six autres pour en revenir ne l'effrayaient point. Avec son panier et son foulard, on l'eût prise pour le Chaperon

Rouge. Un Chaperon devenu grande fille, encore bonne à manger, mais déjà bonne à marier. Pour accompagner sa marche, elle fredonnait la chanson stupide de Me Rebuissou :

Je lui fais pouett-pouette,
Elle me fait pouett-pouette...

De temps en temps, elle cueillait dans une haie une prunelle gelée qui lui mettait dans la bouche une saveur douceâtre. Ou poussait un caillou du pied et sautillait, comme si elle avait joué à la marelle.

Or le loup sortit soudain du bois. En faisant drinn-drinn, car il roulait à bicyclette. Il portait un béret vert, une sacoche de cuir sous une cape flottante, sur la figure un sourire large comme un parapluie. Elle le reconnut tout de suite : il s'appelait Jean Sauvant. Il la rattrapa, mit pied à terre pour avancer à son pas. Il allait chercher le courrier du Chantier à Bugeat, comme chaque jour : ils empruntaient donc le même chemin.

— C'est la première fois que je vous rencontre par ici.

— Je vais apporter de la pitance à M. et Mme Siron, qui sont de nos pratiques, et demeurent à Viam.

— Vous craignez pas de marcher si longtemps?

— J'ai de bonnes jambes.

— Je vous y emmène.

— Comment ça?

— Sur mon cadre. On attache le panier sur le porte-bagages et je vous transporte lui et vous. Laissez-moi faire, j'ai l'habitude. En un instant vous serez rendue.

Elle accepta, moins pour économiser ses semelles que pour la drôlerie de la chose, pour pouvoir se vanter ensuite à sa sœur Marie-Louise : « Jean Sauvant m'a trimballée sur son vélo. » Il lui prit donc le panier des mains, commença de le fixer avec une corde. Elle l'aidait en retenant la machine de tomber.

— A vous maintenant.

Elle s'assit en amazone sur le tube, les jambes repliées, enveloppée de ses bras tendus, appuyée contre sa poitrine large comme un coffre à blé. Voici leur équipage parti sur la route givrée. Drinn-drinn. Eclats de rire.

— Attention, une grosse pierre !

— Et là, un trou, qu'on y enterrerait un âne la queue levée... Vous êtes confortable ? Vous avez pas trop mal aux fesses ? Ce soir, elles seront toutes bleues, vous les regarderez dans la glace. Drinn-drinn.

— Pourquoi faites-vous drinn-drinn ? Y a personne !

— C'est pour faire joli.

Au terme d'un tout petit quart d'heure, ils furent à Viam. Toune regretta que c'eût été si court.

— Vous savez ce qu'on fait ? proposa-t-il. Vous allez livrer votre pitance. Pendant ce temps, moi, je vais chercher mon courrier. Au retour, je vous reprends et je vous ramène chez vous.

— Où se retrouve-t-on ?

— Vous marcherez. Je vous rattraperai en route, comme à l'aller.

Ils se quittèrent. Elle récupéra son panier, entra chez les Siron qui l'accueillirent avec des exclamations de plaisir. Parce qu'elle était le printemps qui rendait visite à leurs deux hivers. Et pour ce qu'elle apportait. Elle se plaisait dans cette maison qui sentait le vieux, le modeste, le sage. Aux murs, les photos des trois enfants : une première fille mariée à un gendarme de Montpellier ; une seconde infirmière à Limoges ; un fils professeur en Nouvelle-Calédonie, qu'ils ne voyaient que tous les trois ans. Eux, les parents, avaient travaillé toute leur vie à l'Office National Météorologique du Mont-Valérien, en qualité d'homme et de femme de service.

Confondant prévisions et prophéties ils ne croyaient pas à celles que diffusait la T.S.F. :

— Vous comprenez : je balayais les bureaux et les couloirs, dit Mme Siron. Tous les jours je me trouvais au milieu de leurs paperasses. Ces messieurs les météorologistes, je les voyais comme je vous vois. Des hommes très communs, qui fumaient la pipe et crachaient par terre. Comment voulez-vous que je croie à leurs prophéties? D'abord, les prophètes ont de grandes barbes et des cornes sur le front, c'est bien connu. Eux portaient des lorgnons et une moustache. Leurs prophéties, c'est de la blague. Ça amuse le peuple, pareil que les horoscopes. Mais c'est toujours faux. Quand ils annoncent le soleil, ça rate pas, il pleut. Quand ils annoncent la pluie, il fait beau temps. C'est d'ailleurs le seul métier au monde où l'on peut se tromper toute sa vie sans se faire mettre à la porte.

Ils étaient comme Romanet, ce sacristain de malheur, qui ne croyait pas très fort au bon Dieu, et pour qui la religion n'était qu'une sorte de commerce. La météo leur avait quand même permis de vivre, de faire des économies avec quoi ils avaient acheté une petite maison en Corrèze, où ils s'étaient retirés. A Gastounette, qui avait l'âge d'une de leurs petites-filles, ils offrirent un grog bien chaud et des langues-de-chat que Mme Siron faisait cuire elle-même dans le four de sa cuisinière. Elle demanda des nouvelles de sa famille, de ses frères prisonniers.

— C'est un peu, dit-elle, comme mon fils qui est à l'autre bout de la terre. Quand le reverrons-nous? L'été dernier, nous avons reçu Montpellier et Limoges. Mais nous ne sommes pas près de recevoir Nouméa!

Elle désignait ainsi ses enfants éloignés par la ville où ils résidaient. Gastounette considérait avec curiosité, autour d'elle, ces pièces exiguës où venaient, voyageant par des voies aériennes, s'installer des chefs-lieux départementaux. Elle mangea trois langues-de-chat. Huma et but la tisane au rhum. Puis elle dit, impatiente :

— Il faut que je reparte.

— Restez encore un peu! Nous sommes si seuls!

— J'ai long à marcher jusqu'à la Manigne!

Elle partit enfin, avec son panier où ne restait que la serviette à carreaux pliée en quatre, et le petit cadeau de

Mme Siron : un porte-plume d'os, avec une lentille au milieu du manche, dans laquelle, en fermant un œil, on voyait l'Arc de Triomphe environné par cent mille voitures.

— Comme ça, vous aurez un peu de Paris dans votre panier.

Elle s'en alla sur la départementale jalonnée de bornes hectométriques. Se retournant souvent pour voir si elle découvrait à l'horizon le Thiernois sur sa bécane. Marchant à tout petits pas. Au retour, elle pouvait se permettre de perdre du temps car elle en avait gagné à l'aller. Elle jouait à la marelle avec les cailloux.

Drinn-drinn !

Le voici ! Sa sacoche pleine sur le dos. Nouveaux éclats de rire. Il ficelle une seconde fois le panier au porte-bagages. Installe Tounette sur le cadre et dans ses bras. Ils repartent, pressés l'un contre l'autre, tout émus de ce voisinage, et déjà l'un dans l'autre. Prétextant un rayon de soleil, elle avait dénoué son foulard rouge, libéré ses cheveux que Clément, son père, lui coupait à la garçonne, une mode d'il y avait vingt ans. Elle voyait, sur les poignées du guidon, les mains fortes et brunes de Sauvant. Il pédalait en douceur, les genoux écartés. La machine soubresautait, les emportait sans leur faire oublier la terre. Il devait pour conduire pencher la tête de côté. Ce qui ne l'empêchait pas de recevoir dans le visage le friselis de cette chevelure blonde et sauvage qu'ébouriffait le vent. Et de sentir à travers son blouson la tiédeur de cette chair fraîche, pour laquelle il éprouvait vraiment une fringale de loup.

Combien de temps ont-ils roulé de la sorte ? Après ce moment, il s'arrête, pose un pied par terre. Elle ne bouge pas, elle ferme les yeux. Tout à coup, le grand méchant loup se jette sur l'innocente, lui dévore la nuque, le cou, les tempes de baisers, de morsures légères. Elle devrait crier, appeler à son secours les bûcherons de la forêt qui accourraient avec leur cognée. Or elle se laisse manger sans rien dire. C'est là le destin des Chaperons Rouges.

Le facteur Sauvézie apporta une lettre à *Monsieur Jacou Peyrissaguet, La Manigne, commune de Saint-Hilaire-les-Courbes, Corrèze.* Le petit ne sut pas lire cette adresse ; mais sa tante Gastounette lui en déchiffra chaque mot, chaque signe. A l'intérieur, non pas un, mais trois coutelous bien enveloppés dans du papier de soie, proportionnés à ses mains ; un bleu, un blanc, un rouge, comme il convenait à ces moments où le patriotisme dégoulinait de partout, des discours de la T.S.F., des portraits du Maréchal, des drapeaux arborés au nez et à la barbe des soldats occupants qui traversaient quelquefois les villages en voiture ou en moto. Fou de joie, Jacou en mit un de côté pour les jours de fête, un pour les dimanches et garda le troisième dans sa poche. Il ne se lassait pas de l'ouvrir, de le fermer, déçu seulement qu'il claquât si peu.

— Y a que les couteaux d'homme qui claquent, lui expliqua Sauvant quand ils se retrouvèrent. Mais je te promets de t'en apporter un sitôt que tu auras du poil sous le nez.

Dès lors, Jacou se soucia très fort de sa moustache. Il regardait souvent dans un miroir pour examiner si elle commençait à paraître.

— Tu sais ce qu'il faut faire pour qu'elle pousse ? dit encore le Thiernois. C'est comme le persil du jardin : faut la fumer.

— Avec quoi ?

— Avec de la *poulinasse*. De la merde de poule.

Rien n'était plus facile. Jacou fit des incursions dans le poulailler pour y prélever un peu de fiente. Il eut le courage, malgré l'odeur, de s'en tartiner la lèvre du dessus.

Au Chantier de la Virole, la propagande pétainiste battait son plein. A chaque rassemblement, les chefs exaltaient les valeurs de la Révolution nationale : Travail,

Famille, Patrie, Autorité, Obéissance, Espoir, Retour à la terre. Contre-valeurs de l'anarchie, du communisme, de l'internationalisme, du gaullisme, du parlementarisme, du judaïsme, de la franc-maçonnerie, de la démocratie. Un chef de groupement, en tournée missionnaire, proposa en exemple les héroïques troupes hitlériennes qui, en U.R.S.S., étaient en train d'abattre le bolchevisme, au prix de sacrifices infinis en froids aux pieds et en vies humaines. Il engagea même les Jeunes du Chantier à partir pour l'Allemagne comme travailleurs volontaires dans les usines d'armement, afin de prendre leur modeste part à cette croisade. Ainsi construiraient-ils l'Europe de demain. Pour finir, il les fit mettre au garde-à-vous autour du drapeau et conclut en ces termes :

— Un communiqué d'Adolf Hitler lui-même annonce la mort de 300 000 de ses soldats devant Stalingrad. Aussi, Jeunes de ce Chantier, je vous demande une minute de silence pour honorer les Allemands tombés dans cette bataille européenne !

Il y eut en effet un long moment de silence. De stupéfaction, plus que de respect. Or au beau milieu de cette minute, éclata un pet violent, déchirant, prolongé, anonyme et contestataire, qui suscita une telle hilarité que le chef hitlérophile jugea préférable de s'enfuir. Tout péteux. Nul ne sut jamais l'auteur de ce coup d'éclat. Par modestie, Jean Sauvant ne s'en vanta point. S'il n'avait pas exactement la faculté de ce quidam dont parle saint Augustin de « commander à son derrière autant de pets qu'il en voulait », il possédait du moins celle, lorsqu'il en sentait un se préparer, de le retenir, de le laisser grossir, de le libérer au moment de son choix. Ainsi fit-il ce jour-là et lâcha-t-il au nez de son chef ce pet héroïque qui, à lui seul, aurait dû lui valoir la médaille de la Résistance.

Après chaque permission, le Thiernois paraissait à la Manigne les poches remplies de nouvelles clinquailles :

couteaux de table à peine ébréchés, tire-bouchons automatiques, services à salade, à escargots, à huîtres à peine dépareillés.

— Mais nous ne mangeons pas d'huîtres! protestait Thérèse.

— Vous vous en servirez pour ouvrir les noix.

Il lui était impossible d'arriver les mains vides. On le rétribuait en lard et en *janderley*.

En dépit de la saison froide, Jeannot et Tounette se rencontraient souvent. De par ses fonctions de vaguemestre, il échappait aux travaux de bûcheronnage. Elle trouvait d'excellentes raisons pour aller au bois mort. Ou en visite chez la Princesse Diminuée. Ou en commission à la mairie pour les déclarations d'emblavures qui l'obligeaient à y retourner plusieurs fois, Mme Pagégie, la secrétaire par intérim, n'étant pas toujours disponible. Elle savait raccourcir les trajets et allonger les heures. Ils se cachaient dans la forêt, appuyés à un arbre qui les saupoudrait de son givre, étroitement embrassés, mêlant leurs chaleurs, leurs souffles, leurs salives. Ils ne se disaient pas Je t'aime, parce que ce sont là des mots qu'on ne dit que dans les livres, dans les feuilletons, des mots de cinéma; mais chacun de leurs gestes le laissait entendre.

— Et maintenant? dit-elle une fois. Qu'est-ce qu'on va faire?

— Y a rien d'autre à faire.

— Dans trois mois, tu vas retourner à Thiers. Et moi, qu'est-ce que je deviendrai?

La question sembla l'embarrasser; il n'y avait jamais réfléchi.

— Penses-y, conclut-elle. Tu me donneras une réponse.

A la fin février, il la lui donna. Elle en parut satisfaite. Le même soir, tandis qu'elles se déshabillaient dans leur chambre, elle en parla à sa sœur aînée :

— Sais-tu ce qui m'arrive? Jeannot m'a demandée en mariage.

Les yeux de Marie-Louise s'élargirent comme si elle entendait une chose épouvantable :

— Toi, en mariage ? Mais tu es bien trop jeune, voyons ! A dix-sept ans !

— J'en aurai dix-huit dans quatre mois.

— Même à dix-huit ! C'est trop jeune ! Et tu lui as dit oui ?

— Pas encore.

— Je croyais que tu t'étais promise à André Paupard ?

— Promise rien du tout ! C'est lui qui m'a retenue. Je reste libre de choisir qui me plaît.

— Et ce Jeannot Sauvant, il te plaît ?

— Comme ci, comme ça.

— Je te dis tout de suite une chose : s'il ne te plaît pas, laisse-le-moi, je le prends.

— Mais toi, tu es bien trop vieille pour lui !

Tout à coup, Marie-Louise fondit en larmes, gémissant au milieu de ses pleurs :

— Oui, oui, trop vieille ! Moi je suis trop vieille !... J'avais un fiancé, Christophe Bouchardel, il a été tué à Lille. Je mourrai vieille fille, voilà ce qui m'attend. Pour soigner nos parents et les enfants des autres. Pour être la bonne de tout le monde. Moi, personne ne me veut... C'est trop tard... Je suis trop vieille... Je n'aurai jamais d'enfants à moi...

Elle pleurait comme une désespérée. Tounette la prit dans ses bras, elles mêlèrent leurs larmes.

— C'est vrai, je suis trop jeune... Prends-le, ma bonne Marie-Louise... Je te le laisse.

— Mais non, mais non. Je disais ça pour rire. (Et elle ruisselait.) Il est à toi s'il te convient. C'est toi qu'il a demandée.

— Nous t'en chercherons un autre, va. Tu ne resteras pas fille.

— Ne vous occupez pas de moi.

Elles dormirent, cette nuit-là, embrassées, très malheureuses et très humides.

Le lendemain, Tounette prit sa mère à part pour l'avertir également des intentions matrimoniales de Jeannot.

— T'épouser ? Déjà ? s'écria pareillement Thérèse. Est-ce que tu es d'accord ?

— A peu près.

— A peu près seulement ?

— Moi aussi je me trouve un peu jeunette. Mais tant d'hommes manquent : ceux qui ont été tués, tous ces prisonniers, et la guerre n'est pas finie. Alors je me demande s'il est bien raisonnable que je le refuse.

La mère réfléchit, le front plissé. Puis :

— Ce Thiernois a l'air d'un brave garçon, même s'il aime un peu trop rire. Je ne crois pas qu'il te fasse jamais du tort. Que Dieu vous bénisse donc, si ce mariage doit se faire.

Elle évoquait rarement Dieu, son mari étant plutôt de ceux qui accompagnent un mort à l'église, mais restent devant la porte en attendant qu'il ait fini ses dévotions ; toutefois, elle priait secrètement.

Jeannot et Gastounette convinrent que la demande serait faite officiellement à la première invitation qu'il recevrait de partager leur table. Cela fut arrangé pour le dimanche 6 mars qui devait précéder de cinq semaines sa libération des Chantiers. Il vint à pied dans son bel uniforme, sous sa cape de mousquetaire.

— Tu es beau comme un Jésus ! s'écria le Gril, qui fut le premier à l'accueillir, assis au soleil devant la porte. Qu'est-ce que tu nous apportes aujourd'hui ?

— Quelque chose, grand-père, qui est pas pour vous.

— C'est un secret ? Tant mieux. J'aime bien les surprises.

Jean fit la tournée des salutations. Benoît l'emmena dans le potager où il approuva ceci, critiqua cela, prodigua des conseils en homme du métier qu'il était. Même, il voulut mettre la main à la pâte, réclama une bêche, déposa sa cape, retroussa ses manches, cracha dans ses paumes et retourna un carré de terre vierge avec sa croûte d'herbe en quelques quarts d'heure. Puis il recommanda :

— Laisse-la geler, si le froid revient. Ensuite, bêche-la

de nouveau, passes-y le bigot. Et tu m'en donneras des nouvelles !

— On voit, dit Benoît admiratif, que tu sais te servir d'une bêche.

— Mieux que d'un porte-plume. Que veux-tu, chez mon père, nous n'avons ni vaches ni charrue. On retourne toutes nos terres à la bêche. J'en use une chaque année.

La matinée passa dans cette occupation. L'avant-veille, on avait tué un second cochon chez les Peyrissaguet. Jeannot admira l'épaisseur du lard et la bonne mine de chaque morceau. Une odeur de graillon, de saindoux, de *janderley* remplissait encore la maison. A midi, on perçut un lointain son de cloche :

— Quand on entend l'angélus de Saint-Hilaire, dit Benoît, c'est signe de pluie.

La mère souffla dans sa corne le rassemblement. Jeannot se lava les mains, rabaissa les manches et fit comme les autres membres de la tribu. On l'assit en face de Marie-Louise. On but d'abord un apéritif que Thérèse avait elle-même composé en faisant dissoudre dans du vin une poudre de pharmacie.

— C'est du quinquina, affirma-t-elle avec assurance, en servant les dix-sept présents, car Simone et Louis Mourigal avaient été invités.

Même Jacou en reçut une larmichette.

— Toute ma famille est au complet, dit Clément avec fierté. Sauf nos deux prisonniers.

Sa femme commença de servir la soupe aux châtaignes, qui était une sorte de purée légère, parfumée d'ail et de céleri. Chacun la blanchit d'un peu de lait, excepté le Thiernois qui préféra la rougir au vin. Vinrent ensuite les pommes de terre au lard, le boudin aux noix, le riz au gras, les endives en salade, le fromage tête-de-mort. Et pour finir, le *boulaigou* : une sorte de crêpe épaisse recouverte de confiture. Clément recommandait d'essuyer les assiettes avec un taillon de pain :

— Je sais que dans les villes on les change après chaque

plat. Ici, c'est pas l'usage. Nous aurions pas assez d'assiettes.

— C'est pas l'usage chez nous non plus, le rassura Jeannot.

Peyrissaguet fit encore remarquer que toutes ces nourritures étaient sorties de ses terres, excepté le riz, article de rationnement, qui avait été ajouté au menu ordinaire pour faire honneur à l'invité. Le pain gris provenait de son seigle, écrasé et bluté par son propre moulin. Le vin aussi était celui des tickets :

— Avant guerre, ici, on ne buvait que du cidre et de l'eau. A présent, on achète le vin du Ravitaillement. C'est mieux que de l'abandonner aux Boches. Question de patriotisme.

Durant tout ce repas, Gastounette ne quitta pas des yeux le garçon en uniforme vert. Contrairement à son habitude, Jeannot se montra plutôt silencieux, à la grande déception des plus jeunes qui espéraient ses thiernoiseries habituelles. Thérèse et Marie-Louise servaient les convives, et se trouvaient plus souvent debout qu'assises. Le café d'orge fut versé dans les verres à vin. Jeannot but le sien, s'essuya les babines avec le dos de la main, car la serviette ici n'était pas non plus d'usage.

Soudain, on le vit se lever. Certains crurent qu'il avait quelque commission à faire. Mais il resta debout, entre le banc et la table, les bras pendants le long du corps, presque au garde-à-vous. Tous les yeux se tournèrent vers lui. Il y eut comme un silence d'église. On entendit battre le pouls de l'horloge. Regardant droit devant lui le diplôme encadré de la FAMILLE FRANÇAISE, Jeannot prononça la phrase qu'il avait préparée :

— Madame, Monsieur, c'est pour vous demander votre fille en mariage.

— Que... quoi... qui? bafouilla Clément, complètement pris à l'inopinée.

— Je vous demande votre fille en mariage, répéta Sauvant.

— Què... quelle fille?

— Gastounette.

Tous les yeux maintenant se portèrent vers elle, rouge comme une cerise, qui, ne disant mot, consentait. Et Clément, le souffle quasi coupé :

— Elle est raide, celle-là!... On m'avait rien dit!... Je m'étais aperçu de rien! (Tourné vers sa femme :) Tu le savais, toi?

— Un peu. Un tout petit peu.

Il regardait l'un, regardait l'autre, comme flairant un complot, ne donnant pas son consentement, ne répondant ni oui, ni non. Sauvant restait debout, mal à l'aise, bouche bée, l'air couillon. A ces silences prolongés, les jeunes commencèrent à se pousser du coude, à rire sous cape. Près de la cheminée, Marie-Louise tournait le dos, faisant mine de s'intéresser aux braises. Peyrissaguet prit encore le temps de boire une gorgée de vin, de la promener dans sa bouche, de faire claquer sa langue, de se sucer les moustaches auxquelles il sentait tous ces gens suspendus.

— Tu attends une réponse?

— Autant que possible. Avant la Saint-Martin.

— Je vois bien que notre Tounette n'est pas opposée... Ma femme non plus... Bon. J'ai tout de même une question à te poser : où habiterez-vous?

— A Thiers, où j'ai mon travail de jardinage. Soyez tranquille : avec moi, elle mourra pas de faim. J'ai aussi un livret de caisse d'épargne, qui me rapporte des revenus.

— Combien y a-t-il dedans?

— Il est plein ras-que-bord.

— Plein ras-que-bord, combien ça fait?

— Dans les vingt mille, il me semble.

— Comment ça, il te semble?

— C'est ma mère qui l'a rempli. Depuis ma naissance, elle y fait des versements, pour mes anniversaires. Mais moi, à dire la vérité, je l'ai encore jamais eu entre les mains.

— Vingt mille francs, s'écria Thérèse, c'est autant que notre prix Cognacq!

— Sans doute. Sauf que les francs d'aujourd'hui valent pas ceux de 1924.

— Moi aussi, dit Tounette, j'ai un livret. Il m'a été donné par mon parrain, M. Gaston Doumergue.

— Puisque vous êtes si riches l'un et l'autre, j'ai pas de raisons de refuser. Mon cher Jeannot, je t'accorde ma fille Gastounette.

Toute la tablée éclata en applaudissements. Ce fut un beau plébiscite. Mais Clément leva encore un index :

— Je te l'accorde à une condition cependant ! Que tu montes en même temps au charnier, sans l'aide de personne, les quatre jambons du cochon qui s'égouttent dans le fournil !

Nouvel applaudissement, mêlé de rires.

— C'est bien vrai, dit Sauvant pour lâcher une thiernoiserie, que vous venez de saigner votre Hitler. Entendu, je monterai ses quatre jambons à la fois. Mais d'abord, si vous permettez, j'ai un petit cadeau pour ma future.

Il sortit de sa poche un flacon d'eau de senteur marqué *Coty* : c'était la surprise, le cadeau secret. De la part de sa mère. Il le remit à Tounette qui rougit davantage encore s'il était possible, et lui tendit ses joues en remerciement. Puis toute la famille l'accompagna jusqu'au fournil où l'attendait le cochon sacrifié. Le surnommer Hitler était en vérité une grande injustice, car il n'avait fait de mal à personne. Il se tenait là, écartelé, dépecé sur des tréteaux, vidé de sa ventraille.

Jean Sauvant ôta son blouson, enfila une vieille veste, empoigna de ses mains puissantes les deux jambons et les deux épaules, encore sanglants et glissants, et, les tenant à bout de bras, les monta tout seul jusqu'au charnier où ils furent couchés sur un lit de sel. Comme dans les contes de la Grilette, il s'était honorablement tiré de l'épreuve imposée. Il avait gagné la fille du roi.

17

Comme prévu, Jean Sauvant fut libéré de ses obligations de Jeune à Lapleau, le 26 mars 1943. Avant de quitter le Limousin, il alla, en compagnie de Tounette et de son père, faire enregistrer leur promesse de mariage à la cure de Saint-Hilaire afin que les bans en fussent publiés trois semaines de suite. La cérémonie étant arrêtée au samedi 16 avril, il lui restait juste le temps de regagner ses foyers thiernois, de s'acheter un costume et des souliers neufs, de revenir pour la célébration.

Majeur, n'ayant besoin d'aucun consentement, il avait, lors d'une permission antérieure, simplement informé ses père et mère de son projet de mariage. Mme Georgette avait aussitôt établi les termes d'une cohabitation qui lui semblait aller de soi :

— Epouse qui bon te semble. Notre maison est assez grande pour vous loger tous les deux, et vos enfants à venir si le bon Dieu vous en envoie. En attendant, vous prendrez la chambre d'en haut, à côté du grenier. Ce n'est pas le moment que tu nous quittes. Pendant les huit mois qu'ont duré vos Chantiers, tu ne diras pas le contraire, je ne vous ai pas laissé manquer d'argent, ni toi ni ton frère Marius. Cent cinquante francs chaque mois. Tu en as fait ce que tu as voulu. Maintenant, faut que tu me rembourses, par ton travail. Avec la pénurie qu'il y a, les tickets de rationnement, les colis aux prisonniers, nos légumes rapportent bien. Mais ils ne poussent pas tout seuls, comme les orties. En prévision de votre absence, nous avions pris deux ouvriers. Seulement, les ouvriers, ça coûte les yeux de la tête. A présent que tu reviens, on pourra les renvoyer, parce que, à toi tout seul, tu es capable d'abattre autant de besogne que ces deux pas-grand-chose. En plus, ta femme, une fille des champs, nous donnera la main, elle ne doit pas craindre le travail de la terre. Tu ne pouvais pas mieux choisir pour notre jardinage. A cinq que nous serons — elle, toi, moi, ton père, ton frère Nicolas — nous nous tirerons bien d'affaire.

— D'accord, dit-il. Puisque le sixième a les mains trop fines.

— Sa place est à la Société Générale, tu le sais bien. Un comptable n'est pas fait pour manier la bêche. Mais sois tranquille, je ne le nourrirai pas gratis. Il payera sa pension, comme de juste.

Pour clore le débat, elle lui avait remis un flacon d'eau de senteur, cadeau lointain à elle-même d'on ne sait qui, dont elle n'avait jamais eu le courage d'enlever le bouchon et qu'elle lui refilait :

— Moi, je n'en ai pas eu besoin. Tu le donneras à ta Gastounette.

La maison des Sauvant se trouvait un peu hors la ville, en bordure de cette route de la Russie, baptisée au temps des Tsars, qui, après Quatorze, s'était fait appeler avenue des Etats-Unis, mais que les vieux Thiernois continuaient de nommer la Russie : vous prenez la Russie, vous descendez par la Russie... Vieille demeure en pisé sur un soubassement de pierre, elle comportait de vastes dépendances, remises, poulailler, écurie pour l'âne Grabiè. Dans son dos, une longue pente de jardins montait jusqu'au chemin des Tavards. Plus haut encore l'Ecole de Coutellerie, toute neuve, toute blanche. Plus bas, le château du Franc-Séjour, tapissé de vigne vierge, près duquel ils disposaient aussi d'une anglée de terre. L'habitation proprement dite comprenait un rez-de-chaussée, un étage de chambres et un grenier avec chambrette de secours. Celle-ci leur était destinée. A cause de ce voisinage, elle sentait les cochonnailles en salaison, les aulx et les oignons pendus, les pommes alignées.

Jeannot ne disposait donc que de quelques jours pour s'équiper de pied en cap. Or la pénurie n'atteignait pas seulement les nourritures ; elle frappait aussi les chaussures et les vêtements. Les étoffes employaient la fibre de genêt ; les semelles étaient de bois, de liège, de carton durci. Il se rendit d'abord à la mairie où le service du Ravitaillement lui délivra les bons nécessaires.

— Quelle est votre pointure ? demanda le chausseur de la rue des Grammonts.

— Quarante-deux.

— Je vais voir ce qui me reste.

Les rayons, autour de lui, étaient bien garnis de boîtes numérotées ; mais il révéla qu'elles étaient presque toutes vides, qu'il les gardait seulement pour l'apparence.

— Je ne suis, Monsieur, qu'une apparence de commerçant. De même que Vichy n'est qu'une apparence de gouvernement. Par contre — et ça c'est du concret — j'en ai très gros sur la patate.

Jeannot, qui n'était pas entré chez lui pour parler politique, répéta sa demanda :

— Qu'est-ce que vous avez en pointure quarante-deux ?

Il déposa à ses pieds trois sortes de souliers : les premiers étaient mi-cuir, mi-toile ; les seconds, mi-cuir, mi-bois ; les troisièmes, mi-toile, mi-caoutchouc.

— Prenez la paire qui vous plaira, dit le chausseur. Pourtant, je vous préviens qu'aucune ne durera très longtemps. C'est comme le gouvernement de Vichy.

— Eh bien ! Montrez-m'en une qui dure.

— J'en ai une tout cuir. Véritable article d'avant-guerre. Seulement, elle vous sera sans doute un peu avantageuse. Oh ! je ne vous pousse pas à la prendre, je n'en suis pas embarrassé. Mais si j'étais vous, c'est elle que je choisirais : je vous garantis au moins trois ans d'usage.

Son seul défaut vient de ce qu'elle est marquée quarante-quatre.

— Si elle est marquée quarante-quatre, c'est sans doute qu'elle est réellement du quarante-quatre.

— Oh ! un petit quarante-quatre ! Vous n'ignorez pas qu'il existe des usines qui fabriquent large, et d'autres qui fabriquent étroit. Essayez-la.

Il sortit des souliers jaunes à bout carré, doublés basane, cousus main, produits à Romans-sur-Isère et qui, dissimulés, attendaient preneur depuis 1939. Ayant enfilé cette paire, Jeannot constata qu'en effet, entre son talon à lui et son talon à elle, il aurait eu la place de manger sa soupe.

— Ce n'est pas sans remède, dit le commerçant. On ajoute intérieurement une semelle de liège ; on porte une grosse paire de chaussettes, deux s'il le faut, et l'espace est comblé. Etes-vous sûr d'ailleurs que vous ne grandirez pas encore ?

— Monsieur, j'ai vingt-deux ans !

— La plupart des garçons grandissent jusqu'à vingt-cinq. Enfin, entre ces différentes paires, choisissez vous-même. Vous avez la liberté de faire une très bonne affaire ou une médiocre.

Sauvant se résigna à la bonne et emporta les souliers jaunes avec les semelles de remplissage, une boîte de cirage *Lion Noir* et une paire de lacets de secours.

Il descendit ensuite chez *Conchon-Quinette*, rue Terrasse. Contempla longuement les mannequins qui exposaient dans la vitrine des costumes aux pantalons serrés, comme il convenait à cette époque d'insuffisances.

— Je voudrais, dit-il en présentant son bon, un complet pour me marier.

Le vendeur parut n'en pas croire ses oreilles : l'époque n'était pas au mariage, par manque d'hommes et par manque d'amour. La haine noyait le monde. « *Se maridé in ten de guiaro*... disait le proverbe, se marier en temps de guerre, c'est comme semer en champ de ronces. » Le vendeur crut avoir mal entendu :

— Pour quoi faire, dites-vous?

— Pour me marier.

— Si c'est un smoking que vous souhaitez, nous n'en avons plus.

— Non. Juste un complet du dimanche.

Le commis le toisa du regard, le ceintura d'un mètre en toile cirée, alla chercher dans ses réserves trois costumes à deux pièces : l'un tout laine, l'autre tout coton, le troisième coton et fibranne. Comme s'ils récitaient la même fable, il tint à peu près le même discours que le chausseur sur la qualité et la pointure.

— Je vous conseille le complet pure laine qui est, à notre époque, une vraie pièce de musée. Il convient tout à fait à un mariage de printemps. Mais n'allez pas croire qu'il sera lourd en été : la laine protège aussi bien du chaud que du froid. Voyez les bédouins d'Afrique qui portent leurs burnous en toutes saisons.

Le pantalon avait en longueur cinq centimètres de trop :

— Vous pouvez le faire raccourcir par votre mère. Ou mieux : le porter avec des bretelles qui le tireront vers le haut. Il y gagnera du tombant.

Mme Georgette partagea ce point de vue :

— Je suis jardinière, pas couturière.

Lorsqu'il se vit ainsi costumé devant l'armoire à glace de ses parents, en chemise blanche, cravate papillon, souliers jaunes, il se trouva beau à pleurer. « Je comprends, se dit-il, que la Tounette soit tombée amoureuse de toi! »

Trois jours avant le 16 avril, elle refit seule le chemin de Saint-Hilaire qu'elle avait dans son enfance emprunté tant de fois pour se rendre à l'école. A dix-huit ans presque accomplis, elle se sentit encore petite fille, avec une envie de pleurer qu'elle ne put retenir longtemps. Lorsqu'elle se fut ainsi dégonflé l'estomac, et essuyé les joues, elle reprit sa marche. Elle regardait autour d'elle de tous ses yeux, écoutait de toutes ses oreilles, afin de se remplir l'âme de ce pays simple qu'elle allait quitter bientôt pour aller s'établir dans une ville compliquée, pourvue de trois horloges qui marquent des heures différentes, où les douzaines se comptent par treize, où les hommes mangent gras le vendredi saint, où les chattes allaitent les souris, où les chiens aboient de la queue.

Ayant ainsi marché longtemps, elle secoua la tête pour en chasser des inquiétudes qui n'étaient pas de mise ; chaque fille est destinée à quitter ses parents pour accompagner son mari là où il lui plaît de vivre. Ainsi avaient fait avant elle sa grand-mère, sa mère, sa sœur Simone. Ainsi ferait un jour Marie-Louise, tous les fiancés possibles n'étant pas morts, il en restait beaucoup en Allemagne, ils finiraient bien par revenir. Elle huma l'odeur douce-amère des aubépines en fleur ; celle des premières crosses de fougère ; la campagne sentait le vert et l'espérance.

Elle atteignit le carrefour où, bergère et tricoteuse de quatre ans, elle avait eu tellement peur des cantonniers et du rouleau compresseur : « Mes parents ont bien fait de me préparer aux peines toute petite. » Elle vit de loin le pâturage où le pauvre Léonard, tenant une agnelle dans ses bras, avait été réduit en cendre par la foudre : « Parce que tu es poussière, tu retourneras en poussière. » Elle passa derrière l'école où, gauchère, elle avait appris à écrire malgré elle de la main droite : « La Dame a fait cela pour mon bien, elle savait mieux que ses élèves ce qu'elles avaient de droit et ce qu'elles avaient de tordu. » De chaque souvenir, elle tirait une leçon.

Elle suivit l'allée, fut devant le château du comte de Bouvreuil, fut enfin devant l'église. Le vieux curé en sortait, tout voûté dans sa soutane rapetassée aux coudes. Il la considéra de ses yeux larmoyants, pas très certain de la reconnaître.

— Je suis Gastounette Peyrissaguet. Je me marie après-demain avec Jean Sauvant. Vous avez publié nos bans. Je viens pour la confession.

Et lui, un peu confus de sa cataracte :

— Oui, oui, je te remets bien : je t'ai baptisée, je t'ai préparée à la communion solennelle, ma petite Tounette. Mais vois-tu, à présent, tu n'es plus une petite fille, mais une grande personne. Tu ne peux plus entrer dans l'église, encore moins dans le confessionnal, tête nue. Il faut donc que tu prennes une coiffure, c'est le règlement.

Elle était venue, en effet, cheveux au vent, idées au vent. Comment remédier à cela ? Il trouva la solution :

— On va emprunter un chapeau à Mlle Joséphine.

On traversa l'allée, on entra au presbytère, la vieille demoiselle se montra ravie qu'on lui demandât un service. De chapeaux, elle n'en possédait que deux : un de paille blanche pour l'été, orné d'une collerette de marguerites ; l'autre de feutre noir pour l'hiver et les enterrements, avec ruban de velours violet. Gastounette choisit ce dernier, se le posa sur les cheveux, évita de se regarder dans les glaces pour ne pas savoir à quoi elle ressemblait et reprit le chemin de l'église en compagnie de l'abbé Juillac.

— Te souviens-tu, lui rappela-t-il, du jour où tu écrivis tes péchés sur un petit papier pour ne pas en oublier ? J'espère qu'à présent tu n'as pas besoin de cette précaution. Nous allons voir cela.

Ils entrèrent dans le confessionnal, elle s'agenouilla derrière la grille de bois, récita les prières propitiatoires. Il passa en revue les Commandements de Dieu, puis ceux de l'Eglise. De temps en temps, il eut l'occasion de s'écrier :

— Aïe, aïe, aïe !

Il en vint aux relations qu'elle avait pu avoir avec les garçons ou les hommes.

— Il n'y a pas eu plusieurs garçons, mon père, mais un seul : mon promis.

— Dis toujours, dis toujours.

Et quand il eut poussé deux ou trois autres aïe, aïe, aïe, il se corrigea en disant :

— Le sacrement du mariage va effacer tout cela.

Il lui fit encore des recommandations sur cet état nouveau dans lequel elle allait entrer, aux côtés de quelqu'un avec qui elle deviendrait la moitié d'une seule et même chair : restez l'un et l'autre de parfaits chrétiens, etc. Il conclut par cette injonction qui la remplit d'étonnement :

— Rappelle-toi enfin que l'Eglise vous interdit de faire quoi que ce soit pour éviter de procréer des enfants.

Elle fut tentée de dire : « Mais que peut-on faire ? » Elle se retint cependant pour ne point paraître l'ignorante qu'elle était ; prononça l'*Acte de contrition* et descendit au fond de l'église réciter les dix *Je vous salue* qu'il lui avait imposés en pénitence. Agenouillée sur les dalles froides, elle se demanda entre parenthèses quelle espèce de punition il y avait à réciter ces prières qu'elle disait souvent pour le plaisir, pour implorer la Vierge, pour la remercier, pour lui confier ses joies et ses peines comme à une amie très chère et très dévouée. Y a-t-il pénitence à converser avec une amie ? Mais elle s'expliqua que cela faisait partie des mystères sacrés.

Elle n'oublia pas de rapporter le chapeau de Mlle Joséphine.

Les Sauvant voyagèrent le vendredi 15 avril. Le train était rempli de ravitailleurs qui partaient écumer les campagnes auvergnates et limousines ; avec l'espoir de rapporter notamment un Hitler coupé en morceaux. Eux débarquèrent en gare de Lacelle. Empruntèrent l'autobus à gazogène qui faisait le circuit Lacelle-Saint-Hilaire-Treignac-Bugeat-Lacelle. Finirent pédestrement de Saint-Hilaire à la Manigne. Cinq personnes en tout : Genès le père, Georgette la mère, Nicolas le demi-frère, Marius le comptable et Jeannot, conducteur et motif du voyage. Ils arrivèrent fourbus, chargés de sacs, couverts de poussière et d'escarbilles. On les logea où l'on put en disposant des paillasses et des matelas dans les greniers. Puis on fit connaissance.

Genès Sauvant et Clément Peyrissaguet sympathisèrent tout de suite comme anciens poilus. Ils échangèrent leurs souvenirs, les numéros de leurs régiments, les farces qu'ils avaient faites, leurs plaies, leurs bosses, et l'on eut l'impression, à les entendre rire, que cette guerre de Quatorze avait été le meilleur temps de leur vie.

Leurs femmes, en revanche, Georgette et Thérèse, se ressemblaient aussi peu que possible : la première commandante à désarçonner un dragon, la seconde timide, soumise aux volontés de son homme ; mais elles n'eurent que trois jours à se supporter. Nicolas, le demi-frère, était tout composé de graisse molle, pas encore marié à vingt-neuf ans. Il eût été par l'âge un mari possible pour Marie-Louise ; mais il lui déplut tout de suite à cause de son postérieur ; elle considérait qu'un individu muni d'un si gros derrière ne pouvait être une personne honorable. Marius, le comptable, qui dépassait les autres d'une demi-tête, était au contraire du genre pâle et sec. On remarquait son instruction à ses lunettes cerclées de fer et aux tournures qu'il employait : « Je n'ai pas l'honneur de... Qu'y puis-je ?... Ceci compense cela... » Elles faisaient grand contraste avec le langage de ces Limousins, littéralement traduit de leur patois. Encore le grand-père Gril s'embrouillait-il dans le masculin, le féminin, l'imparfait présenté au futur.

Comme à l'accoutumée, Jeannot fut porté de bon service et demanda, sitôt entré, à faire quelque travail.

— Mes mains s'ennuient sans ouvrage.

— Tiens ! lui proposa Clément. Est-ce que tu saurais te servir d'une tondeuse ?

— Pardi ! Aux Chantiers, on se tondait les uns les autres.

— Eh bien voilà. Tonds mes fils qui en ont besoin.

Le premier à subir l'épreuve fut Jacou, pour qu'on pût voir en petit le résultat de la coupe. Voici donc Jean Sauvant mué en coiffeur, Jacou devant lui sur une chaise, une serviette autour du cou.

— Comment que tu les veux? A l'américaine? A la limousine? A l'auvergnate?

— A la béricaine.

— Très bien. Tu seras servi. Baisse la tête et ne bouge plus.

Et tous ses autres futurs clients d'examiner comment il s'en tirait. D'admirer le va-et-vient des lames. Le geste véritablement perruquier par lequel il écartait le poil tondu, le rejetait sur le plancher. Après le grignotement de la tondeuse, le cliquetis des ciseaux : dessus, par côté, sur les oreilles. Jusqu'au coup de peigne final.

— Est-ce que je te fais aussi la barbe?

Et Jacou, un peu terrorisé :

— Non, non. J'en ai pas.

— C'est parce que tu te mets pas assez de poulinasse. Tu te rappelles ma condition, si tu veux un couteau qui claque?

Le résultat parut à tous satisfaisant, en dépit de quelques échelles qui restaient çà et là. Aucune œuvre n'est parfaite, pas même celle de Dieu. Les autres n'hésitèrent donc plus à lui confier leur tête. Ils y vinrent tous. Même le père. Même le grand-père qui n'était plus passé à la tonte depuis quinze mois. Cela fit par terre un bel éparpillement de poil blond, gris et blanc que Jean balaya et jeta au feu, où il flamba en produisant la même odeur que le cochon qu'on grille dans la paille.

Le samedi, dès l'aube, les deux familles étaient sur pied. Une fois le café bu et la soupe avalée, Gastounette commença d'endosser toutes les fanfreluches indispensables à une jeune épousée. Celles qu'on voyait : la robe de rayonne bleu pervenche cousue par sa mère et sa sœur Marie-Louise; les bas de coton assortis; le voile blanc, grand comme un mouchoir, retenu au chapeau par quatre épingles; les souliers de ses dimanches ordinaires. Celles qu'on ne voyait pas, sans oublier la jarretière que le garçon d'honneur, accroupi sous la table, aurait charge de lui enlever à la fin du souper et de brandir tel un trophée de chasse, criant : « *La tsambalho! La tsambalho*! », et de partager entre tous les invités à titre de porte-bonheur.

Ceux-ci arrivèrent de tous les côtés. En voiture à âne : Simone, son mari Louis Mourigal et leurs deux marmots. Il était convenu que c'est chez eux, à Chamboulive, que Jean et Gastounette iraient passer leur nuit de noce. En tout, parents et amis, une quarantaine de personnes. Manquaient Vincent et Tiennou, toujours prisonniers en Allemagne. Thérèse versa quelques larmes en pensant à eux. Tout ce monde sentait la naphtaline, la gêne d'être endimanché un jour de semaine. Mme Georgette, la mère du marié, était vêtue de sombre, excepté une sorte de fraise blanche autour du cou et une croix d'or qui lui pendait sous le menton. Genès, son mari, était rouge de congestion dans son faux-col, sa cravate, ses manchettes, lui, homme de la terre, habitué à avoir le cou et les mains dégagés.

Jeannot avait sorti le complet *Conchon-Quinette* et les souliers jaunes à bout carré. Pour faire perdre au pantalon les cinq centimètres qu'il avait de trop, il comptait sur les bretelles.

— Tire encore, le corrigea Marius. Ça fait des crapauds.

Il raccourcit les bretelles.

— Encore un peu.

Il tira jusqu'à faire craquer les sangles. L'enfourchure lui pénétra douloureusement dans le sillon fessier.

— Maintenant, ça doit aller, dit Marius.

La messe était prévue pour dix heures. On partit à huit et demie, car il fallait d'abord parcourir ces quatre kilomètres que les jambes des Peyrissaguet connaissaient par cœur. Quatre kilomètres à pied, ce n'est rien dans des vêtements confortables. Mais quand tu sens une espèce de lame qui cherche par le bas à t'ouvrir en deux moitiés, cela devient très vite un supplice chinois. Pour se soulager, Jeannot enfonçait les mains dans ses poches et poussait l'enfourchure vers ses genoux.

— Pourquoi tu mets les mains dans tes poches comme ça? le remontrait sa mère. Tu te fais des crapauds!

Tous ces crapauds qui lui grimpaient aux jambes, il s'en foutait ; il les tolérait mieux qu'une lame de sabre dans la raie du cul. En revanche, les souliers se comportaient honorablement, la semelle de liège empêchant de les perdre.

On entra dans la mairie. Le portrait tricolore de Pétain y avait remplacé le buste blanc de la République. Gastounette ne regretta pas la déchéance de celle-ci et de son parrainage à la mie de pain. L'Etat français avait remplacé l'ancien maire, élu des socialistes, par un nouveau, un Monsieur de, ex-colonel, qui les reçut au garde-à-vous. Les régala d'un petit discours travail-famille-patrie. Leur lut les articles du Code civil. Ils prononcèrent leurs deux oui. Le colonel embrassa la mariée, pour qui c'était bien de l'honneur.

Restait la cérémonie religieuse. Le cortège se remit en route pour l'église. La bénédiction se déroula selon les formes habituelles. Excepté que Jeannot, à cause des bretelles archi-tendues, éprouvait de grandes difficultés à s'asseoir, à s'agenouiller, à se relever. « Pourvu qu'elles ne craquent pas avant la fin ! Petit Jésus, faites que mes bretelles tiennent le coup ! » Heureusement, c'était de la bonne fabrication d'avant-guerre. Ils échangèrent leurs consentements et leurs anneaux, apportés de Thiers par Mme Georgette, achetés à la bijouterie Rostagnol, rue des Grammonts. A la sacristie, ils signèrent le registre, reçurent leur livret de famille. Au moment de la sortie, toutes les cloches auraient dû sonner, annoncer à la campagne environnante, proclamer au ciel et à la terre le bonheur de Jean et de Gastounette. Or elles restèrent silencieuses. Romanet, le sacristain-forgeron, se tenait devant le porche, raide comme l'injustice. Légionnaire du Maréchal, il expliqua au premier venant :

— Je ne sonnerai pas les cloches pour une famille de bolcheviques.

Allusion à Fernand l'ardoisier, à sa propagande en faveur du Front populaire, de l'Office du blé, etc. A la suite de quoi, il s'éloigna à longues enjambées, sans se retourner.

Qu'à cela ne tienne! Les bras sont assez nombreux dans la compagnie. Les frères de Tounette se suspendent à tour de rôle aux deux cordes pendantes. Et c'est, quand elles ont atteint le plein de leurs voix, le plus joyeux carillon que l'église ait jamais produit. Elle s'en trouve ébranlée de pied en cap. Tous ses martinets déguerpissent.

On ne jeta ni riz ni dragées : c'étaient là des denrées trop rares. On garderait le souvenir d'un mariage de rationnement. Jacou et ses deux petits cousins étaient d'ailleurs les seuls enfants visibles. En ce samedi matin, les autres se trouvaient à l'école.

Un nouvel incident éclata sur le chemin du retour. Comme le peloton arrivait au carrefour des Raux, échelonné suivant l'âge, les jeunes devant, les vieux derrière, les jeunes mariés au milieu, bras dessus bras dessous, voici qu'un grand gaillard rouquin, qui semblait à l'espère au bord de la route, se mit à brailler et à tendre le poing :

— Tounette! Tounette! Saloperie! Je t'avais retenue le premier! Tu te souviens pas? Le premier! Chienne que tu es!

— Qui c'est? demanda Sauvant à sa femme.

— André Paupard. Un voisin. Un camarade d'enfance. Je lui dois rien. Je lui ai rien promis.

Mais le roussel de vociférer toujours :

— Ça vous portera pas bonheur à tous deux! C'est moi qui vous le promets! Pas bonheur du tout!

Il cracha par terre. Le cortège passa, faisant mine de ne rien voir, de ne rien entendre. L'autre continua de vomir sa bile. Jean, sous son coude gauche, sentait la main droite de Toune, qui tremblait comme la folle avoine.

18

Tout le reste de sa vie, Gastounette se demanda, sans pouvoir se répondre, alors qu'il existe tant de plat alentour, pourquoi Thiers a choisi de s'installer sur le versant abrupt d'une montagne. « Ce n'est pas une ville pour les hommes, mais une ville pour les chèvres ! » Certaines rues sont proprement vertigineuses : le Pavé, les Chemins-Neufs, la rue Haute, la rue Durolle, le Marché-au-Bois. Si bien qu'on est souvent amené à les descendre sur le derrière, comme en témoigne le nom de la rue d'Ecorche. Deux ou trois seulement, la rue Lavaure, la rue des Groslières (dans son commencement), la rue de la Porte-Neuve, tracées en travers de la pente, sont plates et forment des paliers entre le Moutier et Boulay, la ville basse et la haute. On raconte qu'il y eut jadis une corporation de gamins qui gagnaient leur subsistance en portant secours aux voitures grimpantes. Munis de cales, ils les plaçaient derrière les roues pour permettre à l'attelage de reprendre haleine. On payait d'un sou leur intervention, c'est-à-dire de deux liards ; d'où leur sobriquet de *dou-lha*. Maintenant, les charrois ne sont plus contraints à cet alpinisme ; ils empruntent la route de la Russie, laquelle leur permet, par la vertu de courbes plus serrées que celles de Saint-Hilaire, d'atteindre sans trop ahaner la place de l'Hôtel-de-Ville.

Ce bâtiment expose sur sa façade les armes municipales : une caravelle, des flots et une devise latine affirmant que le travail c'est la santé. Et Dieu sait si, en effet, l'on trimait dans ces voies tortueuses, bordées de petits ateliers où l'on forgeait, trempait, façonnait, émoulait, polissait, assemblait, affilait, cimentait, rivetait les multiples pièces qui composent la coutellerie. Doués d'une vive imagination mécanique, les artisans thiernois pratiquaient depuis des siècles sur le thème du couteau des variations infinies. Dans les substances qui le constituent : acier dur, acier mou, acier inoxydable, corne, os, ivoire, bois, galalithe, fibre américaine, cuivre, laiton, argent, maillechort, aluminium. Dans ses parties : à une lame ou à cent pièces, couteau-marteau, couteau-clé anglaise, couteau-chausse-pied, couteau-breloque, couteau-clarinette. Dans ses dimensions : long d'une toise ou si petit que cent peuvent entrer dans une coquille de noix. Dans ses usages : couteau de table, de poche, de chasse, de guerre, de cuisine, de boucherie, à pain, à fromage, à beurre, à huîtres, à asperges. Dans sa nationalité : couteau savoyard, couteau corse, couteau parisien, couteau belge, couteau suisse, couteau mexicain, tous authentiquement fabriqués à Thiers. Dans son histoire : couteaux de Ravaillac, de Guillotin, de Charlotte Corday, de Casério, de Lucheni et de tous les grands anarchistes, qui n'en voulaient pas d'autres.

A Thiers, l'entière population vivait du couteau, par le couteau, pour le couteau. Il avait modelé la ville, toute penchée vers son torrent moteur et nourricier, enjambé de passerelles, brassé d'innombrables roues à aubes ; lui donnant sa musique et ses odeurs essentielles : cliquetis des enclumes, vrombissement des polissoirs, clapotis des courroies, boum-tchac-floc-couic, boum-tchac-floc-couic des marteaux-pilons infatigablement répétés ; encens et musc des huiles de trempe, des cornes brûlées, de la limaille, des colles fondues.

Il avait aussi modelé les hommes, les femmes, les enfants : tordus sur leur planche ou devant leur meule par le travail, les postures incommodes, les grossesses inopportunes, les rhumatismes, ils portaient à juste titre leur sobriquet de Bitords, c'est-à-dire, si l'on veut, de « doublement tors ». Mais le couteau conférait aussi à leur esprit quelque chose de son coupant. Les Thiernois — et Gastounette en fut souvent scandalisée — pratiquaient à longueur de journée la moquerie, tant à l'égard des autres qu'à l'égard d'eux-mêmes. Sans doute y trouvaient-ils une sorte de consolation à la dureté de leur état, à l'inculture de leur cervelle, à la grossièreté de leurs mœurs, à la noirceur de leurs mains, de leurs ateliers et de leurs maisons, à l'incommodité de cette ville dont ils prétendaient que vous n'en pouvez jamais voir plus d'un tiers, quel que soit votre point d'observation. A côté de son nom officiel, chaque famille y portait un sobriquet descriptif : les Mange-Fourme, les Mange-Salé, les Culs-Cassés, les Epouille-Singes, les Epouille-Serpents, les Barbe-en-Zinc, les Nez-de-Porc, les Vide-Tasse.

Dans cette population plus ricaneuse que rieuse, c'était tous les matins 1er-Avril, journée des farces et attrapes. Ils se jouaient l'un à l'autre des niches de bon goût. Une des plus hilarantes consistait, chez les émouleurs, à remplir de braises vives les sabots de travail d'un compagnon de meule juste avant son arrivée ; qu'on imagine sa surprise et sa jubilation lorsqu'il y enfonçait ses pieds nus, grâce au ciel presque aussi calleux que des pieds de vache. Aussi anarchistes que leurs célèbres clients, les Thiernois se moquaient journellement des personnes les plus respectables et les plus honorées : de leur maire Antonin Chastel, que chacun appelait Tonin comme s'il avait gardé les oies avec lui ; du sous-préfet ; du chef de la justice ; de leurs curés.

Toune en eut l'exemple choquant le jour où son mari osa s'en prendre à l'abbé Chassaigne : un ecclésiastique promis pourtant à la dignité épiscopale ; mais qui s'en serait douté, à voir sa bonne figure toute simple et ses énormes godillots ? Une après-dînée, l'excellent chanoine descendait la Russie. Jeannot envoya la petite Maryvonne, fille de ses voisins, âgée de six ans, qui se plaisait à venir chez lui regarder pousser les laitues, lui porter un message. Elle l'aborda donc, lui présenta une tulipe, en disant :

— Vous êtes bien beau, Monsieur le Curé. Mais vous devriez vous faire châtrer.

— Merci mille fois, ma mignonne, pour la fleur et pour le compliment. Et remercie beaucoup de ma part celui qui t'envoie.

Maryvonne gagna vingt sous à cette commission. Lorsque Tounette en fut informée, elle demanda pardon au Ciel. Quant à Jeannot, en la répandant, il fit rire de cette incongruité les quinze mille habitants de la ville.

Les Thiernois se moquaient des anciens combattants, des infirmes, des malades auxquels ils donnaient des noms abominables : *imangonà* (éclopé), *icharvalhà* (abîmé), *issargalhà* (dérangé), *itropià d'ime* (estropié de l'esprit), ou carrément *treizain*, comme aux couteaux ratés, si la malformation était congénitale. Devant la porte de l'hospice qui l'avait recueilli, un malheureux passait de longues heures au soleil, le front dans les mains. Il avait fait Quatorze, en était revenu fêlé de la tête. Tandis qu'il méditait ainsi, il se trouvait toujours un Bitord pour venir lui demander en patois :

— Vous étiez bien deux frères à Verdun ?

— Parfaitement : mon frère et moi.

— Et quel est celui des deux qui y a été tué ?

— C'est moi.

Et le Bitord de se désopiler.

Bref, l'instinct de raillerie était si fort chez les couteliers que tous se seraient moqués de Jésus-Christ s'ils l'avaient vu, portant sa croix, monter la rue Durolle qui grimpe autant que le Golgotha : hi-hi le barbu ! hi-hi le rouquin ! hi-hi le va-nu-pieds ! Quitte à l'aider ensuite, après sa chute, à se relever. Quitte à lui essuyer le front, à lui bander les pieds, à lui offrir de leur vin, de leur brioche aux grattons, à lui remplir les poches de couteaux et d'épluche-pommes de terre.

Gastounette fit donc douloureusement connaissance avec cette ville inconséquente, pleine de défauts visibles et de vertus dissimulées. Elle faisait sa propagande en ces termes, répandus par les cachets de la poste : *Thiers capitale de la coutellerie*. (Sans doute eût-il été juste d'ajouter *française*.) En 1943, elle menait son tran-tran de ville occupée. Jamais les pauvres n'y avaient été si maigres, les riches si gras. Du moins y jouissait-on d'une tranquillité relative, d'une gendarmerie discrète, d'occupants qui ne se montraient guère, excepté autour de *l'Aigle d'Or* qui était leur Quartier Général. Une foule d'étrangers se terraient dans ses taudis historiques, personne n'allait observer le profil de leur nez.

Maints fonctionnaires rayés des cadres par Pétain pour appartenance à la franc-maçonnerie ou à la juiverie internationales s'étaient reconvertis dans la coutellerie. Les meules, les martinets, les marteaux-pilons ne demandaient qu'à travailler dans la mesure où ils recevaient les matières premières distribuées par le C.O.T.M. (Comité d'Organisation du Travail des Métaux). Le cuivre et ses alliages ayant disparu, réservés aux armements et au sulfate viticole, l'aluminium faisait de son mieux pour les remplacer. L'acier doux remplaçait le dur, le fer remplaçait l'acier doux, le bois remplaçait la corne. Avec ces sortes d'ingrédients, la capitale de la coutellerie fabriquait des objets qu'il valait mieux ne pas laisser tomber par terre de trop haut.

Néanmoins, un incroyable besoin d'articles de table s'était répandu à travers la France occupée. Chaque famille renouvelait son stock de couteaux, fourchettes, cuillères, louches, pelles à tarte, tire-bouchons. C'est que la monnaie avait le feu au derrière : dévaluée de jour en jour, d'heure en heure, elle courait d'une main à l'autre comme à ce petit jeu qui consiste à se faire passer une allumette enflammée ; le dernier s'y brûle. On assistait à de prodigieuses acquisitions : les épiciers achetaient les œuvres complètes de Victor Hugo, les ferrailleurs des encyclopédies, les bouchers des tableaux entièrement peints à la main et à l'huile, les mastroquets des collections de bénitiers. La coutellerie profitait de cette fringale. Le jardinage également, dans des proportions plus modestes. Grâce au troc de leurs légumes contre n'importe quoi, les Sauvant auraient dû ne manquer ni du nécessaire ni du superflu, n'eût été l'austère gestion de Mme Georgette.

Veuve suitée d'un enfant, elle avait épousé en 1921 Genès Sauvant à peine remis d'une blessure qui l'avait retenu quinze mois dans les hôpitaux militaires. C'était un homme doux et mou, le regard attristé par le souvenir de deux de ses frères tombés sur les champs de bataille ; il avait accepté la charge de tuteur pour le fils de l'un d'eux, Edouard, qu'il surveillait de loin, sans faire grand-chose pour lui. Genès était entré dans cette alliance sans un sou, tandis que Georgette apportait en dot la maison, des terres et même, au cimetière des Limandons, leur future demeure éternelle : un caveau en pierre de Volvic construit au temps de son premier ménage, dont le défunt Chastel était pour l'heure le seul occupant. En face de cette propriétaire qui avait bien voulu de lui malgré son dénuement, il se sentait dans la position inconfortable de prince consort. Ou plus exactement de domestique. Les décisions importantes se prenaient sans lui. Il lui restait le jardinage quotidien qu'il accomplissait avec sérieux et compétence.

De temps en temps, le petit Edouard, son pupille et neveu, descendait de la ville haute lui rendre une visite quasi filiale. Il le trouvait au milieu de ses raves et de ses choux, l'entretenait de sa santé, de ses études, de sa mère l'Augustine. Sans jamais le quitter des yeux. Car il reconnaissait chez son oncle — au témoignage des photographies — un peu le visage d'un père dont il ne gardait aucun souvenir. Il aimait à demander sur cet inconnu des détails : « Comment était sa voix ? Comment étaient ses mains ? Comment étaient ses cheveux ? » L'oncle n'avait qu'une seule réponse : « Comme les miens. » Genès n'était pas un homme à discours ; mais devant le fils de son frère déchiqueté par un obus, parfois, son menton tremblait. Au terme de leur entretien, il promenait autour de lui un regard de maraudeur, entrait dans la cabane aux outils ; là résidait aussi une petite boîte de fer propre à recueillir l'argent des ventes opérées sur place ; il y prélevait un billet de cent sous qu'il pliait en huit et lui glissait furtivement dans la main, recommandant :

— Ne manque pas d'aller embrasser ta tante Georgette. Mais surtout ne lui dis pas que je t'ai donné la pièce !

Tante Georgette le recevait dans sa cuisine, toute parfumée de son fricot. Elle lui tendait sa joue sèche et creuse, sans jamais l'embrasser. Lorsqu'il la quittait, elle questionnait d'abord, l'œil soupçonneux :

— Est-ce que ton oncle t'a donné quelque chose ?

Il secouait la tête pour se conformer à la consigne reçue. Alors elle lui remettait son cadeau à elle, qui était invariablement un morceau de sucre.

— Donne bien le bonjour pour moi, neveu, à l'Augustine.

L'orphelin remontait vers la ville haute, rempli de sentiments confus, double reconnaissance, honte et pitié.

A la différence de sa sœur Simone, Tounette avait quitté sa famille sans pleurer. Non qu'elle n'en eût pas envie ; mais près d'elle, il y avait ce Thiernois toujours prêt à lâcher une craque.

— J'emmène votre fille, avait-il dit en prenant congé des Peyrissaguet. Mais vous faites pas de souci ; quand je vous la ramènerai, elle sera pas seule : vous aurez en même temps la vache et le veau !

Il avait bien fallu rire.

Les six Sauvant-Chastel avaient donc fait ensemble le voyage de Lacelle à Thiers en riant comme des bossus. A chaque station, Jean passait la tête par la portière et lisait le nom de la gare pour instruire sa femme :

— Nous sommes à Meymac... A Ussel... A Merlines...

Ils étaient arrivés assez fourbus. Mme Georgette installa le jeune couple au dernier étage de la maison sur la Russie, près du grenier où séchaient les oignons et les saucissons. Sur leur tête, ils entendaient les pigeons roucouler en prenant leurs bains de soleil. Çà et là leur colombine suintait entre les voliges. La chambre contenait un lit de fer acheté à l'encan, une armoire en sapin, une table à toilette avec cuvette et broc en tôle émaillée, une étagère où dormait un seul livre, couché sur le flanc, deux chaises de paille et une malle pour entasser le linge. Des clous de charpentier fichés dans les murs permettaient de suspendre les défroques.

Le lendemain matin, quand ils eurent mangé la soupe :

— Je vous laisse la journée pour vous habituer, dit généreusement la belle-mère. Vous visiterez nos terres. Ça sera comme qui dirait votre voyage de noces. Mais ensuite, à l'ouvrage ! J'ai licencié nos deux ouvriers : faut que vous preniez leur place.

Jean promena donc sa jeune femme sur les domaines Sauvant et lui présenta leurs richesses par le menu : les semis précoces sous châssis ; les arbres à fruits ; la cressonnière, la source, la citerne ; les alignements de ceps, de fraisiers, de framboisiers ; les terres déjà bêchées et fumées, prêtes à recevoir les plants encore en pépinière.

— Ce qui fait notre fortune, c'est la poussière de corne. Le meilleur de tous les engrais qui existent. Les couteliers la produisent en sciant, en perçant, en façonnant les cornes venues de l'Argentine, par pleins wagons. Et les jardiniers se l'arrachent, y en a pas pour tout le monde. On a aussi un autre engrais qui est gratuit ; il vient des ordures de la ville.

Au fond des Tavards, fumait une décharge. La cendre de bois, les épluchures pourries s'y mêlaient aux paperasses, aux boîtes de conserve vides, aux bouteilles cassées. Il suffisait de trier la meilleure gadoue et de la répandre.

— Une fois, j'y ai même trouvé un livre, celui qui est sur le rayon, dans la chambre. Avec le dos en cuir. Quelqu'un l'avait jeté. Si c'est pas criminel !

— Quel genre de livre?

— Tu l'ouvriras. Je l'ai jamais lu, y a trop de lettres. Mais j'ai regardé les photos.

Au sommet de l'exploitation, une maison de pisé servait à la fois de résidence d'appoint, de cabane à outils et, en sous-sol, d'écurie pour l'âne. Ils rendirent visite à Grabiè ; il se laissa manœuvrer les oreilles et caresser le menton.

Une autre parcelle, assez loin de là, entre les Chemins-Neufs et la Russie, côtoyait l'école de garçons du Moutier. Celle-ci venait d'être reconstruite, au lieu et place de l'ancienne, branlante et vermoulue, où Jean et Marius avaient appris leurs chiffres et leurs lettres. Les décombres du vieux bâtiment se trouvaient encore à proximité, formant une butte où le voisinage venait récupérer de bonnes pierres.

— Moi, avant de partir pour les Chantiers, dit Jeannot, j'y ai pris à pleines brouettes la sable et la chaux, et je les ai répandus sur notre terre, qui était un peu lourde.

Résultat de cet amendement : les salades d'hiver y avaient prospéré à tel point qu'il avait fallu les entourer de grillages et faire sentinelle pour les garder des voleurs. Des fenêtres de leurs classes nouvelles, les instituteurs pouvaient les voir et les compter. A la suite de quoi, ils posaient à leurs élèves des problèmes de cette sorte :

Soit un rectangle de terre long de 80 m et large de 40. Un jardinier y produit des salades d'hiver ayant un diamètre moyen de 50 cm. Les plants sont séparés par un intervalle de 10 cm et se trouvent également à 10 cm des bords. Calculer :

1º — le nombre de laitues qui poussent dans ce champ ;

2º — la valeur de ces laitues à raison de 8 f le kilo, sachant que chacune pèse en moyenne 600 g…

Car on s'était mis à vendre les choux, les salades, les carottes et les pommes au poids, qui se débitaient avant guerre à la pièce, à la botte, au quarteron.

Les enfants vérifiaient des yeux le nombre des salades ; ils y trouvaient rarement leur compte ; la géométrie raisonne juste sur des figures fausses.

D'autres parcelles jouxtaient la rue d'Ecorche et la rue du Pavé. La plus lointaine longeait la route d'Escoutoux ; c'était une vigne assez espacée pour qu'on pût semer entre les rangs des haricots nains, entièrement cueillis au moment des vendanges. Des pêchers produisaient çà et là ces fruits blancs et peu juteux, si excellents en confiture, pourvu qu'on ait du sucre.

Lorsque Jean et Toune eurent arpenté toutes ces terres, leur voyage de noces fut terminé. Il ne leur restait qu'à entrer dans la besogne quotidienne.

— Gendresse, dit la belle-mère, vous n'avez pas l'habitude du jardinage. Vous avez plutôt gardé les bêtes en Limousin. Notre travail à nous est tout simple ; mais il exige beaucoup de patience et d'humilité.

Elle lui donna un tablier de fatigue, avec poche ventrale, qui ne faisait pas d'elle la Belle Jardinière qu'on voyait sur les paquets de chicorée, mais une sorte d'Arlequine, tout en pièces de diverses couleurs. Elle la mena près des châssis que les hommes avaient découverts et lui montra comment on désherbe les semis en y regardant de très près, comme à la loupe, pour ne pas confondre les plantules et les mauvaises herbes ; pour bien distinguer dans leur petitesse la vraie carotte, d'un vert franc, de la fausse, plus pâle ; le bon radis de sa sœur trompeuse, la ravenelle. Gastounette y besogna toute la matinée, se traînant à quatre pattes d'un châssis à l'autre, évitant de se relever pour ne pas sentir son échine douloureuse.

Elle se disait parfois : « Ma pauvre Toune, te voilà bien lotie, toi qui es la filleule d'un Président de la République ! Ah ! si M. Gaston Doumergue te voyait, il rirait bien sous son chapeau gibus ! » Elle ne parvenait pas à oublier complètement ce lointain parrainage dont elle avait été si fière jadis. De temps en temps, Mme Georgette venait l'encourager :

— C'est pas bien compliqué, n'est-ce pas ? Suffit d'y mettre de la patience et de la bonne volonté.

De loin et d'en haut, lui parvenait le tambourinement des marteaux-pilons. Un convoi de camions gronda le long de la Russie ; elle vit avec frayeur qu'il s'agissait de voitures allemandes, remplies de soldats casqués. Jean était occupé au fond des Tavards à trier et transporter ses extraits d'ordures, sans écouter la roue de sa brouette qui, à chaque voyage, lui répétait :

— *Nen te be pro ! Nen te be pro ! Nen te be pro !* Y en a assez ! Y en a assez ! Y en a assez !

Genès, le beau-père, taillait et ficelait ses pieds de vigne. Nicolas bêchait et enfouissait. La belle-mère écossait des haricots secs, dit lingots, en vue de la semence, et s'interrompait de temps en temps pour passer des inspections. Marius exerçait sa comptabilité à la Société Générale de Coutellerie et Orfèvrerie, sur les rives de la Durolle. Grabiè, le bourricot, s'ennuyait dans son sous-sol depuis que ses maîtres avaient renoncé aux déplacements à cause des routes mal fréquentées, et que la clientèle venait s'approvisionner aux portes des jardins. On le gardait cependant, quoique inutile, par respect pour son grand âge, un peu comme ces vieillards édentés qu'on abecque dans les hospices, parce que personne n'a le courage de leur faire le coup du père François. En attendant des jours meilleurs, il passait son temps à mastiquer des fanes sèches et à dormir debout.

Vers midi, des sirènes d'usine hululèrent, pour ne pas perdre cette habitude des temps de paix. Les ouvriers s'éloignèrent de leurs forges, de leurs fours, de leurs établis. C'était le moment, chez les Peyrissaguet, où Thérèse eût soufflé dans sa corne. Mme Georgette laissa s'écouler une demi-heure encore, vu que le temps passé à table est du temps perdu pour le travail. Enfin, elle cria aux quatre vents :

— C'est l'heure !

L'appel se transmit de proche en proche, comme font les

coqs qui se passent de l'un à l'autre leurs cocoricos. Gastounette eut grand-peine à se redresser ; elle fit des balancements progressifs pour remettre en place ses vertèbres. Jardiniers et jardinières se retrouvèrent à la résidence d'appoint. Elle comportait une cuisine en terre battue et une chambrette à laquelle accédait une échelle de meunier. Ils trouvèrent, disposées sur la table, des nourritures froides, saucisson, lard maigre, petit salé, fromage. Chacun reçut des mains de Mme Georgette sa part, qu'il découpa sur son pain. Il y en eut à suffisance, sinon en excès. Pour dessert, une pomme de Comte. Pour boisson, de l'eau rougie. Au bout de quoi, Genès, qui voulait se donner l'apparence d'être le patron, fit claquer son Laguiole, malgré la recommandation des couteliers, le glissa dans sa poche. Les autres l'imitèrent. On prit le temps de roter, de poser les mains sur les genoux en regardant le ciel, de prédire :

— Il a envie de pleuvoir.

Nicolas avança une réflexion sur le convoi militaire :

— Ils étaient huit camions, je les ai comptés. Où qu'ils pouvaient bien aller ?

— Paraît, dit le père, qu'ils tiennent garnison au collège.

La conversation n'alla pas plus loin quand Mme Georgette s'écria :

— L'ouvrage vous attend.

Ce soir-là, Jeannot montra à sa jeune femme le livre tiré de la décharge qui constituait sa bibliothèque. Il s'agissait d'une *Histoire de l'Espagne depuis les temps les plus reculés jusqu'à nos jours*, par Auguste Saint-Prosper, publiée en 1846 à la Librairie universelle, 30 rue de la Harpe, Paris. Le texte, disposé sur deux colonnes par page, était noir et dense. Ce que Jean avait appelé des photos était en fait « trente-deux belles planches gravées sur acier, représentant les principaux sites, les monuments anciens et modernes, ainsi que les costumes civils, militaires et religieux ».

— Je l'ai pas lu, dit-il. Y a trop de lettres. Si je semais mon persil aussi serré, il pousserait pas. N'empêche que, des bouquins comme ça, on n'en fait plus. Je me demande ce qu'il peut bien valoir.

19

Depuis un an, par l'intermédiaire de Vichy, les Allemands s'efforçaient de recruter des ouvriers volontaires pour remplacer dans leurs usines leurs hommes mobilisés. Des affiches avaient fleuri sur les murs de la ville, leur propagande dans les pages du *Journal de Thiers* :

Pendant qu'ILS donnent leur sang
Prête tes bras.

En compensation, les guéfangues devaient regagner la France. Quelques alouettes se laissèrent prendre au miroir de la *Relève*. Estimant leur nombre très insuffisant, ce cochon d'Hitler décréta le S.T.O., Service du Travail Obligatoire. Chaque entreprise dut établir dans son personnel un rôle des partants par ordre d'inutilité : en tête, les célibataires sans spécialisation ; puis les célibataires spécialisés ; puis les mariés sans enfants ni spécialité ; puis les pères d'un seul enfant sans spécialité ; puis les pères de deux enfants, etc. Tout de suite, Marius Sauvant, comptable à la S.G.C.O., se trouva aux mauvaises places. Il reçut sa feuille de route et partit pour l'Allemagne. Sans doute parce qu'ils n'étaient officiellement sous les ordres de personne, ses frères jardiniers ne figurèrent sur aucune liste.

Beaucoup d'autres refusèrent cette servitude, et allèrent chercher refuge dans les forêts. Les montagnes boisées qui couvrent les confins de trois départements, Allier, Loire, Puy-de-Dôme, étaient propices à l'installation de ces camps secrets. Réfractaires et maquisards y retrouvaient les gestes préhistoriques : ceux de la chasse, du feu de bois, de la cuisine rudimentaire, du sommeil en commun sous la garde d'un veilleur, des étoiles observées d'où descendaient les secours, armes, vivres, médicaments, postes de T.S.F. parachutés par les avions anglais.

Chez les Sauvant, la politique n'entrait guère, ni par la porte ni par les fenêtres. Seuls le travail et la légume occupaient les pensées. L'argent passait tout entier par les mains de Mme Georgette qui ne rendait de comptes à personne :

— Si vous envisagez quelque dépense, avait-elle précisé une bonne fois, demandez-moi le nécessaire.

— Est-ce que nous allons, osa dire un soir Gastounette, rester comme ça toute notre vie, Jean et moi, sans avoir un sou qui nous appartienne ?

— Mais puisque je ne vous laisse manquer de rien ! Ah ! ne me dites pas que vous souhaitez un salaire !

— Si bien, je vous le dis !

— Un salaire ! Comme si vous étiez mes ouvriers ! mes commis ! mes domestiques ! Non, non, vous êtes mon fils et ma fille. Pas de feuille de paye entre nous. Mais vous aurez tout ce qu'il vous faut, j'en prends l'engagement.

Toune dut se contenter de ce statut. Se résigner à implorer même un peu d'argent de poche les rares fois qu'il lui arrivait de monter seule en ville. Un soir, dans la chambrette badigeonnée de colombine, elle entretint son mari du livret de caisse d'épargne qu'il lui avait naguère fait miroiter :

— J'aimerais bien en voir la couleur.

— D'accord. Je le réclamerai à la mère.

Il le réclama.

— Oui, oui, je te le donnerai un de ces jours. A présent,

tu es largement majeur ; tu as le droit d'en faire des choux ou des raves. Tu n'as plus besoin des services de celle qui t'a mis au monde.

Puis elle n'y pensa plus. Il le réclama une seconde fois :

— Laisse-moi le temps de le dénicher. Je ne me rappelle plus où je l'ai mis. Trop bien caché, sans doute.

Un soir enfin, ils trouvèrent le livret vert déposé sur leur lit. Jean l'ouvrit. D'abord, il ne comprit rien à ces chiffres, ces dates, ces dépôts, ces retraits, ces intérêts additionnés, qui couvraient une dizaine de pages. A la dernière, là où les gribouillis prenaient fin, y regardant à dix fois plutôt qu'une, il comprit cependant que le total de l'épargne s'était bien élevé en 1941 à la somme de 22 513 francs ; mais qu'ensuite, le 12 septembre de cette même année, c'est-à-dire la veille de sa majorité, 22 500 francs avaient été retirés. Il restait une disponibilité de 13 francs.

Lorsqu'elle eut compris cela, Tounette hésita entre les larmes et la colère. Finalement, elle éclata de rire :

— J'ai cru qu'en me demandant tu apporterais 20 000 francs dans notre ménage. C'est bien ce que tu disais ? Finalement, tu m'as prise pour pas cher ! Pour treize francs !

— Mais c'est moi qu'elle a roulé ! Attends demain, elle saura ce que je pense d'elle, cette vieille bique !

— Non, ne lui dis rien, ne fais pas de bruit là-dessus. Qui sait ce qu'elle irait croire de moi ?

Or c'est Mme Georgette qui la première aborda le sujet :

— Vous avez dû être un peu surpris tous les deux de trouver ce livret presque vide. D'abord, je ne vous ai rien volé : cet argent était à moi jusqu'à ta vingt et unième année accomplie. Ensuite, si je l'ai retiré, c'était pour vous rendre service. Je ne vois pas bien ce que vous pourriez faire de 22 500 francs en ce moment, alors que tout vous est fourni, le vivre, le vêtement, le couvert. Si vous tombez malade, l'un ou l'autre, c'est moi qui paierai les soins. Je suis votre assurance, mieux que la *Mutuelle du Mans*. En vous enlevant ces capitaux, je vous ôte en même temps les folles pensées que l'argent inspire quand on en a trop. De toute façon, ils ne sont pas perdus, vous les récupérerez un jour quand je quitterai ce monde.

Ainsi Jean et Gastounette se trouvèrent-ils débarrassés de toute méditation capitaliste.

L'étrange communauté jardinière qu'ils formaient était un peu semblable aux antiques communautés agricoles qui florissaient jadis dans la région thiernoise[1]. Toutefois, Mme Georgette y tenait les rôles réunis de maître et de maîtresse, puisque Genès ne possédait qu'une apparence de pouvoir. Bien qu'elle ne résultât d'aucune élection librement consentie, nul ne discutait son autorité, comme s'ils avaient tous été les fruits de ses entrailles, y compris son mari et sa gendresse. Rien de grand ni de petit n'échappait à ce despotisme, comme on le vit à propos du chocolat.

La carte de rationnement J3 attribuait une tablette de cent grammes chaque mois à Jean et à sa femme. La belle-mère ne manquait pas de l'acheter ; mais il ne paraissait jamais sur la table. Lorsque Toune en demanda des nouvelles :

— Est-ce que vous avez besoin de chocolat? s'écria Mme Georgette. N'êtes-vous pas nourrie suffisamment?

— Et que vont devenir nos rations?

— Je les tiens en réserve, bien au sec. Soyez tranquille, je ne les laisse pas abîmer! Vous serez peut-être bien contente, plus tard, si votre état l'exige, de les trouver.

Tounette soupçonna que la vieille s'en régalait secrètement. Elle surveilla ses allées et venues, les mouvements de ses mâchoires, la couleur de ses doigts. Sans jamais la prendre en faute. En définitive, Mme Georgette s'aimait trop peu elle-même pour s'offrir de telles gâteries.

Marius Sauvant, son fils préféré, célibataire de faible

1. — Voir *Les Bons Dieux*, roman (Julliard 1984).

spécialisation, s'exila donc pour l'Allemagne. (Les jumeaux Peyrissaguet, Vincent et Tiennou, n'en furent pas relevés pour autant et y poursuivirent leurs galères.) Le demi-frère, Nicolas Chastel, en tant qu'aîné de la descendance, se considérait volontiers comme l'adjoint de la patronne ; ou, si l'on veut, son contremaître. Il lui arrivait de commander souvent à son cadet et même à son beau-père :

— Ce matin, on va cueillir les petits pois. Vous m'aiderez. A chacun sa raie.

Il prenait la tête. Devant lui, Jeannot voyait avancer son gros derrière ; et aussi pendre et se balancer par une déchirure de son pantalon ses testicules, qu'il avait énormes et noirs comme ceux d'un taureau. De temps en temps, il les rattrapait de la main, les renfonçait dans leur niche. Mais au bout de quelques pas, ils ressortaient prendre le soleil. Tounette était ailleurs, Dieu merci, en compagnie de la belle-mère.

L'été vint, chaud, terriblement sec. La citerne se trouva épuisée. Chaque soir, Jeannot fut préposé à la corvée d'arrosage. Muni de deux arrosoirs de quinze litres, il descendait faire le plein au ruisseau des Limandons, à deux cents mètres plus bas. Ce qui l'obligeait à traverser deux fois la Russie, ses récipients au bout des bras, au risque de se faire écacher comme une *guenille* par les gazogènes. Après trente ou quarante voyages, il avait bien gagné le verre de vin que la mère lui octroyait.

A partir de septembre, Tounette cessa de pratiquer les travaux qui obligent à se baisser, car elle se trouvait dans une situation intéressante et avancée. L'éclosion était prévue pour la fin décembre. Elle eut enfin droit au chocolat dont Mme Georgette avait fait provision :

— Je vous l'avais bien dit que vous seriez bien aise de le trouver un jour, au lieu d'en satisfaire une vaine gourmandise. Il profitera aussi à mon futur petit-fils ou ma future petite-fille.

Mme Georgette avait toujours raison. Toune resta donc au bord des jardins, occupée à de menues besognes : à nouer les bottes d'oignons, à ravauder les chaussettes, à tricoter la layette. Elle écoutait ce petit cœur qui battait en elle d'un pouls plus rapide que le sien, avec un tic-tac de montre. Elle l'imaginait souffrant comme elle de la chaleur, de la fraîcheur, ou de l'humide. Elle le sentait lui dire merci quand elle l'abreuvait. La nuit, s'il la réveillait en bougeant, elle lui parlait tout bas et le caressait. Elle récitait un *Je vous salue* pour sa santé. « Il naîtra, c'est dit, le 25 décembre, comme l'enfant Jésus. On le prénommera Noël ou Noëlle. »

Pendant qu'elle préparait cette vie, des millions d'hommes, de femmes et d'enfants à travers le monde perdaient la leur par la volonté de ce cochon d'Hitler. Chez les Sauvant, il n'y avait pas de T.S.F. ; ils n'auraient d'ailleurs pas eu le temps de l'écouter : la légume commande. Mais ils apprenaient les nouvelles importantes par la clientèle. Par les visites d'Edouard, le cousin orphelin de guerre, devenu instituteur, en poste double avec sa femme à la Monnerie. Comme au temps où elle le régalait d'un morceau de sucre, Mme Georgette lui demandait :

— Comment va ma belle-sœur, l'Augustine ?

Ayant satisfait à ces formalités, il parlait de la situation internationale. Les Américains envoyaient leurs forteresses volantes bombarder l'Allemagne. La nuit, Mme Georgette récitait aussi des prières pour que son fils Marius fût épargné.

Chaque mois, chaque semaine, chaque jour perfectionnait l'enfant qui se préparait à voir comment est bâtie la ville de Thiers. Rue des Groslières, une clinique-maternité y fonctionnait depuis peu. Jean eût bien aimé y faire entrer sa femme ; mais cela devait coûter les yeux de la tête. Il en toucha deux mots à la mère : elle s'offensa de son hésitation :

— Est-ce que je vous ai jamais refusé un centime pour une juste dépense ?

Lorsqu'elle sentit approcher le moment de la délivrance, Gastounette s'y rendit donc, à pied, au bras de son mari. Il gelait à pierre fendre. A cause des restrictions de charbon, la clinique n'était pas trop chauffée. Le 25 décembre n'était pas une date bien choisie : les festivités enlèveraient une partie du personnel.

Dans sa cellule blanche, elle recevait les contractions par vagues, qui l'emportaient sur un océan de douleurs. Elle mordait le drap pour ne pas crier, jusqu'à ce que le reflux succédât au flux. Assis près d'elle, Jean lui tenait la main, lui essuyait le front. De loin en loin, entrait une jeune infirmière qui examinait l'évolution des choses, et secouait la tête : ce n'était pas encore imminent. On apporta un potage. La journée s'écoula dans ces affres. Le mari aurait bien mangé un morceau de n'importe quoi, fromage, andouille ou saucisson. « Les accouchements, qu'il se dit, ça épuise. » Au bord de nuit, la belle-mère se présenta : justement, elle apportait du pain et du lard froid.

— Comment ça va, gendresse ?

Des paupières, Tounette fit signe que tout se déroulait normalement. Puis elle s'assoupit. Jeannot cassa la croûte. Mme Georgette se retira, disant, ça sera pour demain, le 26. On l'appellerait Noël tout de même. A son tour, Jeannot somnola sur sa chaise, la tête appuyée au mur.

L'infirmière reparut :

— Je suis dans ma chambre, de l'autre côté de la cloison. Vous cognez au mur, en cas de besoin.

Noël ou Noëlle est un joli prénom. Ça lui porterait bonheur. On n'allait pas se torturer les méninges pour en chercher un autre.

L'obscurité grise envahit la pièce, combattue par une veilleuse jaune. De temps en temps, Gastounette soupirait :

— Quelle heure est-il?

Jean n'avait pas de montre. Il allait lire l'heure à la pendule du couloir. Onze heures. Minuit. Dans la chambre contiguë, l'infirmière reçut son jules : des gémissements en témoignaient ; mais Toune était trop occupée par ses contractions à elle pour s'en rendre compte.

Il passa ainsi la nuit sur sa chaise, dans des postures toutes plus tordues l'une que l'autre, ses genoux, ses fesses, ses reins, sa nuque au supplice. Tu enfanteras dans la douleur. Vers neuf heures du matin, le jour commença de poindre. Il était en réalité six heures au soleil, à cause de l'heure de Berlin imposée par les occupants à la France entière. Ce qui occasionnait des décalages ridicules. Soudain, la parturiente pousse une hurlée. Jeannot tombe de sa chaise, tambourine contre la cloison. L'infirmière finit par se montrer, les yeux pochés par le plaisir.

— Vite, vite! A la salle d'accouchement! Vous, restez dans le couloir!

Il s'y ronge les sangs, en compagnie de la seule pendule. Après un quart d'heure, la porte s'ouvre, l'infirmière passe la tête :

— C'est un garçon!

Noël! Noël! Noël! Si son fils ne brille pas dans les écoles, on en fera un jardinier. Le meilleur du département. Son avenir assuré dans la légume. S'il y réussit, il deviendra instituteur comme le cousin Edouard. Ou professeur. Ou avocat. Un de ces hommes qui gagnent argent et considération sans transpirer.

Telles furent les circonstances qui entourèrent la venue dans ce panier de crabes féroces qu'était le monde le 26 décembre 1943, du petit Noël Sauvant. Il eut pour parrain Emile Peyrissaguet, âgé de quatorze ans ; pour marraine sa grand-mère Georgette. A cette occasion, elle lui procura un livret de caisse d'épargne sur lequel elle avait déposé la somme de deux cents francs. A peu près ce qu'avait reçu en 1925 sa mère Gastounette d'un Président de la défunte République.

En 1944, les choses allèrent de plus en plus mal pour les forces hitlériennes. En Russie, elles disparaissaient, absorbées par les neiges ou exterminées par les vaillants Soviétiques. Elles s'ensablaient en Egypte et reculaient en Italie. L'aviation alliée écrabouillait les villes allemandes ; malheureusement, elle écrabouillait aussi beaucoup de villes françaises. Chaque soir, sur les ondes de Radio-Paris, un certain Philippe Henriot flétrissait les assassins du ciel avec des accents de prophète, appelant un impossible rapprochement entre pétainistes et gaullistes :

— N'apprendrons-nous pas à nous réconcilier avant que des bombes bien intentionnées ne nous réunissent dans le silence de la mort ?

Peu sensibles aux diverses propagandes, les Sauvant cultivaient leurs choux et leurs carottes. Provisoirement écartée de la terre, Tounette complétait les soins qu'elle donnait au petit Noël en s'occupant du fricot et du ménage. Les légumes étaient en principe vendus à la porte des jardins ; mais, par privilège spécial, quelques anciennes pratiques — notaires, médecins, gros commerçants, maîtres couteliers — jouissaient encore d'une livraison à domicile que Jeannot assurait juste à l'aube, avec sa hotte, dans les rues encore vides. Afin d'intéresser ses associés à la bonne marche de leur commerce, Mme Georgette avait décidé de l'établir sur des bases nouvelles. Les recettes journalières seraient ainsi distribuées :

— 20 pour cent à elle-même et à Genès ;
— 10 pour cent à Jean et à Gastounette ;
— 10 pour cent à Nicolas ;
— 60 pour cent en couverture des frais de fonctionnement et en fonds de réserve.

Ainsi ses subordonnés recevraient-ils, non point un salaire, mais une participation aux bénéfices.

Sur cette base, les diverses caisses étaient vidées chaque

soir au milieu de la table commune, sous leurs cinq regards attentifs. On empilait les pièces. On formait des rouleaux de dix avec les billets de 5, de 10 ou de 20 francs. Certains jours, le total atteignait huit ou neuf cents francs ; il tombait rarement au-dessous de quatre cents. En ce temps-là, un instituteur débutait à douze cents francs par mois ; un facteur à neuf. Jeannot et Toune recevaient donc un millier de francs mensuels, dont une partie était aussitôt mise à fructifier sur des livrets de caisse d'épargne. En compensation, si la nourriture demeurait gratuite et communautaire, chaque ménage devait payer ses vêtements, ses chaussures, ses soins médicaux.

Nicolas Chastel, demi-frère mais mangeur complet, engloutissait à table comme quatre. C'était aussi un enragé fumeur. Sa ration officielle ne lui suffisant pas, il la complétait par du tabac qu'il cultivait clandestinement, séchait et traitait à sa manière, dont l'usage empuantissait la maison.

Or Tounette s'aperçut que ce mégot qui lui pendait au coin de la bouche lui servait aussi, au moment de la comptabilité, à user d'étranges manœuvres. Sous prétexte que la cigarette s'était éteinte, il plongeait la main droite dans la poche de son pantalon pour y prendre le briquet ; mais cette main ne plongeait pas à vide ; par un adroit tour de physique, elle enfonçait toujours un billet, voire un rouleau dissimulés dans la paume, qui, ensuite, n'entraient pas dans le partage. Toune en conclut que le beau-frère était aussi un beau voleur.

Craignant toutefois de susciter une querelle d'hommes, elle n'informa point son mari, mais en entretint la belle-mère entre quatre-z-yeux. Celle-ci d'abord n'en voulut rien croire :

— Vous n'avez, dit Toune, qu'à bien regarder vous-même. Une fois ou l'autre, vous remarquerez le manège.

— Non, non. Je ne suis pas douée pour l'espionnage. Si Nicolas emploie ce genre de pratique, ce n'est pas bien. Pas bien du tout. Mais que cela reste entre nous, ma chère fille.

N'engendrons pas des brouilles et peut-être des batailles. Ce n'est l'intérêt de personne. Sachez seulement que, si vous vous sentez un peu lésés, Jeannot et vous, un jour je vous revaudrai cela.

Elle dut se contenter de cette vague promesse.

Le printemps 44 fut riche en fruits de toutes sortes.

En mars, le céleri-rave fut bon à arracher, la scarole à ligaturer, la mâche de culture à cueillir. L'aviation anglaise bombarda l'usine Michelin de Cataroux ; le sol en trembla jusqu'à Thiers. D'après *le Moniteur*, il y eut vingt morts et cent blessés. En fait, peut-être davantage. A Saint-Etienne, un bombardement américain causa des milliers de victimes.

En avril, les asperges atteignirent 80 francs la botte ; mais le cresson à 5 francs le bouquet, les choux-fleurs à 12 francs le kilo, les topinambours et les rutabagas à 8, les navets demi-longs à 10 demeuraient à la portée de toutes les bourses.

— Les topines, chez nous, disait Gastounette, on les donne aux cochons.

— N'en dites pas de mal, gendresse. Le topinambour est bon quand on l'aime. C'est bien connu.

A Paris, Pétain et Laval assistèrent dans Notre-Dame à un service funèbre pour le repos des écrabouillés. Une foule innombrable et enthousiaste se pressa sur leur passage, acclamant et applaudissant.

En mai, les premières fraises se vendirent à prix d'or. Dans la bouche du petit Noël, pointa, comme un grain de riz, la première incisive. En Tunisie, les alliés firent 250 000 prisonniers italo-allemands. En Auvergne furent placardées des affiches subversives appelant les hommes valides à se mobiliser et à se rendre en Margeride chaussés de bons souliers, avec des vivres pour quarante-huit heures.

En juin, c'est à peine si les Sauvant remarquèrent le débarquement en Normandie : c'était la pleine saison des cerises et des radis. Du 2 au 12, les maquisards livrèrent autour du Mont-Mouchet des combats farouches.

En juillet, les poires de Monsieur, si délicieuses en confiture, commencèrent de jaunir avec dix jours d'avance. Les poires blanquette mûrirent vaillamment. Les abricots Luiset ne suffirent pas à la demande. En Normandie, par la percée d'Avranches, les Américains brisèrent le mur de la Manche. Le petit Noël mit sa quatrième dent.

Août explosa comme un feu d'artifice, fusées des haricots Saint-Fiacre, soleils des tomates, girandoles des pois mange-tout, pétards des poireaux grainés, bouquet des groseilles, des cassis et des framboises. Les 24 et 25, les Sauvant furent surpris en agenouillements devant leurs melons sous cloche par une pétarade désordonnée : la ville de Thiers était en train de se libérer elle-même de ses occupants, d'en zigouiller autant qu'elle pouvait, d'en capturer beaucoup, de mettre en fuite les grenadiers blindés de Hitler. Les vaincus laissèrent derrière eux d'abondantes dépouilles, vareuses, pantalons, bottes, ceinturons ; elles furent rassemblées au marché couvert où de nombreux Thiernois mal vêtus et mal chaussés vinrent se servir. Jeannot lui-même y choisit une vareuse verdâtre qui, une fois débarrassée de ses insignes détestés, lui alla beaucoup mieux que le pantalon de ses noces. Tonin, l'ancien maire destitué par Vichy, reprit ses fonctions. Quelques collaborateurs ou pétainistes, qui n'avaient pas tous mérité tant de précipitation, furent fusillés à la six-quatre-deux. Quelques collaboratrices, tondues à double zéro.

Après de longues et douloureuses convulsions, Thiers redevint une ville paisible, qui ne demandait qu'à se tuer de travail comme avant, qu'à chopiner, qu'à rire, qu'à manger les *guenilles*, la brioche aux grattons et le *rapoutet*, qu'à se foutre de tout le monde, d'elle-même et de la République.

La joie de la Libération fut obscurcie chez les Sauvant par un désastre domestique. Un matin, Mme Georgette tarda exprès à suivre les hommes aux jardins et demeura seule dans la cuisine avec Toune qui donnait le sein à son Noël.

— Oh! gendresse! gémit-elle en empoignant ses cheveux à deux mains. Si vous saviez ce qui nous arrive!

— Quoi donc?

— On nous a volé notre printemps!

Elle voulait dire par là que le fonds de réserve, les soixante pour cent du chiffre d'affaires accumulés depuis le mois de mars avaient disparu.

— Tout le printemps? s'étonna Gastounette.

— Oui, tout le printemps, en billets plats et en rouleaux. Il se trouvait dans une boîte à biscuits *Les délices de Bretagne*. Et la boîte, dans l'armoire de notre chambre.

— Fermée à clé?

— Hé non! J'avais confiance en tout le monde! En vous, en mes fils, en mon homme!

— Alors, qui a bien pu faire ça?

— Dites-le-moi! Le voleur n'a pas laissé sa carte de visite!

— Peut-être qu'il n'est pas bien loin!

La belle-mère secoua la tête, refusant de savoir; mais elle gémit, pleura, se tordit les mains, tandis que Tounette sentait son cœur se glacer parce qu'elle se demandait si ce n'était pas elle qu'on soupçonnait. Les délices de Bretagne disparues ne furent, en définitive, ni cherchées ni retrouvées.

Ainsi cette année 1944 qui eut dans toute la France un été si glorieux, pour eux fut sans printemps.

On sut que les désastres n'avaient pas épargné Treignac

ni sa région. En juin, un groupe de S.S. avait fouillé les fermes, à la recherche de réfractaires au S.T.O. et de « terroristes ». Un officier s'était même installé à la Manigne chez les Peyrissaguet, y avait couché quatre nuits de suite, visitant les placards, mangeant le beurre, le fromage tête-de-mort et les carcaris. Un matin, comme il se trouvait assis sous la cheminée, fumant sa pipe et crachant dans les cendres, le grand-père Grillon était soudain paru devant lui, en sabots, appuyé sur sa canne, et l'avait interpellé sans ménagements dans son franco-patois :

— Enlève-toi d'ici, *této de chinlhà* ! Tête de sanglier ! C'est ma place !

Sans entendre grand-chose à ce langage, l'autre avait bien compris cependant que le vieux lui demandait de déguerpir. Il y avait consenti sans résistance, en s'esclaffant, comme s'il participait à une bonne farce.

Le lendemain, plus personne n'eut l'occasion de rire : les S.S. s'emparèrent de quatre garçons et les fusillèrent à la Brunerie, contre un mur. Parmi eux, André Paupard, l'ancien amoureux de Gastounette. Lorsque celle-ci fut informée de ce malheur, elle éprouva quelque regret de n'avoir pas mieux traité jadis son ancien camarade d'enfance. Elle se rappela ses paroles dont elle tremblait encore :

— Ça vous portera pas bonheur, à tous les deux ! Je vous le promets !

Elle parla dans sa tête au pauvre André :

— Je ne t'avais rien promis. C'est toi qui t'étais planté comme un clou dans la cervelle cette idée de m'épouser.

— Et pourquoi n'as-tu pas voulu de moi ?

— D'abord parce qu'on m'avait dit que tous les roussels sont mauvais.

— Je me serais teint en noir.

— Ensuite, parce que je ne t'aimais pas assez.

— Si tu y avais mis de la patience, j'aurais bien su me faire aimer comme il faut.

— Enfin, parce que j'en aimais davantage un autre.

— Qui ?

— Jean Sauvant.

— Lui ? Pourquoi lui ?

— Je ne sais pas bien. Parce qu'il me faisait rire. Parce qu'il venait de loin.

— Ce ne sont pas de bonnes raisons.

Même dans l'au-delà, elle n'arrivait pas à le convaincre. Elle récita une prière pour le repos de son âme rouquine.

20

Le petit Noël accomplit sa première année de vie le 26 décembre 1944. Depuis longtemps, il savait rire et sourire. Il commença de parler, de marcher, de fourrer ses doigts dans les yeux et les oreilles de son grand-père Genès.

Et tout à coup, de la façon la plus inattendue, la plus incroyable, la plus injuste, il mourut en l'espace d'une semaine. D'une méningite foudroyante. Laissant tout le quartier et tous les siens sans voix. Muette aussi la doctoresse Crussol qui l'avait soigné. Elle pleura sur le petit corps autant que si elle eût été de la famille. Elle secourut de son mieux la mère qui en avait grand besoin. Demanda au père si la méningite n'était pas une maladie d'hérédité. Il trouva d'autres cas en effet, admit que les méninges étaient un point faible chez les Sauvant.

— Voilà sans doute l'explication ! conclut la doctoresse, un peu soulagée.

Le petit cercueil fut transporté aux Limandons et déposé près du défunt Chastel qui le reçut bien, quoiqu'il n'eût avec lui aucun lien de parenté.

Après la fin de ce cochon d'Hitler dans sa bauge berlinoise, la paix revenue et ses espérances aidèrent les Sauvant et les Peyrissaguet à supporter ce deuil. Les jumeaux Vincent et Tiennou revinrent de leur captivité et purent rester ensemble, non pas une heure, mais autant qu'ils le voulurent. Marius Sauvant revint de son S.T.O. et retrouva sa S.G.C.O.

Dans le jardinage, il fallut reprendre les habitudes commerciales d'avant-guerre ; ne plus attendre sur place la clientèle ; porter de nouveau les fruits, fleurs et légumes aux marchés anciens : le dimanche place du Pirou ; le lundi place Duchasseint ; le jeudi sous le Rempart. La vente y était assurée par Mme Georgette, assistée de Toune.

Jeannot, le plus jeune, le plus costaud des hommes, assurait leur approvisionnement, à pleines hottes, depuis la lointaine Russie ou la rue d'Ecorche. Aussi chargé qu'un Père Noël, il lui arrivait de faire dix voyages dans la même journée. L'âne Grabiè n'y aurait pas résisté : on l'employait aux transports plus humains, des bacholles et des paniers au temps des vendanges, du marc de raisin destiné à l'alambic.

L'argent avait changé de forme, de dimensions, de figure. C'étaient à présent des billets imprimés en Amérique, sans aucun profil de la République, de l'Industrie, de l'Agriculture, du Commerce ni de la Gymnastique. Couverts sur toute leur surface de lignes inextricables. Avec une étrange coupure de 300 francs. Aux centimes pétainistes en aluminium, succédèrent des centimes républicains en nickel.

Le 14 juillet fut l'occasion de grandes réjouissances. Jamais il n'avait été si tricolore. Les filles portaient dans les cheveux des rubans et des cocardes bleu-blanc-rouge. Les couleurs de la France les rendaient toutes adorables. La Société Philharmonique donna un concert héroïque au kiosque de la place aux Arbres. La foule dansa sous les lampions jusqu'à l'aube.

Nicolas le demi-frère et Marius le comptable profitèrent de cette période de bonheur pour trouver femme et se marier. La cérémonie fut unique, ce qui permit d'économiser sur les frais de mangeaille et de religion. Ils annoncèrent qu'ils quitteraient avec leurs épouses respectives la maison de la Russie pour s'établir en d'autres domiciles.

Mme Georgette et Genès son mari jugèrent à propos de faire par-devant Me Barge, notaire de la famille, une donation-partage de leurs biens immobiliers. Chacun des trois héritiers avait droit au tiers de ces biens, tous d'origine maternelle. Nicolas se contenta des terres qui lui revenaient, aux Tavards et au Franc-Séjour. Marius s'intéressait médiocrement aux jardins ; il proposa donc à Jean de lui céder sa part, moyennant une somme de 800 000 francs, fixée par le notaire.

— Nous n'en avons pas le dixième, dit Jeannot. Où veux-tu que je les trouve ?

— Rien ne presse. Tu cultives tes terres et les miennes. Vous me réglerez plus tard, par exemple au décès de nos parents. En attendant, tu me verseras seulement les intérêts, à 2 du cent. Moins que la caisse d'épargne. Parce que tu es mon frère. Environ 1 300 francs chaque mois.

Après quelques calculs, ils s'accordèrent là-dessus. Les parents gardaient en propre la maison de la Russie avec un enclos. Ils continueraient d'y loger gratis Jean et sa femme, en compensation des soins qu'ils pourraient recevoir d'eux.

Et l'âne ? Personne n'en voulait. Ce n'était pas un bien immobilier. Or Toune avait l'ambition d'aller vendre hors la ville, avec une voiture jardinière, à Saint-Rémy, à la Monnerie, à Peschadoires. Elle le demanda par-dessus le marché.

— S'il ne nous sert pas, dit Jeannot, avec sa peau, on fera des tambours.

Grâce à ces arrangements couchés noir sur blanc par Me Barge, ils devinrent les maîtres des terrains du Pavé et de la rue d'Ecorche. Quant aux biens mobiliers, quant à l'argent, nul n'en fit mention. On en sut tout de même quelque chose, par une nigauderie de Genès. Un jour que Jeannot se plaignait des billets américains, le père lâcha cette réflexion :

— M'est avis que, d'ici peu de temps, le papier monnaie vaudra guère plus que le papier hygiénique. N'y a que deux façons de le préserver : acheter de la terre ou acheter de l'or.

Il n'en dit pas davantage. C'était assez pour faire soupçonner qu'il avait converti le sien en métal précieux. Tounette eut un rêve où elle vit son beau-père gravir une montagne d'or aussi haute que le puy de Dôme.

Après le départ de Nicolas et de Marius, la maison de la Russie se trouva bien grande. Bien loin aussi de l'Ecorche et du Pavé où Jeannot avait son travail. Par ailleurs, il lui devenait de plus en plus insupportable de rester sous la dépendance de ses père et mère. Il s'en entretint avec Tounette. Elle et lui furent d'accord pour prendre à leur tour leur volée. Ils trouvèrent en location une demeure au 36 de cette ancienne rue du Pavé qu'une certaine municipalité avait tenté de moderniser en la rebaptisant rue Rouget-de-Lisle. Toute faite de masures moyenâgeuses mi-torchis, mi-colombages, qui branlent depuis des siècles et s'écroulent de temps en temps. Le 36 avait été précédemment occupé par un monteur de couteaux ; il y avait laissé l'odeur de ses limailles et de ses sueurs. Une treille couvrait pudiquement sa façade toute bleuie de sulfate. En annexe, il comportait une remise suffisante à loger Grabiè.

Mme Georgette profita de leur déménagement pour se débarrasser de fripes, de meubles invendables qui encombraient son grenier de la Russie. Du lit défoncé où un chien n'aurait pas voulu dormir, qui les avait reçus pendant trois ans. Des chaises crevées (« Tu les rempailleras ! »). D'une armoire démise, d'un miroir fendu. De bêches, pioches, râteaux, bigots usés jusqu'au manche (« Tu ne peux pas gratter la terre avec tes doigts comme les poules ! »). D'un petit poêle de fonte. D'une table bancale (« Moi aussi j'ai un pied qui cloche ! »). Et même d'une petite dame-jeanne d'eau-de-vie dont elle voulait priver son homme (« Tu ne me diras pas que je t'ai laissé partir les mains vides ! »). Ainsi pourvus, ils s'installèrent tous trois à leur nouveau domicile et commencèrent leur vie indépendante.

Jean Sauvant avait toujours eu avec la terre des rapports charnels. Il aimait s'agenouiller sur elle, la caresser, la prendre entre ses doigts, la pétrir, apprécier la finesse de son épiderme, la chaleur de ses entrailles. Sitôt qu'elle avait produit une récolte, il ne la laissait pas dormir. L'ayant généreusement nourrie de compost, de chaux, de poussière de corne, il la retournait profondément à la bêche. Ainsi obtenait-il, la sueur au front, un carré uni, sans un grain plus haut qu'il ne fallait. Il se plaisait alors à se redresser, à la contempler, à lui dire des yeux : « Comme tu es belle ! » Puis il l'ensemençait, l'arrosait, la paillait pour favoriser les germinations. Recueillis de la bouche même de Mme Georgette, jardinière incomparable, il connaissait tous les proverbes utiles à l'agriculture, traduits dans le langage thiernois :

Mieux vaut se gratter l'anus
Que bêcher pour la Saint-Marius (19 janvier).

Dure autant neige en février
Que l'eau portée dans un panier.

Vigne taillée en lune ancienne
Ne vaut pas plus qu'un pet de vieille.

Saint-Eutrope (30 avril) *qui pisse*
Estropie les cerises.

Qui pendant la semaine sainte
Ne songe à semer fin ni gros
Peut s'enfermer au Bois-de-Cros. (Chez les fous.)

En septembre,
Que les feignants aillent se pendre.

Et surtout celui-ci, qui le confortait dans sa résolution d'indépendance :

Autant être porc que porcher
Si tu n'es maître de ta porcherie.

Levé avant le jour, il allumait le feu dans le petit poêle pour que sa femme trouvât la cuisine chaude. Ensemble, ils mangeaient une soupe épaisse de légumes et de pain. Puis ils partaient pour l'un des deux jardins, où ils besognaient jusqu'à midi. Lui bêchait, binait, piochait. Elle désherbait, cueillait, lavait les légumes terreux, les disposait dans des corbeilles. Ils fréquentaient les trois marchés thiernois hebdomadaires. Parfois, en concurrente, ils y côtoyaient Mme Georgette qui ne pouvait se passer de vendre les produits de son enclos, pas plus que le poisson ne se passe de nager. Ou bien la Louise Chastel, l'épouse du demi-frère. Et même il arrivait à celui-ci, lorsqu'il se trouvait un peu dépourvu, de venir s'approvisionner chez Jeannot en salades, en choux, en haricots. La Louise s'arrangeait alors, par honnêteté, pour vendre aussi loin de Tounette que possible.

Mais leur gros débit avait lieu une fois la semaine au marché de Saint-Rémy-sur-Durolle, localité agricole et coutelière sise à dix kilomètres de là. Deux lieues et demie de route montante, malaisée, entre le roc et le précipice. La veille, ils préparaient leur jardinière, la remplissaient de plants, de fleurs, de fruits, de légumes. Grabiè n'était pas un rapide : pour accomplir ce voyage, la charrette au derrière, il lui fallait cinq heures bien sonnées. Afin d'y être au petit jour, Jeannot se levait une heure après minuit. Il buvait son café, mettait un morceau de pain et de fromage dans sa musette. Quand il n'avait pas de vin pour se réconforter, il versait un peu de gnôle dans le biberon du pauvre petit Noël, le remplissait d'eau. Puis, vêtu de la vareuse allemande ramassée au marché couvert, il allait secouer son âne, l'attelait. Les voici gravissant l'abrupte rue du Pavé, l'un tirant, l'autre poussant.

Pendant ces cinq heures de route, l'homme somnolait en cheminant, accroché à une ridelle, la tête basse, les yeux clos, ses jambes fonctionnant toutes seules. L'âne allait son petit train pour ne pas le réveiller, et parce que la charrette était pesante. Ils arrivaient à la première odeur du jour. S'installaient sur la place de l'église. Il n'était plus temps de dormir. Les Saint-Rémois accouraient marchander, s'informer, acheter. Ce commerce durait toute la matinée. De loin en loin, pour reprendre des forces, Jean tirait de la musette le biberon de son fils défunt, en aspirait une gorgée à la tétine, au milieu des rires de la clientèle qui n'était pas au courant. A l'angélus de midi, la charrette était aux trois quarts vidée. L'homme mangeait son pain et son fromage et recommandait à l'âne de prendre patience.

Ils redescendaient par la Monnerie, ce qui n'allongeait guère la route, avec l'intention d'y liquider leur restant. A mi-chemin, toutefois, Grabiè était autorisé à brouter les chardons et les orties des talus. Les Monnerinois les accueillaient bien. Toutes affaires conclues, ils repartaient en direction de Thiers. Au Grand Tournant, une courte station permettait à Jeannot de siffler une chopine bien gagnée. Ils arrivaient au bord de la nuit suivante.

De temps en temps, Mme Georgette venait au Pavé leur rendre visite.

— Comment vont vos affaires ?

— Pas trop mal. La légume se vend bien. Mais ce qui rapporte le plus, c'est les plants, de choux, de salades, de bettes, de céleris, de tomates, à Saint-Rémy et à la Monnerie. Mais faut y aller !

— Comme on fait son lit on se couche.

Leur plus lourde charge était les treize cents francs qu'ils devaient chaque mois verser à Marius. Plus les trois cents du loyer. Plus les assurances, l'électricité. L'eau, par bonheur, demeurait gratuite, la citerne y pourvoyait. En cas de besoin, la Durolle se mettait à leur service, il suffisait de descendre y puiser. Ils auraient pu faire des économies s'il ne leur avait fallu acheter tant de choses : outils, sabots, graines, poussière de corne, tourbe, avoine pour Grabiè, orge pour la volaille. Et aussi remplacer toutes leurs vieilleries, se procurer des meubles décents, un vrai lit, une vraie armoire, une cuisinière, un buffet, une pendule, de la vaisselle. Ils obtinrent tout cela en travaillant quinze heures par jour à la bonne saison. En se privant de sommeil et de dimanches. Il est vrai que leur plus grand plaisir ne coûtait pas cher ; il consistait à se promener, les mains presque oisives, dans leurs deux jardins ; à y admirer le débordement des pélargoniums, l'épanouissement des pivoines, la luxuriance des rosiers, la folle générosité des dahlias, des hortensias, des chèvrefeuilles. En ces heures dérobées à la besogne, ils s'asseyaient sur un banc, à l'ombre d'un cerisier, et tiraient des plans sur la comète :

— Un jour, ma pauvre bagnarde, je prendrai un ouvrier qui te remplacera aux jardins. Tu n'auras qu'à t'occuper de ton petit ménage. Et de nos enfants. Car nous en aurons d'autres, n'est-ce pas ?

— Bien sûr.

— Combien ?

— Au moins douze ou treize, comme ma mère. Ce qui nous rapportera le prix Cognacq.

— Il nous faudra changer de maison. On achètera une fourgonnette pour aller vendre sur les marchés. Jusqu'à Courpière. Jusqu'à Chignat. Grabiè pourra prendre sa retraite.

En attendant, Jeannot continuait une fois par semaine de se lever à une heure de la nuit et de dormir en marchant.

Ils avaient donc construit un poulailler-clapier. Ils eurent même un couple d'oies, à qui ils ménagèrent une volière en grillage et une flaque ronde pour nager. Au souvenir de celles qu'elle devait jadis plumer à la Manigne — les bras et les cuisses lui en brûlaient encore — elle leur promit qu'elle ne les toucherait jamais que pour les caresser. Et en effet, l'oie et son jars la suivaient comme deux caniches dans les allées, excepté lorsqu'ils s'arrêtaient pour gober des limaces. Comme leurs ancêtres du Capitole, ils l'avertissaient par leurs clameurs de l'approche d'un étranger ; qui n'était ordinairement que le cousin Edouard ou quelque client de passage.

Ils reçurent la visite de Marie-Louise Peyrissaguet et de son fiancé. Car elle venait d'en trouver un, après un long célibat-veuvage, en la personne d'un boucher de Bugeat, possesseur d'une voiture Juva 4. Désireuse de revoir sa jeune sœur, de lui présenter en même temps l'homme et le véhicule, elle fit ce voyage d'un jour. Ils débarquèrent tous deux les mains chargées de cœurs et de rognons. Quand les deux couples se furent bien embrassés, Jeannot, qui tutoyait facilement, servit au futur beau-frère un compliment à la thiernoise :

— Tu peux prendre cette fille de confiance. Elle va bien : je l'ai essayée.

Le boucher le remercia en riant jaune, tandis que les deux femmes se récriaient d'horreur. On but là-dessus une goutte de gnôle pour faire descendre la plaisanterie. Marie-Louise fournit des nouvelles de toute la famille limousine, de ceux qui étaient partis, de ceux qui restaient. Les deux sœurs remuèrent les cendres de leur passé : tu te rappelles... tu te souviens... Les farces, les gentillesses, les deuils, les exploits, les espérances, les déceptions. Elles rirent beaucoup et pleurèrent un peu. Le Gril dormait au cimetière : la condamnation à mort de Pétain, son classard, lui avait donné le coup de grâce. Les parents, Clément et Thérèse, allaient aussi bien que possible. On parla aussi de Saint-Hilaire. M. et Mme Arvis avaient cédé la place à leurs enfants à la tête de l'auberge. M. Pagégie, revenu de captivité, continuait d'élever des serpents et des crocodiles. M. et Mme Forot vivaient à Tulle ; leur fille Angéline préparait à Toulouse le métier d'avocate. Ce fut une journée à marquer d'une pierre blanche.

Avant de repartir, la Juva 4 fut remplie de salades, de betteraves rouges, de céleris, de choux, de potirons. Plus un bouquet de statices bleus qui se conservent tout l'hiver.

— Moi aussi, dit Tounette en embrassant les deux promis, j'ai une nouvelle importante à vous communiquer : j'attends un autre enfant.

— Quel bonheur ! s'écria Marie-Louise.

— Il est de qui ? demanda le boucher pour rendre à Jeannot sa politesse.

21

Au début de 1947, la République, consumée en 1940, renaquit de ses cendres. Quatrième du genre. Un nouveau Président fut élu, M. Vincent Auriol. Il ressemblait à Gaston Doumergue, les cheveux en moins, les lunettes en plus. Gastounette eut la pensée de lui adresser des vœux et des respects. Toutefois, elle s'en abstint, craignant qu'il prît cela pour une sollicitation. Dans sa situation, elle n'avait besoin de solliciter personne, si ce n'est, de temps en temps, sainte Marie pleine de grâces, marraine de tous les hommes. Elle ne manquait pas, chaque soir, de lui demander sa protection sur l'enfant qui allait naître.

Il ne la retenait pas, durant le jour, de s'agenouiller par terre, de laver les carottes, de remplir les corbeilles, d'aller vendre aux divers marchés de la ville. C'est à elle seule, maintenant, que Jeannot apportait ses hottées. Au milieu de ces occupations jardinières, elle trouvait le temps de préparer la nourriture, de raccommoder les vêtements, de faire des lessives. On eût dit qu'elle disposait de trois têtes et de quatre bras, comme les dieux de l'hindouisme.

Au bord de la Russie, le beau-père et la belle-mère vivaient seuls à présent, elle toujours commandant, lui toujours obéissant, tous deux cultivant leur enclos. De temps en temps, l'envie les prenait de venir rendre service à Jeannot et à sa femme. Occasion pour Mme Georgette de distribuer de précieux conseils :

— Vous devriez semer ceci et cela... Utiliser tel engrais... Tailler de telle façon...

Ce fut la triste époque où Genès, bien qu'il fût seulement au milieu de sa soixantaine, commença de tomber dans la décrépitude de l'esprit. Elle se manifesta d'abord par des pertes de mémoire inouïes. Il oubliait le nom des objets les plus usuels : la bêche, la pioche, le balai, la veste, la casquette. Après de longs et vains efforts pour les saisir, il les remplaçait par chose, outil, machine :

— Approche-moi... mon outil. Je ne trouve plus... ma chose...

Ou bien, il donnait aux objets des termes de son invention : la *couiche*... le *bialon*... le *reliou*... On y perdait son patois. Au lieu de compatir à cette misère, Jeannot la prenait thiernoisement en moquerie :

— Tu veux ton *chibrelou*, ce matin ?... Ou si tu préfères ta *machtangouine* ?

Le père le regardait avec des yeux éperdus, larmoyants. Egaré dans un monde incompréhensible. Un matin, il désigna par terre un râteau étendu tout de son long :

— Rappelle-moi le nom de... cette machine.

Et son fils :

— Pose le pied dessus. Bien fort. Ça te le fera revenir.

Le vieux suivit le conseil, appuya du pied sur les dents de fer ; le manche se releva brusquement et vint cogner le front de l'oublieux, qui y perdit sa casquette et y retrouva aussi sec le nom perdu :

— Oh ! putain de râteau !

Mais ce retour de mémoire ne dura qu'un moment. Sa femme dut se résigner à l'empêcher de travailler au jardin, car il faisait tout de travers. Il passa désormais le plus clair de ses jours à fumer la pipe en regardant le ciel, les nuages, la cime des arbres, le vol des oiseaux, d'un air extatique.

Au mois de mai, Gastounette mit au monde un autre

garçon. Il fut prénommé Fernand, comme son parrain, l'ardoisier de Travassac. Il ressemblait à Noël, son prédécesseur, tel un frère jumeau. C'était un enfant un peu pâle, aux membres grêles, aux yeux sans doute clairs, mais comme voilés d'une légère brume. Jeannot osait à peine le prendre dans ses mains pareilles à des battoirs, craignant, disait-il en son patois, de l'*époutchinguer*. De le réduire en compote.

— Donnez-le-moi ! réclamait le grand-père démémoré.

Toune le lui confiait sans le quitter des yeux. Le vieil homme passait de longs moments à le tenir allongé sur ses genoux, une main sous sa tête, en fredonnant on ne sait quelle berceuse dont il avait oublié l'air et les paroles. Or une fois que le marmot pleurnichait avant de s'endormir, elle surprit le grand-père à vouloir glisser le tuyau de sa pipe entre les gencives de son petit-fils pour le consoler.

Dès lors, elle eut deux nourrissons à sa charge. La belle-mère, vieille dure à cuire, la remplaçait aux jardins et aux marchés. Jean rêvait toujours d'une fourgonnette ; mais ses économies n'y suffisaient pas encore.

Cette année-là, les cerises furent d'un gros rapport et durèrent six semaines. Il les cueillait sur l'échelle double, jusqu'aux branches faîtières qui lui procuraient de dangereux balancements. Chacune avec sa queue indispensable. Ou bien par touffes, que les Thiernois appellent des *grelots*. Guignes en forme de cœur, reine Hortense incarnatines, Montmorency d'écarlate, bigarreaux tardifs une joue blanche, une joue vermeille comme des enfants giflés. Il en débita trois cents kilos à Saint-Rémy. Puis vinrent les prunes, non moins excessives.

Petit à petit, l'abondance en toutes choses était revenue sur les marchés. Pour gagner honnêtement sa vie, il fallait produire maintenant plus beau et à moindre prix que les concurrents. Cela s'obtenait en ne ménageant ni son temps, ni sa peine. Ce qui, d'ailleurs, était une tradition dans la famille. Après un demi-siècle d'agenouillements, Mme Georgette avait acquis sous les rotules un manchon de peau morte. C'est aux épaules, à cause de la hotte, que Genès, lui, portait ses callosités.

— Mieux vaut, prêchait la belle-mère, l'avoir là que l'avoir sur le cœur.

Chaque matin, son homme lui posait de graves questions :

— Aujourd'hui, qu'est-ce que je prends : ma... chose ou bien mes... machines ?

Il voulait dire : ma ceinture ou mes bretelles. A quoi elle répondait :

— Prends les deux. Comme ça, tu seras sûr de ne pas perdre tes pantalons.

Sa tête n'allait pas en s'améliorant. Voici ce qui lui prit : lui qui avait fait Quatorze très vaillamment, y avait gagné une grave blessure et deux décorations, il se mit soudain à avoir peur de la mort. Chaque soir, il fermait portes, fenêtres et volets dès la tombée du jour pour l'empêcher de lui rendre visite. Persuadé qu'elle vient de préférence dans les ténèbres, en catimini, comme une voleuse. Il enleva son nom qui figurait sur sa boîte aux lettres, avec l'espoir qu'elle se tromperait d'adresse et le chercherait ailleurs. Il ne voulut dormir que sous la protection d'une veilleuse. Si sa cervelle allait mal, en revanche l'estomac fonctionnait bien. Il passait maintenant une partie de son temps à fouiller dans les placards pour y chercher des choses bonnes à manger. Sa femme dut fermer à clé toutes ses portes.

Par moment, l'esprit lui revenait. Soudain, il regardait autour de lui avec des yeux tragiques, saisissant en un instant le malheur dans lequel il vivait et les peines qu'il infligeait aux autres. Chacun retenait son souffle. Excepté Mme Georgette qui ne pouvait s'empêcher de murmurer :

— Ses fantômes sont partis.

De grosses larmes débordaient de ses paupières rougies, se perdaient dans sa barbe. Puis, grâce au ciel, la lucidité s'éteignait de nouveau, il retrouvait sa pipe et ses extases :

— Ses fantômes sont revenus.

Vint l'année 49, celle des plus grands malheurs.

Le petit Fernand se développait mal. Il souffrait de vomissements continuels.

— Il faut le sevrer, dit la doctoresse Crussol. Remplacez votre lait par des bouillies, de petites soupes au pain ou au vermicelle, des chaudeaux, des œufs à la coque.

On changea donc son régime. Mais la nourriture nouvelle ne lui convenait pas mieux que la précédente. Chaque nuit, agenouillées près de son berceau, la mère et la grand-mère suppliaient la Sainte Vierge, se partageant les *Je vous salue*, comme au catéchisme, en demandes et réponses.

Un matin à l'aube, comme elles s'étaient un peu assoupies à cause de leur grande fatigue, l'âme du petit Fernand profita de ce silence pour abandonner la terre et rejoindre celle de son frère aîné. Lorsque la mère le découvrit, déjà presque froid, son désespoir fut si fort qu'elle faillit passer juste après lui. Sa colère contre la Sainte Vierge la garda sans doute en vie :

— C'était bien la peine de tant prier ! gémissait-elle sous ses poings. Moi qui avais une telle confiance en vous ! Pourquoi m'avez-vous fait ça à moi ? Vous saviez ce que c'est que de perdre un fils. Et vous avez accepté qu'on m'en enlève deux !

Jeannot alla au jardin du Pavé chercher une brassée de lys et recouvrit le berceau de leurs fleurs blanches.

A midi, le cousin Edouard, informé, descendit embrasser tout le monde. Mme Georgette lui exprima en ces termes sa douleur :

— Dis-moi, neveu, si c'est une chose juste que ce petit ange, qui venait de nous être donné, retourne si vite au ciel ! Non, c'est pas juste, n'est-ce pas ? C'est pas juste !

Puis, désignant son homme, muet, larmoyant sur sa chaise, dans une période de complète lucidité :

— Est-ce qu'il n'aurait pas mieux valu que le bon Dieu nous reprenne celui-ci, qui n'est plus bon à rien sur la terre ?

Et Genès, qui comprenait tout en ce moment privilégié, d'approuver, d'approuver par de furieux hochements de tête.

Durant la semaine qui suivit les obsèques, Toune versa un autre décalitre de larmes. Au terme de quoi, Mme Georgette estima qu'il fallait penser à autre chose :

— Gendresse, lui remontra-t-elle, je comprends votre peine. Moi aussi j'ai perdu un enfant autrefois. Et un mari. Et deux petits-fils de suite. Maintenant, il nous faut sortir de ce chagrin. D'autant plus vite que nous sommes en pleine saison des haricots.

Tounette fut donc distraite par les Contenders et les rois des Beurres qui demandent à être cueillis tous les deux matins, sinon il prennent des fils et deviennent invendables. Ce qui ne l'empêchait pas de pleurer, accroupie, sur les feuilles et sur les paniers. Jeannot assurait le complément d'arrosage.

Quand vint l'automne, sa douleur se trouvait, non pas diminuée, mais asséchée. Enfermée dans son cœur. Son homme qui, lui, ne pleurait plus depuis ses dents de lait — ce qui ne préjugeait pas de son chagrin — avait depuis longtemps repris l'habitude de rire, de se moquer, de siffler de petits coups dans sa cave en compagnie d'un client d'importance. A moins que ce ne fût, quand la soif le prenait brusquement entre deux hottées, au bistrot de la rue Grenette. Il déposait sa hotte vide devant la porte, entrait, commandait sur le zinc :

— Deux canons de blanc. Un pour moi, un pour ma bagnarde, qui va me rejoindre dans un moment.

Le patron remplissait les deux verres, Jeannot les payait, vidait le sien. Ensuite, il faisait mine de regarder à travers la vitre, de guetter l'arrivée de sa femme. Après un moment de ces simulacres, il vidait aussi le second :

— Dampis pour elle. Quand le vin est tiré, faut le boire.

Les mastroquets apprirent très vite sa ruse. Ils disaient avant lui :

— J'en sers un autre aussi pour votre femme ?

Ils se remirent à cultiver les chrysanthèmes, de grand débit au temps de la Toussaint. Ces fleurs exigent des soins minutieux : semis en terre riche mais légère, trois repiquages, trois pincements des boutons, mise en pots, tutorage. A la porte des Limandons, ils firent des affaires d'or. Tounette ne manquait jamais de réserver ses deux plus beaux chrysanthèmes blancs pour la dalle grise sous laquelle dormaient ses deux agnelets.

Mais avant la fin de cette maudite année 49, la mort la frappa une seconde fois. Annoncée par un télégramme de Saint-Hilaire-les-Courbes : *Mère Thérèse décédée: Obsèques après-demain dix heures. Benoît.* Ayant perdu son avenir, voici qu'elle perdait son passé. Gastounette, qui pensait n'avoir plus de larmes, pleura encore toute la nuit qui suivit. Sa mère décédée ! Elle qui, à soixante-deux ans, semblait si vigoureuse ! Elle qui avait donné la vie à treize enfants ! Mais de quoi ? Mais comment ?

Il fallut chercher un moyen rapide pour se rendre à Saint-Hilaire. On eut recours au cousin Edouard, qui possédait depuis peu une Peugeot d'avant-guerre, carrée comme un savon de Marseille ; il accepta de les transporter.

— Seulement, je ne sais pas encore très bien conduire. Alors, si nous avions un accident en route, d'avance, je vous prie de m'en excuser.

— Eh bien ! dit gaiement Jeannot. On fera un enterrement correctif.

— Collectif, redressa le maître d'école.

Ils partirent à quatre heures du matin. A cinq, ils atteignirent Clermont. A sept, Ussel. A huit, Bugeat. A huit et demie, ils furent à la Manigne, toute en mouvements silencieux. Quand Toune eut embrassé son père et le reste de la famille, Benoît lui dit :

— Nous t'avons attendue avant de fermer le cercueil, pour que tu puisses la voir une dernière fois.

— Mais de quoi est-elle morte ?

— D'une congestion.

Thérèse dormait dans sa boîte, son visage de cire vierge encadré par ses cheveux blonds à peine cendrés, les mains ligotées d'un chapelet. Elle se mordait la lèvre inférieure, comme pour s'excuser, selon son habitude, d'être partie d'une façon si soudaine. Ses fils avaient épinglé à son corsage la rosette rouge et blanc de la FAMILLE FRANÇAISE. Toune la baisa sur le front, sur les joues, la mouilla de ses larmes, en murmurant dans sa tête : « Te voilà maintenant près de mes deux petits. » Cette pensée qu'ils formaient une si belle compagnie ensemble lui donna une ombre de consolation.

Le menuisier vint ensuite avec son couvercle et son tournevis.

22

Pendant quelques années, ils espérèrent qu'un troisième enfant, un enfant durable viendrait habiter le berceau où les deux premiers avaient dormi. Ils gardèrent soigneusement ce meuble, avec son voile brodé, son petit oreiller, son couvre-pied de satin. Jusqu'à ce qu'il ne fût autre chose qu'une triste relique.

Il ne leur restait plus qu'à vieillir ensemble, seul à seule.

— T'es pas prête, ricanait Jeannot de temps en temps, à décrocher la médaille de la FAMILLE FRANÇAISE !

Comme si elle y avait mis de la mauvaise volonté.

Ils eurent un chien nommé Ulysse, qui gardait la maison et le jardin, et leur témoignait les sentiments les plus filiaux.

Ils eurent un chat, Riquiqui, en rupture de gouttière, venu un jour de glace se réfugier chez eux. Plusieurs années, il resta mince et leste, partageant son temps entre les souris de la maison et les chattes du voisinage. Tout à coup, il tomba dans les chagrins d'amour. Car les chagrinés d'amour, tous les psychiatres le savent, prennent très vite du poids parce qu'ils cherchent l'oubli en grignotant du matin au soir. Ce qui explique que Riquiqui finit dans l'obésité la plus scandaleuse et perdit toute vaillance.

— Est-il châtré ? demandaient les voisines.

— Pas plus que moi, répondait Jean. A votre service.

Ils vendirent l'âne Grabiè et achetèrent enfin une fourgonnette d'occasion.

Ils acquirent également le 36 de la rue Rouget-de-Lisle pour ne plus payer de loyer. Mais ils continuaient de verser à Marius le fermage des terres qui lui appartenaient.

La maison qui ne se remplissait pas de descendance finit par se garnir de leur ascendance. Mme Georgette vint leur dire un jour :

— Nous ne pouvons plus vivre à la Russie. Genès n'a plus rien dans la tête. Je ne peux le quitter des yeux, sinon il commet des bêtises, allume le gaz, ouvre les robinets. Nous risquons de périr par l'eau ou par le feu. Au contraire, quand il est chez vous, il se sent chez les autres, il ne touche à rien, il reste tranquille. Je sais que vous avez une chambre disponible, celle qu'auraient dû occuper vos petits. Mais nous ne viendrions pas gratis. Genès et moi touchons une petite retraite agricole. Je vous payerais notre pension.

— Et la Russie ?

— Je la garderais. En cas de besoin. On ne sait jamais.

C'est ainsi qu'ils furent quatre à résider au numéro 36. Quoique à présent maîtresse des lieux, Tounette se sentit, comme aux premiers jours de son ménage, retomber dans l'état de dépendance. Elle ne faisait rien sans consulter sa belle-mère, ne fût-ce que des yeux. Celle-ci ne manquait jamais de donner ses avis : elle était née pour le commandement comme les chiens pour mordre le monde. A l'inverse, Genès demeurait humble et tranquille, fumant toujours la pipe et regardant par la fenêtre. Quelquefois, par pitié, son fils l'emmenait au jardin, avec interdiction de toucher à quoi que ce fût. Il errait par les allées comme un fantôme. Guignant bien autour de lui pour voir s'il était surveillé, il volait une prune ou un grelot de cerises dont il se bourrait les joues, précipitamment. Ou bien il restait sur un banc, suivant des yeux pendant des heures les vols des pigeons et des hirondelles. De loin en loin, une pratique essayait d'engager la conversation :

— Alors, père Sauvant. Ça va-t-y comme vous voulez?

Il hochait la tête en silence, car il avait oublié l'usage des mots. Il finit par devenir complètement muet. Sauf pendant ses instants de fureur, où il lâchait tout par un coup contre sa femme ou son fils une file de jurons, oh! saint pétard de Dieu! oh! cent wagons de bons dieux! qui soulevait autour de lui, non l'espérance, mais l'hilarité.

— Tais-toi donc, grande bête! criait la belle-mère.

Il obéissait, rentrait dans son silence pendant des semaines. Son seul plaisir visible était de manger et boire. Ce qu'il faisait goulûment, comme un chien affamé. Aussi devait-on le rationner, pour l'empêcher de devenir aussi rond que Riquiqui.

Il vécut une dizaine d'années dans cet état d'hébétude, logé, chauffé, nourri, lessivé, soigné comme un coq en pâte. Spécialement docile devant sa gendresse dont il comprenait les gestes et la voix, quoiqu'il fût aussi devenu sourd. Son fils ne lui fit jamais aucun tort. Au contraire, il boutonnait sa braguette, lui allumait sa pipe, la fumait même un peu à sa place. Mais il ne lui montrait jamais non plus une tendresse qu'il ne ressentait pas. Il ne lui pardonnait point sa faiblesse devant sa femme et cette prédilection qu'elle n'avait jamais cachée pour ses deux autres fils. Lui, Jeannot, était l'idiot de la famille, tout juste bon à trimer comme un bœuf. Par suite de cette maudite habitude qu'ont les Thiernois de se moquer, il le saluait chaque matin en ces termes, à cause de ses cheveux blancs :

— Comment vas-tu, tête de poireau?

Et de s'esclaffer. A la grande indignation de Tounette :

— Tu n'as pas honte de parler comme ça à ton père?

— Mon père? Quel père? Est-ce qu'il a été pour moi un vrai père?... D'ailleurs, il m'entend pas.

La mort vint enfin le délivrer. Non point la nuit, comme il craignait, mais en plein soleil. On le trouva étendu dans un parterre de fleurs, ce qui était la meilleure fin possible pour un ancien jardinier. Lui aussi fut transporté aux Limandons. Il prit place aux côtés de ses deux petits-fils et de Chastel, le premier époux de sa femme. Ayant toute sa vie habité et travaillé chez les autres, il dut se contenter de cette éternité d'emprunt.

Comme il ne possédait en quittant ce monde que les vêtements qu'il portait, sa disparition ne suscita aucun problème d'héritage.

— Et son or ? demanda Jeannot par curiosité.

— Quel or ? répliqua la mère. Il n'avait aucun gramme d'or. Tout est à moi. Et j'en disposerai comme il me plaira.

La profession de maraîcher n'est pas dépourvue de risques, quoi qu'en puissent croire les consommateurs de radis. Elle comporte ses maladies, ses accidents. Comme Jean bêchait toujours les pieds nus dans ses sabots, la terre lui fit pousser entre les orteils une mycose très torturante, qui l'obligeait à se laver tous les soirs. Un matin qu'il besognait à appointir à la hachette des échalas, il eut un geste si maladroit qu'il se sectionna le pouce et l'index de la main gauche. Les chirurgiens purent les lui recoudre ; mais il resta de ce côté-là demi-estropié.

— Heureusement, dit-il, que je joue pas de la clarinette !

Une autre fois, il tomba d'un cerisier, se brisa six côtes. Le cousin Edouard le transporta à Bulhon chez Mme Barafix, la rebouteuse, qui recolla les morceaux comme elle put, recommandant :

— Restez couché ou allongé, en respirant aussi peu que possible.

— Et mes cerises ? C'est-y vous qui me les cueillerez ?

A Saint-Rémy-sur-Durolle, un jour de marché, il eut l'occasion de servir des pommes de terre à une bonne sœur. Comme il avait écarté l'argent qu'elle lui tendait, tout en pièces de dix sous, elle l'avait rétribué en lui donnant une médaillette représentant la Vierge de la Lisolle :

— Elle vous préservera des accidents. C'est sa spécialité.

— Pas de refus. Merci ma sœur.

Un moment après, un camion du Casino, en reculant à l'aveuglette, renversa son étal, ses fruits, ses légumes, et faillit l'écraser lui-même comme une crotte de chien. Lorsqu'il revit, quinze jours plus tard, ladite religieuse, il lui raconta l'accident et se plaignit de la mauvaise protection de sa médaille.

— Estimez-vous heureux! affirma-t-elle. Si vous ne l'aviez pas eue, à présent vous seriez mort!

Effectivement, la Vierge de la Lisolle le préserva par la suite de trois accidents de la route. Il s'en tira avec seulement un poignet foulé, un genou démanché et une estafilade au front, au lieu que, sans elle, il aurait dû périr trois fois.

Mme Georgette supportait vaillamment son veuvage. Elle ne perdait ni de son allant, ni de son autorité. Il y eut tout de même dans son procédé un changement d'importance, puisqu'elle se mit à s'aimer elle-même. Sous prétexte qu'elle versait une pension, elle devint exigeante, se plaignit d'être mal nourrie, de manquer de viande rouge et de lait. Etait-ce un effet de son chagrin d'amour?

— Nos vaches sont taries! répliqua son fils.

Comme elle insistait souvent sur le bifteck et le gigot, il finit par lui dire :

— Tu as deux autres fils. Va-t'en voir chez eux si la table est meilleure.

— Ne me le répète pas! menaça-t-elle.

— Si, si, je te le répète. Change de restaurant.

Elle ne voulut pas reculer. Elle prépara son baluchon, se fit confirmer sur le pas de la porte qu'il entendait bien la chasser de chez lui.

— Je te chasse pas. Mais je te retiens pas non plus.

Quand tout fut prêt, elle s'enveloppa dans sa dignité et partit sans un au revoir. Il porta même sa valise jusqu'à la porte où Marius devait venir la prendre dans sa 4 CV.

— Putain qu'elle est lourde ! s'écria Jeannot. Qu'est-ce que t'as bien pu mettre dedans ? Ton or ?

Elle haussa les épaules sans répondre.

Ainsi Jean et Tounette se retrouvèrent-ils seul à seule pour travailler leurs deux jardins et le carré de vigne sous le Breuil, fréquenter les marchés de la ville et ceux des environs. Ils eurent l'idée d'ajouter à leur commerce funéraire un article nouveau. Pour cela, dès les premiers jours d'octobre, il confectionnait de petites corbeilles en baguettes de coudrier. Elle les remplissait de mousse et y enfonçait des fleurs de conservation : immortelles violettes, pieds-de-chat bleus, statices roses, élichryses rouges. Pendant des années, ces cagettes furent leurs best-sellers. Si par hasard il leur arrivait de rapporter quelques invendues, elles étaient mises en réserve pour l'année suivante. Ils se firent fleuristes autant que maraîchers. Avant la fin de l'hiver, ils débitaient les jacinthes en pots dont les parfums capiteux remplissaient une serre. Puis venaient les tulipes aux couleurs innombrables ; les plants de pensées, de pétunias, d'œillets d'Inde. Les glaïeuls, les dahlias, les renoncules, les amaryllis étaient la gloire de leurs étés.

Par les brûlants après-midi qui interdisaient de toucher à un seul brin d'herbe, ils avaient pour plaisirs de s'asseoir à l'ombre d'un cerisier, comme aimait à faire précédemment le défunt Genès ; avec, sur leurs genoux, le museau d'Ulysse ou le ventre de Riquiqui toujours affligé de ses chagrins d'amour ; de regarder au loin les taupinières violettes du puy de Dôme et de ses compères ; plus près, la montagne de Margeride, les maisons de Thiers dont ils ne voyaient qu'un tiers, le bric-à-brac de ses toitures, de ses clochers, de ses tours, de ses murailles. Ou bien de converser avec leurs oies, leurs poules, leurs lapins ; de recevoir le dimanche quelque ami ou cousin-cousine, qui repartaient toujours les bras chargés. Certaines fois, ils prenaient place dans la fourgonnette-jardinière, allaient cueillir du muguet dans les bois de Randan, des airelles dans ceux de Vollore-Montagne, des champignons dans ceux de la Muratte.

— En somme, disait Jeannot en conclusion de tous ces bonheurs, malgré ce qui nous est arrivé, on n'est pas, ma pauvre bagnarde, trop mal ensemble. Y en a des plus mal assortis.

Il riait de toutes ses dents jaunies par le tabac, car il s'était mis à téter la pipe de son père Tête-de-Poireau, seul héritage qu'il lui eût laissé.

Après un mois d'absence, Mme Georgette revint, la tête basse, disant qu'elle n'avait pu s'entendre avec son autre gendresse ; qu'elle leur demandait pardon de les avoir quittés ; qu'elle s'engageait à ne plus repartir s'ils voulaient bien la reprendre ; qu'elle se nourrirait uniquement de pommes de terre. Son fils haussa les épaules à son tour, mais ne dit pas non. Il remarqua seulement que sa valise était beaucoup plus légère.

— C'est sans doute parce que tu as laissé ton or chez Marius !

— Ne parle plus de mon or ! Est-ce que tu me prends pour Mme Rothschild ? N'importe comment, je ne suis pas démunie. Il me reste de quoi vous récompenser.

— Nous n'avons pas besoin de récompense, intervint Tounette.

— Pas besoin de récompense, mais besoin de justice ! dit Jeannot. Il est dur d'avoir été volé toute sa vie par ses parents. Depuis son enfance.

Et Mme Georgette :

— De quoi as-tu été volé dans ton enfance ?

— De l'instruction que je n'ai pas reçue. Je sais à peine signer mon nom. Tandis que ton fils préféré...

— A l'école, tu n'apprenais rien du tout. Tu étais bête comme trente-six cochons.

Et lui, au lieu de se fâcher, éclate de rire :

— J'étais sans doute moins bête que tu penses. Mais il est bien vrai que je faisais la bête, parce que la grammaire, les dictées et toutes ces vacheries, j'en avais plein mes sabots. Je faisais des fautes par exprès.

— Mais non ! Tu te vantes ! Je te connais bien, mon pauvre garçon, c'est moi qui t'ai fabriqué. Sans doute, tu n'es pas méchant. Mais tu es bête ! Bête à payer patente ! Tu n'y peux rien. C'est comme ça. Faut t'accepter comme tu es. Ça t'empêche pas d'être un jardinier de première classe, parce que nous t'avons formé, ton père et moi. A côté de toi, dans ce domaine, Marius ne vaut pas un poil de bique.

— Si je veux, je peux m'exprimer comme un ministre : « A qui j'ai l'honneur ?... Je vous présente, Madame, mes respects distingués... »

— Laisse-moi rire !

Ils disputèrent longtemps ainsi sur sa bêtise vraie ou simulée. Puis ils se fatiguèrent l'un de l'autre et chacun s'écarta pour ses affaires.

23

De nouveau, ils furent trois à nicher sous les mêmes tuiles. Cependant, Mme Georgette, recueillie par charité, se montrait plus modeste et moins commandante. Elle s'était enfin rangée au bon principe auvergnat selon lequel les conseils sont comme l'eau à table : il ne faut en donner que si on vous les demande. Elle avait d'ailleurs perdu aussi de ses forces et restait le plus souvent cloîtrée à la maison, vaquant comme elle pouvait aux soins du ménage, pendant que le fils et la gendresse s'occupaient des cultures.

Alors lui vint, comme à Genès, son défunt mari, la crainte de la maladie et de la mort. Un hiver, elle attrapa la grippe asiatique, qui la mit sur les genoux. Au printemps suivant, elle se rétablit ; mais elle garda l'obsession permanente de la fièvre et de ses conséquences. Plusieurs fois le jour, dès qu'elle se trouvait seule, elle s'enfonçait le thermomètre où il fallait. Il arriva que Toune fit dans la matinée un retour à l'improviste. Sa belle-mère ne put faire autrement que de la recevoir et de lui parler, mais se tenant si roide et les fesses si visiblement serrées que Toune comprit qu'elle était en train, comme elle disait, de se températurer. Le médecin qui venait la voir la sermonnait :

— Mais non, Mme Sauvant, vous n'avez rien qui compte, excepté votre grand âge. Mangez, buvez, dormez, voilà votre meilleur traitement.

Avec obstination, elle refusait de se laisser rassurer. Elle vécut ainsi plusieurs années le tube fiché dans le trou qui ne respire pas.

Un peu plus tard, elle tomba dans l'escalier, se brisa le col du fémur. On la fit raccommoder. Cependant, elle eut ensuite les plus grandes peines à se tenir sur ses jambes. Comme elle souffrait toujours de sa cuisse fendue et recousue, le Dr Pujo lui ordonna des comprimés. Ils calmaient la douleur, mais la laissaient tout abrutie sur son fauteuil. Elle ne songeait même plus à se températurer. Elle eût été d'ailleurs bien incapable de le faire seule. Tounette était devenue infirmière et garde-malade. Les tâches les plus obligatoires, les plus répugnantes lui échurent : la laver, la changer, la faire manger, la soutenir pour qu'elle fît quelques pas dans la chambre, la mettre au lit, se lever la nuit à ses appels. La vieille femme gémissait :

— Ma pauvre fille ! Oh ! ma pauvre fille ! Quel mal je vous donne ! Que le bon Dieu vous en récompense !

Jamais elle ne s'était montrée si douce, si reconnaissante. Toune songeait à sa propre mère, à qui elle n'avait eu l'occasion de rendre aucun de ces devoirs qu'ont les enfants envers leurs parents. La belle-mère profitait de ces regrets posthumes.

Puis un mal plus grave encore se nicha dans ses entrailles et commença de la ronger. On dut renoncer tout à fait à la lever, sinon pour l'installer dans un fauteuil afin de permettre le nettoyage de sa couche. Les escarres lui ouvrirent les chairs comme des lames de couteau : l'os luisait au fond. Dans la chambre, flottait une puanteur inextinguible d'excréments et de pourriture. Sa tête gardait néanmoins, entre les torpeurs, une complète lucidité. Un jour, elle convoqua une assemblée de famille autour d'elle, en présence de Me Barge. Ainsi, ses trois fils se trouvèrent réunis dans la même pièce, ce qui ne leur était plus arrivé depuis l'enterrement de Genès. Le sens de son propos fut le suivant :

— J'ai déjà partagé entre vous la plupart de mes biens. Il reste la maison de la Russie. Il vous faudra la vendre. Chacun prendra le tiers de ce qu'elle rapportera, puisque vous êtes mes trois héritiers de mêmes droits. Avant de fermer les yeux pour toujours, je veux vous dire de vivre tous les trois en bonne amitié, comme il convient à des frères. Je recommande principalement à Marius et Nicolas de ne jamais faire aucune misère à Jeannot, parce que c'est lui et sa femme qui m'ont recueillie le plus longtemps, et le mieux soignée. Promettez cela devant mon notaire !

Marius et Nicolas en firent la promesse, que Me Barge entendit de toutes ses oreilles. L'assemblée se dispersa. Dès qu'elle fut en tête à tête avec Toune, Mme Georgette reprit doucement la parole :

— Gendresse, je veux vous faire une petite donation.

— A moi ?

— Oui, à vous. Ouvrez cette armoire. Dans le tiroir de gauche, il y a un livre de messe. Apportez-le-moi.

Gastounette obéit, trouva le missel relié de cuir, gravé d'une croix, les couvertures serrées étroitement par un fermoir ciselé. De ses mains tremblantes, la malade l'ouvrit. Toune eut la surprise de découvrir que le saint bouquin était un faux livre de messe, ses pages collées ensemble, percées en leur milieu d'une cavité secrète où se tenaient, pressées l'une contre l'autre, six pièces jaunes.

— C'est le reste de mon or, dit la belle-mère, avouant par sous-entendu qu'elle en avait détourné une grande part. Je vous le donne spécialement, en récompense.

Elle tenait à ce vocable, que Tounette détestait. Après avoir hésité, elle accepta quand même les six napoléons pour ne pas chagriner la donatrice.

Trois mois plus tard, celle-ci s'en alla aux Limandons rejoindre ses deux maris et ses deux petits-fils.

Sitôt qu'elle eut quitté ce monde, Marius, qui ne voulait

plus se contenter d'un fermage depuis longtemps dévalué, réclama que lui fût enfin réglée sa part d'héritage. Jean y consentit. Mais lorsqu'il parla de verser les 800 000 francs inscrits sur le papier de Me Barge douze années auparavant, il ne fut point question que le comptable se contentât d'une pareille somme. Le notaire lui donna raison :

— Depuis la date de votre partage, les terrains ont beaucoup augmenté de valeur. En outre, ceux du Pavé et de l'Ecorche, situés en pleine ville, sont à présent plus que des terres à culture : des terrains à bâtir. Je les estime modérément à cinq millions.

Ayant le sentiment que son frère voulait encore le voler, Jeannot entra dans une belle colère. Il y eut entre les trois hommes une discussion si violente qu'ils faillirent s'étrangler les uns les autres.

— Et l'or de la mère ? vociférait le jardinier. Sa valise était lourde en montant chez toi, et bien légère en redescendant !

— Et sa pension de retraite ? C'est bien vous qui la touchiez !

— Et les soins que nous lui avons donnés ! Et la nourriture ! Et les remèdes !

— Remboursés par la Sécu !

— La Sécu ne lui lavait pas le derrière ! Ni ses draps merdeux ! Toi, tu n'as pas pu la garder plus de quatre semaines ! Et tu étais pourtant son favori !

— Tout ça est du passé, essaya de dire le notaire. Parlons du présent.

— Le présent est que vous voulez m'escroquer cinq millions ! Vous êtes aussi voleur que lui !

— Modérez vos paroles !

— Et vous, modérez vos estimations !

Au terme du débat, l'évaluation fut réduite à quatre millions et demi. Cela représentait beaucoup de cerises, beaucoup de petits pois, beaucoup de chrysanthèmes. Pour payer cette somme, Jean et Gastounette durent épuiser leurs économies. Ils se retrouvèrent à zéro, comme aux premiers jours de leur ménage. Du moins eurent-ils la satisfaction de travailler des terres qui ne devaient plus rien à personne.

Dès lors, les deux frères Sauvant, malgré la recommandation de Mme Georgette, ne s'adressèrent plus ni la parole, ni le regard. S'il leur arrivait de se rencontrer dans la rue, chacun détournait la tête.

D'autres années s'écoulèrent. Sans odeur, sans couleur, sans saveur. Dans leur solitude à deux. Sans espoir de descendance, désormais. Aux dates fatidiques, aux anniversaires des deux décès de ses petits, Gastounette vivait une journée de deuil, prostrée au coin de son fourneau, incapable de rien faire. Jean, qui comprenait cette immobilité, lui caressait doucement les cheveux, avec une tendresse maladroite :

— Bonnes gens ! Ma pauvre Toune ! Ma pauvre bagnarde !

Ces jours-là, c'est lui qui faisait le ménage, mettait cuire au four les pommes de terre rondes. Il allait même jusqu'à descendre à la plus proche pâtisserie où il achetait deux croissants, seules gourmandises qui convenaient à son diabète. Car elle s'était mise à fabriquer du sucre, elle devait se rationner. Le lendemain, elle reprenait vaillamment ses diverses tâches.

Il changea sa vieille fourgonnette pour une camionnette Citroën, dite « Tube », toute neuve. Il installa au fond du jardin du Pavé une pompe électrique qui lui permit d'arroser au tourniquet avec l'eau de la Durolle. La terre continuait d'être son gagne-pain, son amour, sa religion. C'est alors que le cinéma le tira un moment de ses pensées ordinaires et fit de lui une vedette.

Le cinéaste François Truffaut avait entrepris de tourner un film, *L'argent de poche*, dont une partie de l'action se déroulait dans la ville de Thiers. Pendant des semaines, des camions de techniciens, des rails, des câbles déroulés encombrèrent les rues. Des enfants furent engagés dans la figuration. Le maire en personne, M. Barnérias, tint le rôle d'un invalide dans un petit chariot et s'en tira admirablement. Or voici que les décorateurs jetèrent leur dévolu sur le jardin de Jean Sauvant, à cause d'une remise où il rangeait ses cagettes vides, ses pots à fleurs, ses corbeilles à chrysanthèmes. Ils obtinrent sa permission de l'utiliser, le transformèrent en une demeure immonde où étaient censées vivre une mendigote et sa fille, toutes deux ivrognesses finies. Les actrices des rôles, accoutrées et maquillées, y accédaient au moyen d'une échelle. Toute cette mécanique fut organisée sous les yeux stupéfaits de Jean et de Tounette qui se demandaient quelles en étaient les rimes et la raison. Puis vinrent les caméras, qui filmèrent plusieurs fois les séquences. Au passage, elles mirent même en boîte Jeannot et sa camionnette Tube.

Quelques mois plus tard, François Truffaut offrit à la ville la première projection de son film terminé. Les Thiernois virent paraître sur l'écran leur maire, leurs rues, leurs escaliers, leurs maisons. Jean Sauvant s'y reconnut lui-même à côté de son Tube. Ses copains ne manquèrent pas ensuite de lui dire :

— Tu étais beau comme Jean Gabin !

Les plus malicieux disaient comme Fernandel.

L'enthousiasme fut si général que la ville décida de donner à une de ses rues le nom de François Truffaut sitôt qu'il serait mort. Sauvant se montra plus réservé :

— Ne me parlez pas de cinéma, répéta-t-il le reste de son existence. Je l'ai vu de près. C'est tout du truquage. C'est tout du buffle.

De temps en temps, un dimanche de pluie, Gastounette ouvrait une boîte de fer portant l'enseigne *Les délices de Bretagne*, héritée de sa belle-mère. Elle y rangeait à présent ses souvenirs personnels. Une photo tirée par le journaliste de *la Dépêche du Midi* : elle y revoyait tous les Peyrissaguet, y compris le chien Carlo, excepté elle-même qui alors n'était pas encore née. Des images pieuses. Le portrait dédicacé de son parrain de cendre, M. Gaston Doumergue. Peu de gens de son entourage connaissaient ce parrainage glorieux, elle ne s'en vantait guère. Un cahier conservé depuis l'école de Saint-Hilaire-les-Courbes, aux marges remplies par la Dame de *B.*, de *T.B.* prouvant qu'elle avait été une bonne élève et aurait pu obtenir le Certificat d'Etudes ; devenir même avocate comme Angéline Forot. Le chapelet de sa première communion. Le flacon de parfum vide que Jean lui avait apporté de Thiers à titre de cadeau de fiançailles. Deux paires de chaussons gardés de ses enfants : elle les portait à ses lèvres, à ses yeux, les mouillait de ses larmes, inconsolée. Les six napoléons de sa belle-mère, seul bien qui lui appartînt en propre dans la maison et le domaine. Quelques cartes postales envoyées par ses frères ou belles-sœurs de Brive, de Limoges, d'Ussel, de Paris, pour faire savoir qu'ils y étaient allés.

Elle aussi rêvait parfois de voyages. Elle aurait aimé principalement voir la mer.

— Faudra qu'une fois je t'y emmène, promettait son homme. Un jour pour s'y rendre, un jour pour la regarder, un jour pour en revenir.

— Par quel moyen ?

— Dans le Tube.

Comment trouver pourtant les trois jours nécessaires ? Leur volaille, leurs lapins, leurs chien et chat les retenaient. A qui les confier ? D'ailleurs, ils n'étaient pas très sûrs de désirer réellement ce voyage ; ils craignaient de se perdre en route ; de ne pas aimer les nourritures qu'on leur servirait :

— Vois-tu pas qu'on nous apporte des huîtres ? ou des moules ? ou des crabes ?

L'horreur de ces aliments inconnus leur hérissait le poil

de l'échine. Ils préféraient s'en tenir à leurs choux, leur lard, leur saucisson, leurs châtaignes, en bons Auvergnat et Limousine qu'ils étaient et resteraient toujours. Ils renoncèrent à s'en aller si loin. Ayant ainsi rêvé longtemps, Tounette remettait ses reliques sous la garde des *Délices de Bretagne*.

Des mois passèrent encore. Et ils virent la mer ! En noir et blanc. Car ils achetèrent un poste de télévision. Il ne manquait plus rien à leur bonheur.

24

Personne ne s'arrange en vieillissant. Eux moins que d'autres. La terre leur rongeait les os, les nerfs, les muscles. Chaque année, Jean retournait à la bêche deux hectares. Sans parler des autres façons. Tounette cueillait, parait et vendait les légumes. Sous la pluie, sous la neige, sous la rage du soleil, suivant les saisons. Longtemps, il pensa prendre un ouvrier qui les eût soulagés dans leurs besognes. Il fit deux ou trois essais. A tout moment, l'homme s'interrompait pour aller s'enfermer dans la cabine, proche le clapier, qui servait à leurs nécessités, et y restait un temps excessif. Sans doute pour y fumer une cigarette, le nez tourné vers le ciel, car la cabine était démunie de porte. D'autres fois, il prétendait s'être pété un nerf et refusait tout travail de force.

— Crois-tu que je te paye, disait Jeannot, pour que tu me fasses la conversation ?

Il y avait celui qui, à la table où ils mangeaient ensemble, s'emparait de la bouteille comme s'il en eût été le maître et versait à boire en disant :

— Vous buvez pas, patron ?

Une telle sollicitude vous coupait le sifflet. Celui qui, s'étant servi une grosse portion, en laissait la moitié dans son assiette ; gaspillage qui criait vengeance au ciel. Ou encore celui qui, engagé à tant de l'heure, au bout de huit jours réclamait de l'augmentation. Ne parlons pas des charges sociales exorbitantes. Bref, après ces expériences fâcheuses, Sauvant renonça à commander à qui que ce fût, excepté à sa femme, à son chien, à son chat et à sa soupe. Lui-même n'était pas, d'ailleurs, de ces maîtres irréprochables dont on dit, à Thiers, qu'ils sont « à encadrer ». Il avait ses exigences, ses sautes d'humeur, ses ladreries, ses générosités, ses maniaqueries, ses colères et ses insultes. Nul n'est parfait. Ils se résignèrent donc à n'employer que leurs deux échines et leurs quatre bras.

Le diabète de Toune s'aggrava : elle faillit perdre la vue. Elle en vint à bout à force de régimes qui firent fondre sa substance et ses forces. Lui allait toujours bien, trimant comme un damné. Il perdit seulement ses cheveux et beaucoup de ses dents. Il fuma la cigarette, ayant du mal à mordre le tuyau de sa pipe.

Le poste de télé en noir et blanc s'usa : ils en achetèrent un en couleurs. Les spectacles favoris de Gastounette étaient les émissions enfantines, devant lesquelles Jean s'endormait au bout de dix minutes. Lui préférait les parties de catch, parce que les lutteurs, fournis de tronches cauchemardesques, s'envoyaient d'épouvantables beignes qui le faisaient tordre de rire. Ou bien le rugby, quoiqu'il en ignorât complètement les règles ; mais il adorait les mêlées, la rosace de tous ces derrières, l'effort bestial de ces nuques, de ces têtes, de ces épaules, pareilles aux vaches de deux troupeaux qui s'encornent à l'abreuvoir. Il les encourageait de la voix :

— *Atche don ! Atche don ! Atche don !* Allez donc !

A neuf heures et demie, on éteignait les feux. Mais lui était sur pied le lendemain dès cinq heures, hiver comme été. Il préparait le café, l'apportait à sa femme qui le buvait au lit. Elle ne tardait pas à le rejoindre et à commencer sa journée à la maison, au jardin, au marché. De temps en temps, elle se plaignait un peu :

— Mes jambes ne me portent plus.

— Eh bien, travaille assise.

Les jardins étaient leur orgueil ; mais ils durent renoncer aux châssis de verre, trop lourds à transporter ; ils les remplacèrent par des arceaux de plastique.

Un jour, le chien Ulysse, que les rhumatismes rendaient impotent, se noya dans la citerne où il avait voulu aller boire, par une lubie qui n'était plus de son âge. Sans appeler, sans gémir. Ce fut un autre chagrin.

Un marchand de biens s'intéressa à leurs terres et leur fit une proposition alléchante :

— Je veux bien vendre, répondit Jeannot après s'être renseigné. Mais en viager seulement. Je garderai l'usage de mes terres, vous me donnerez une rente reversable sur la tête de ma femme. Et vous pourrez construire quand nous aurons cassé nos deux pipes.

— Impossible, dit le promoteur. Nous voulons disposer des terrains tout de suite.

— Laissez-nous-en au moins une partie.

— Non. C'est tout ou rien.

— Dans ces conditions, allez vous faire foutre où vous voudrez. De préférence chez les Grecs.

Les négociations n'allèrent pas plus loin.

Des années passèrent encore, car, lorsque Dieu créa le temps, il en fit une grande quantité.

Jeannot éprouvait maintenant des fatigues subites, accompagnées de vives douleurs dans la poitrine. Cela le prenait au milieu du jardin. Il devait lâcher son outil, s'étendre sur le banc. Il songeait à son père, Tête-de-Poireau, mort au milieu des fleurs, et enviait une si belle fin. Puis la douleur s'atténuait, il retournait à sa besogne.

— C'est le cœur, dit le Dr Pujo consulté.

— Qu'est-ce qu'il a, mon cœur ?

— Il est usé. Il a besoin de repos.

— Il se reposera quand je serai sous terre.

— Ça ne tardera pas, si vous ne suivez pas mon conseil. Le reste est usé aussi.

Toune fut obligée de s'y mettre et le convainquit de renoncer aux marchés.

— Nous ferons juste un peu de culture pour nos besoins.

Mais comment laisser en friche ces terres généreuses qui n'avaient jamais pris un jour de vacance depuis plusieurs siècles ? Il en abandonna seulement une partie aux sœurs du Bon Secours, sans fermage, à seule charge de prier pour lui. Il ne pouvait cependant s'empêcher de cultiver le reste : mille poireaux par-ci, deux cents choux par-là. Leurs besoins n'y suffisaient pas : ils distribuaient le reste à leurs parents, amis et connaissances. Le cousin Edouard profitait spécialement de ces largesses, qu'il payait avec des livres, pour le plaisir de Toune. Lui aussi, quoique maître d'école, c'est-à-dire au trois quarts feignant, souffrait de plusieurs misères corporelles : il s'en allait principalement de l'estomac.

— Je crois bien que je vais crever, avoua-t-il un jour, une main sur la poitrine.

— Fais-moi vite une donation ! s'écria Jeannot pour le remonter. Ensuite, crève si tu veux.

Il obtint le résultat espéré, tous deux crevèrent de rire.

Gastounette se regardait parfois dans la glace, voyait sa figure longue, ses orbites creuses, et se disait : « C'est un vrai privilège que de vivre chez les couteliers. En un pays où l'on sait rire des choses les plus tristes. Filleule d'un Président de la République, tu as toujours eu de la chance, ma pauvre. »

Certes, les peines ne lui avaient pas été ménagées : son enfance sans douceurs, son école raccourcie, ses parents disparus, ses petits enlevés dans leur premier printemps, et puis ses entrailles stériles. Sa galère interminable, sans une journée de vacance, jamais une carte postale à envoyer du bord de la mer. Sa vieillesse diabétique, sa vue menacée, son flacon d'eau de senteur vide depuis 1943. « Mais après tout, disait-elle dans sa tête, on peut bien passer son existence entière sans avoir vu la mer. Tu n'es pas la seule ! » Du moins — et c'était bien là le principal — avait-elle eu toujours un quignon dans sa musette ou son placard. Elle n'était donc pas en droit de se plaindre. Car, comme disait sa grand-mère-marraine, les peines sont bonnes, pourvu qu'on les mange avec du pain.

Par sa télévision en couleurs, quelque écho lui parvenait de ces marées de haine qui submergeaient le monde, produisant attentats, guerres, révolutions, massacres, épidémies, famines. Gastounette en avait alors très vite son compte : elle tournait le bouton. Inconsciemment, elle en venait à ressembler à ses arbres, à ses fleurs, à ses légumes. A gagner un peu de leur âme modeste et silencieuse. A supporter comme eux, sans récriminer, les accidents, les orages, les sécheresses, les froidures, tout en poursuivant sa destinée quotidienne. Elle se voyait spécialement proche d'un certain vieux poirier, en service déjà sous le règne des parents de Mme Georgette, avec ses bras mutilés, son écorce plissée d'un million de rides. Sauf que lui donnait encore quelques fruits, plus rares à chaque nouvel automne, mais toujours d'une saveur exquise. Un de ces quatre matins, bonnes gens, déjà creux et vermoulu, il faudrait le scier par la base. Il se laisserait réduire en bûches, content de cette fin utile, indifférent à sa propre disparition.

A force de fréquenter les plantes, elle se sentait devenir elle-même végétale.

Jean-Anglade raconte...

Avec le temps...
Jean Anglade

Approchez-vous, formez un cercle et écoutez... D'abord, les aventures de cet enfant aveugle qui grandit en ignorant son infirmité, celles du soldat passant une merveilleuse journée, sans se douter qu'il est aux portes de la mort, ou encore le récit pittoresque du voleur qui sera finalement récompensé. Sans oublier cette histoire édifiante, l'affaire Calas, relatant les infortunes de ce protestant accusé d'avoir assassiné son fils qui désirait se convertir au catholicisme, rendue célèbre par l'engagement de Voltaire. Autant de contes, d'Auvergne et d'ailleurs, d'hier et d'aujourd'hui, que Jean Anglade nous rapporte, avec le charme des veillées d'antan.

(Pocket n° 12943)

Retour au pays

La fille aux orages

Jean Anglade

Au grand désespoir de son père Auguste, un Auvergnat de souche qui cumule les deux beaux métiers de facteur et d'agriculteur, Raoul a embrassé une carrière de marin. Lorsqu'en 1975, il revient au pays, il ramène avec lui Béatrice, une jeune indochinoise qu'il a l'intention d'épouser, ainsi que Jeannette, la petite fille de celle-ci. D'abord méfiant, Auguste finit par être conquis par sa nouvelle famille. Ce n'est malheureusement pas le cas de sa femme, Augusta, la mère de Raoul, pour qui il va être plus difficile d'accepter deux étrangères sous son toit...

(Pocket n° 11097)

Achevé d'imprimer sur les presses de

BUSSIÈRE

GROUPE CPI

à Saint-Amand-Montrond (Cher)
en avril 2008

POCKET - 12, avenue d'Italie - 75627 Paris Cedex 13

— N° d'imp. : 80549. —
Dépôt légal : décembre 1992.
Suite du premier tirage : avril 2008.

Imprimé en France